Jean Daniels

TOMBEE

Tome 3

Couverture réalisée par Cécile Lorne
Edition : BoD - Books on Demand
12/14 rond-point des Champs Elysées, 75008 Paris
Impression : Books on Demand GmbH, Norderstedt, Allemagne
ISBN : 9782322114153
Dépôt légal : Octobre 2016

Prologue

Et voilà, nous y étions ! L'appréhension m'assaillait: je détestais voler, mais en plus, les retrouvailles me faisaient peur. Depuis plusieurs jours, mais surtout depuis le décollage, une boule s'était formée dans mon ventre, me rendant encore plus nerveuse que d'habitude. J'étais partie de New-York, trois semaines plus tôt, quittant mes amis, et surtout, Jackson. « Alors qu'il venait d'annuler son mariage. » Pendant mon absence, nous nous étions un peu parlé_ au début_, avant que nos « obligations » ne prennent le dessus. Les discussions au téléphone s'étaient raccourcies avant de ne plus exister. Il n'y avait aucune animosité entre nous, aucune dispute, mais je ne pouvais m'empêcher de craindre l'avenir. Notre histoire avait-elle déjà pris fin, épuisée par la distance et la séparation ?

J'aimais toujours Jackson, éperdument : il était l'amour de ma vie ; mais en France, j'avais pris le temps de réfléchir : Jackson était fraîchement célibataire et il avait d'importantes responsabilités professionnelles, donc pas vraiment le temps de se plonger dans une nouvelle relation, et encore moins, une histoire d'amour. Or, en étant la première, je craignais d'essuyer les plâtres et qu'il se rende rapidement compte que je n'étais pas « la bonne ». J'avais peur et ces craintes me guidaient dans une voie incertaine faite de doutes. J'allais vraiment devoir lui parler. « A moins qu'il n'ait déjà pris une décision. » Peut-être en était-il lui aussi arrivé à cette conclusion ? Que le moment n'était pas encore venu pour « nous » ? Ou que nous n'étions pas faits l'un pour l'autre ?

Plus le temps passait et plus mes pensées m'entraînaient vers le fond. Il était temps d'arriver et heureusement pour moi, l'atterrissage ne se fit pas attendre. Une fois à l'aéroport, je ressentis du soulagement, comme si je rentrais chez moi. D'un pas un peu plus hâtif, je sortis de l'appareil, le sourire aux lèvres et je partis récupérer ma valise avant de passer la douane. Tout se déroula au mieux et je suivis le flot de voyageurs vers le sol « américain ». Enfin, les portes s'ouvrirent et parmi la foule, je cherchai un visage familier, serrant le poing sur ma poitrine de « peur » d'apercevoir Jackson _ ou pas.

Mais au lieu de cela, sous une casquette de chauffeur et derrière des lunettes de soleil, sérieux comme un pape et armé d'un carton portant mon nom, se tenait mon meilleur ami. Renversée par une vague de soulagement, je me mis à courir jusqu'à lui avant de lui sauter au cou en riant.

-- Tu m'as reconnu, malgré mon déguisement ?, plaisanta-t-il en me serrant contre lui.

-- C'est normal: tu es reconnaissable entre tous, déguisement ou pas, répondis-je dans son cou.

-- Je me trompe ou tu es contente de me voir ?

-- De toute évidence, tu m'as plus manquée que je ne l'aurai cru.

-- « De toute évidence »... Tu m'as manquée aussi, avoua-t-il tendrement avant de s'écarter. Bon ! Si on y allait maintenant ?

-- Volontiers ! Tu sais comme je suis à l'aise dans les aéroports et les avions.

Son sourire devint moqueur et il attrapa ma valise avant de me proposer son bras que je saisis aussitôt. Tranquillement, il me guida jusqu'à sa voiture, tandis que nous échangions des banalités sur mon vol ou mon séjour en France. Ce n'est qu'en route vers la ville qu'il attaqua sur un sujet plus brûlant :

-- Jax voulait venir, mais... depuis que tu es partie, il s'est plongé entièrement dans son travail et on le voit à peine. Il a repris les rênes de l'entreprise et n'arrête pas une seconde. On a essayé de le faire sortir de son bureau, mais c'est à croire qu'il n'y a plus que son travail qui compte.

Au moins, maintenant, je savais ce qui lui importait et une relation amoureuse n'en faisait pas partie. C'était peut-être mieux... pour l'instant. J'étais principalement revenue pour Jackson, mais il n'était pas le seul élément de ma vie à New-York. J'avais des amis auxquels me raccrocher. Dès mon retour en France, j'avais contacté la patronne du « Coyote Ugly Saloon » pour savoir si je pourrais récupérer mon poste à mon retour. Elle avait accepté, même s'il ne s'agissait que d'un poste à mi-temps. J'allais donc devoir trouver un autre poste pour gagner un salaire décent. J'avais aussi prévenu Ben et David pour savoir s'ils pourraient me loger à nouveau à mon retour. Malheureusement, avec mon départ, ils avaient décidé de déménager pour un autre quartier de la ville et de s'installer juste tous les deux.

Comme il ne m'était pas aisé de trouver un logement à distance, Damon m'avait proposé son aide, et d'après ce qu'il m'avait annoncé quelques jours plus tôt, il m'avait trouvé quelque chose. « Une affaire à ne pas louper », d'après ses dires. Aussi n'avais-je pas hésité une seconde avant de donner mon aval. Je ne roulais pas vraiment sur l'or et j'avais craint de me retrouver seule pour payer un loyer astronomique. Mais si

Damon affirmait m'avoir trouvé quelque chose dans mon budget, je le croyais.

Pourtant, lorsqu'il arrêta la voiture et défit sa ceinture, je crus à une mauvaise blague.

-- Qu'est-ce que... ? Damon ?, l'interpelai-je en me tournant vers lui.

Mais il était déjà descendu de voiture et sortait mes bagages du coffre. Au pied du mur avec mes interrogations, je le rejoignis sur le trottoir :

-- Est-ce que tu vas bien vouloir m'expliquer ?

-- Suis-moi et tu comprendras rapidement, répondit-il en me tendant un sac.

1

Un peu à contre cœur tant je pressentis un piège, j'obéis pourtant, avant de monter lentement les quelques marches du perron, comme s'il s'agit de revivre le passé. Chaque nouveau pas me ramenait des semaines, des mois plus tôt et j'appréhendais de plus en plus la suite.

-- Détends-toi : tout ira bien, je te le promets, me conseilla-t-il dans l'ascenseur face à ma mine sombre.

Mais j'entrevoyais de plus en plus où il m'emmenait, alors qu'il appuyait sur le numéro de l'étage et cela ne me plaisait pas vraiment. L'appareil finit par s'arrêter et il sortit avant de se tourner vers moi, nettement moins déterminée à le suivre.

-- Fais-moi confiance... Juste encore un peu, me pria-t-il en me tendant la main, une fois encore.

Damon était mon meilleur ami : si je ne lui faisais pas confiance, avec qui pouvais-je le faire ? Alors, bien qu'encore un peu sur mes gardes, je sortis de l'ascenseur et me dirigeai vers la porte de Jackson jusqu'à ce que mon guide demande d'un air mi amusé, mi surpris :

-- Où crois-tu aller comme ça ?

Je me rendis alors compte que j'avais pris les devants, croyant déjà tout savoir alors qu'il se tenait à l'autre bout du couloir, devant une autre porte. Mes yeux s'écarquillèrent et tout se chamboula dans ma tête, tandis que le sourire de Damon s'élargit. Visiblement, je m'étais trompée et lui, il était fier de lui.

-- Ce n'est pas... ?, murmurai-je, perdue.

-- Non !, répondit-il d'une petite voix joyeuse.

Je restai immobile, si bien qu'il demanda avec un sourire en coin :

-- Tu ne veux pas découvrir ton nouvel appartement ?

Il me fallut encore quelques secondes d'hésitation, d'appréhension, avant de pouvoir avancer vers lui, la peur au ventre. Ma réaction était ridicule, mais j'avais tellement peur de voir se ternir ce tableau apparemment si parfait, que je n'osais plus faire le moindre geste. Depuis le premier jour où j'étais venu chez Jackson, j'avais adoré ce quartier, cet immeuble et ensuite, l'appartement du jeune homme. A présent, je savais tout ce qu'il avait entrepris pour réhabiliter cet endroit et je n'avais aucun doute concernant l'état dans lequel il se trouvait aujourd'hui.

Pourtant, il devait bien y avoir une ombre au tableau, quelque chose... Peut-être était-ce juste que mon voisin de palier serait l'homme que j'aimais ?

Sourd à mes craintes refoulées, Damon déverrouilla la porte et me laissa le précéder. Evidemment, l'endroit n'avait pas la même âme que chez Jackson, car les étagères étaient vides. Mais à travers les longs rideaux blancs, le soleil de la journée éclairait la pièce commune, lançant une magnifique invitation. Hypnotisée, j'admirai les murs en briques apparentes, les étagères encastrées, le parquet... Quelques-uns de mes cartons étaient déjà entreposés sur le sol et un vieux canapé en cuir trônait dans la pièce, une table basse en bois installée devant lui sur un petit tapis gris. Derrière le bar, la cuisine équipée semblait ne manquer de rien. Je n'avais pas encore vu la salle de bains, ni la chambre, mais j'avais l'impression de revoir l'appartement de Jax, presque à l'identique, voir même d'être une intruse chez lui.

-- Alors... Ça te plaît ?, s'enquit Damon. La table basse vient de moi : une sorte de cadeau de crémaillère, ajouta-t-il joyeusement, ce qui eut le don de me réveiller.

-- Merci ! Tu n'aurais pas dû...

-- Ne me dis pas que l'appartement ne te plaît pas : le contraire est écrit sur ton visage, se moqua-t-il gentiment.

-- Ce n'est pas ça...

-- D'accord. Alors, c'est à cause de Jackson, répondit-il en soupirant. Je me doutais que tu prendrais mal le fait qu'il ne soit pas venu t'accueillir...

-- Non ! Ce n'est pas ça du tout !, m'empressai-je de le rassurer.

-- Vraiment ?

-- C'est juste que... En étant ici, j'ai l'impression de vivre chez lui ou à ses crochets, avouai-je avec une grimace.

-- Ecoute, je lui ai demandé s'il avait entendu parler d'appartements à louer pour une de mes amies : quelque chose de bien, mais au loyer peu excessif. Or, cet appartement se libérait. Quand il m'en a parlé, il ne savait pas que c'était pour toi.

-- Qu'en a-t-il dit, quand il l'a appris ?

-- Il était surpris, mais il n'a rien ajouté. Vous n'aviez pas parlé d'emménager ensemble à ton retour ?

-- Non ! Du tout ! Ça ne m'était même pas venu à l'esprit: au sien non plus, je pense...

-- Alors, où est le problème ?

-- Notre relation n'a pas encore été définie, et je ne voudrais pas qu'il croit, qu'en emménageant ici, j'attends quoi que ce soit de lui. Pour l'instant, nous sommes juste des amis.

-- « Des amis, amoureux l'un de l'autre ».

-- Ce n'est..., répliquai-je avec une nouvelle grimace.

-- Tu vas encore me dire que ce n'est pas vrai ? Tes sentiments pour lui n'ont quand-même pas changé en quelques semaines ?

-- Bien sûr que non ! Mais ce n'est pas parce qu'il n'est plus avec Emily, qu'il faut précipiter les choses.

-- Je suis d'accord, mais vous ne pouvez pas appliquer la politique de l'autruche en vous fuyant ; pas si vous voulez faire avancer les choses entre vous, en tout cas.

-- Ce n'est pas notre intention, mais nous avons beaucoup de choses à voir, chacun de notre côté : lui, doit reprendre les rênes de l'entreprise de son père, en plus des siennes ; et moi, je dois aussi retrouver du travail.

-- On ne te reprend pas au « Coyote » ?

-- Si, mais seulement à mi-temps et ça ne suffira pas à payer les factures.

-- Si tu veux, je peux...

-- Non ! , rétorquai-je aussitôt. Merci Damon, mais il faut vraiment que je me débrouille par moi-même, sans constamment compter sur les amis.

-- Tu as des contacts, alors pourquoi ne pas en profiter?

-- J'ai aussi besoin de faire les choses par moi-même, pour être fière de moi à la fin de la journée. Je sais que je peux compter sur vous dans les coups durs, mais je ne peux pas vous laisser faire tout le travail et en recevoir les fruits. J'ai besoin de me bouger moi aussi. Tu comprends ?

Les lèvres pincées, Damon se contenta d'acquiescer. Je savais qu'il voulait faire au mieux pour moi, parce que je comptais beaucoup à ses yeux, mais je ne pouvais pas tout lui demander.

-- Bon..., soupira-t-il. Est-ce que tu prends l'appartement ou dois-je demander à l'agence de relancer les recherches ?

Du regard, je refis le tour de la pièce et mon sourire automatique répondit pour moi.

-- Je vais chercher tes autres bagages, annonça-t-il aussitôt avant de sortir précipitamment.

De toute évidence, il craignait de me voir changer d'avis. Mais si la seule chose qui me dérangeait, se trouvait être mon voisin de palier, cela pesait trop peu dans la balance pour me faire renoncer. Les mains dans les poches de ma veste, je gagnai l'une des fenêtres et un poids s'échappa de mes épaules en songeant que ma nouvelle vie débutait ici. Je ne pourrais peut-être pas y vivre indéfiniment, mais j'étais prête à prendre le temps qui m'y était offert.

Damon revenu, il s'occupa de vérifier que tout était en ordre, avant de partir pour de nouvelles obligations. Je n'avais pas encore l'électricité, ni le téléphone, mais Damon m'avait laissé assez de bougies pour tenir un siège et je comptais me faire livrer un dîner ou sortir faire quelques courses pour me nourrir. Rassuré, il me serra dans ses bras une dernière fois:

-- Je suis vraiment très heureux que tu sois revenue. Tu m'as vraiment manqué.

Très touchée, je lui promis de l'appeler dès le lendemain, pour programmer une nouvelle rencontre et l'inviter à dîner pour le remercier de tout ce qu'il avait fait. Un peu triste, je le regardai partir et le saluai une dernière fois de ma fenêtre. Une fois seule « chez moi », je me sentis un peu perdue. Comme je ne pouvais pas y échapper, je me lançais nerveusement à la découverte des autres pièces, malgré ma peur de voir ressurgir des images du passé. Timidement, je poussais la porte de la chambre vide : pas de lit, ni le moindre meuble, mais il restait le canapé du salon, et dès les jours à venir, je me programmais quelques achats importants. Dans des tons blancs et métal, la salle de bains était très différente de celle de Jackson, car elle comportait une baignoire en fonte au lieu d'une douche. Je regrettais déjà de ne pas avoir encore d'eau, car je me serais volontiers déjà plongée avec délice dans un bon bain chaud.

Au lieu de ça, je retournai au salon pour commencer à déballer mes cartons. Il était encore tôt, aussi malgré la fatigue du vol, je passai la journée à accueillir les cartons livrés au compte-gouttes. Ma journée se résuma presque entièrement à cela : recevoir et déballer, pour commencer à ranger. Cette occupation réussit même à me sortir Jax de l'esprit, comme si je n'allais pas vivre à deux mètres de chez lui.

En fin de journée, je vis la lumière décroître et mon appétit se réveilla : je me fis livrer une pizza et en l'attendant, je repris mon travail, rangeant les choses au fur et à mesure. Lorsque la nuit commença à tomber, j'allumais quelques bougies rendant aussitôt la pièce plus chaleureuse. Vêtue d'un simple tee-shirt détendu, d'un jean replié au-dessus des chevilles et les cheveux remontés en queue de cheval, je me sentais enfin à l'aise, descendant même pieds nus jusqu'à l'entrée de l'immeuble pour régler mon dîner. Je n'avais pas de nuages au-dessus de ma tête et plus vraiment de poids sur les épaules. Pas ce soir-là, en tout cas.

Plusieurs voisins et voisines vinrent chaleureusement me souhaiter la bienvenue dans l'immeuble et m'inviter à prendre un café ou une part de gâteau, dès que j'aurais été installée. A chaque coup à la porte, j'avais plus ou moins craint de me retrouver face à Jackson, hésitant presque à ouvrir, mais ma réaction me paraissait tellement ridicule que je la mettais aussitôt de côté.

Dès mon arrivée aux Etats-Unis, j'avais appelé mes parents pour les rassurer, mais malgré l'heure tardive en France, je ressentis le besoin d'appeler Stéphanie. Avec soulagement, je l'entendis décrocher et nous partîmes dans une joyeuse discussion, pleine de rires et d'anecdotes. Evidemment, elle ne manqua pas de me questionner sur mes retrouvailles avec Jackson, suivant notre histoire à distance, et je perçus un peu de déception en lui avouant qu'elles n'avaient pas encore eu lieu. Mais sa réaction changea du tout au tout, lorsque je lui racontai où se trouvait mon nouveau logement. Pour une fois, elle fut celle qui partit dans des élucubrations, plus folles les unes que les autres, me faisant rire aux éclats malgré le nœud qui se formait toujours dans mon ventre à la mention du jeune homme.

C'est alors qu'on frappa à la porte, et tandis qu'elle m'assurait que Jackson se trouvait derrière, simplement vêtu d'un caleçon et une rose entre les dents, je partis ouvrir, prête à accueillir un autre de mes nouveaux voisins.

La surprise manqua me faire lâcher mon téléphone et je gardais les yeux écarquillés tant cette vision me laissait sans voix.

-- Bonsoir, murmura-t-il en souriant, amusé par ma réaction.

2

-- Je..., balbutiai-je avant de revenir sur terre. Hum, Steph, je te rappellerai demain. Bonne nuit, lui souhaitai-je sans quitter Jackson des yeux, comme s'il risquait de disparaître. Qu'est-ce que tu fais là ?

-- Je tenais à saluer ma nouvelle voisine et lui souhaiter la bienvenue dans l'immeuble... Et te dire que tu m'avais manqué, ajouta-t-il avec plus de sérieux. Et moi, est-ce que je t'ai manquée ?, s'enquit-il comme je ne réagissais toujours pas.

Je me rendis alors enfin compte qu'il était là, devant moi : celui qui n'avait quasiment pas quitté mes pensées tout au long de mon absence.

-- Idiot, soufflai-je en lui sautant au cou.

Aussitôt, ses bras se refermèrent autour de moi et lorsque son souffle caressa mon cou, je me sentis enfin chez moi.

-- Si tu savais à quel point tu m'as manqué...

-- Je crois que je le sais, murmura-t-il amoureusement.

Je me prêtais à rêver que ce fut enfin possible, tandis que mon cœur s'emballait, à mesure qu'il montait et descendait les mains dans mon dos, sur mes hanches. Mon souffle s'accélérait, alors que sa seule présence me mettait au supplice et au paradis. Il fallait que je mette un terme à tout cela avant que je ne perde le contrôle de moi-même.

Je décidais de m'écarter, mais mon regard eut le « malheur » de croiser le sien, et en une seconde à peine, les dés furent lancés. Je me jetai à ses lèvres avec fougue et il resserra son emprise autour de moi, me pressant contre lui pour nous faire entrer avant de claquer la porte d'un coup de pied. Nos baisers comme nos pas, ralentissaient, mais ils se faisaient plus profonds et sensuels. Lentement, je repoussais sa veste, tandis qu'il soulevait déjà mon tee-shirt. Dès qu'il me l'eut retiré, je repris ses lèvres et j'ouvris d'un geste sec sa chemise faisant sauter tous les boutons. Imperturbable, Jackson déboutonna mon jean avant de le repousser sur mes fesses et aussi bas qu'il le put sans abandonner mes lèvres. La tâche me fut aisée avec le sien qui tomba directement au sol. Une fois chacun débarrassés, il me souleva, ses mains sous mes cuisses avant que je n'enroule les jambes autour de ses hanches. Là, il m'emporta plus rapidement jusqu'au canapé où il me déposa doucement avant de s'allonger sur moi. Nous n'étions pas encore totalement nus, mais il ne s'agissait là que d'une question de temps. En attendant, nos mains, nos yeux, nos lèvres se cherchaient, s'effleuraient, s'embrasaient à chaque contact.

Le simple contact de nos peaux l'une contre l'autre nous rappelaient que nous étions à nouveau réunis et c'était là l'une des plus merveilleuses sensations que j'eus jamais connu. Nous aurions pu parler, mais les mots me semblaient dérisoires et surtout, j'avais trop envie de l'embrasser pour utiliser ma bouche de quelconque façon que ce fut. Avec l'aide de mon amant, je défis mon soutien-gorge et nous fûmes à égalité. Je sentis mon cœur se gonfler lorsque les pointes tendues de mes seins rencontrèrent la douceur de son torse. J'aurais voulu m'accrocher le plus fort possible à lui, tant je voulais rester avec lui, mais mon cœur me soufflait de me contenir pour ne pas l'effrayer. A la lumière des bougies, sa peau prenait une teinte aussi chaleureuse que son sourire. Il ne me venait alors à l'esprit que le souhait de lui appartenir, cette nuit et pour toujours.

Avec délice, je sentis les doigts de Jackson se glisser sous mon slip et sans perdre une seconde, je haussais les hanches pour l'aider à le retirer. Avec un pincement au cœur, je dénouai mes jambes de son corps et sans me quitter des yeux, il s'écarta pour m'enlever le dernier morceau de tissus me couvrant encore. Les bras au-dessus de la tête, je m'offris à son regard et l'admirai alors qu'il se dénudait à son tour. Impatiente, je me redressai pour l'accueillir dans un nouveau baiser avant de basculer avec lui sur le canapé, entre ses bras. Son sexe déjà tendu caressa le mien avec impertinence avant que je ne le provoque de mouvements de hanches audacieux. Sans attendre, il entra en moi et entama son va-et-vient, apparemment insensible à mes doigts incrustés dans son dos. Mes gémissements répondaient en échos à ses mouvements, l'encourageant, alors qu'il accélérait doucement, puis de plus en plus vite. En prise avec les flammes qu'il allumait en moi, je murmurai son prénom encore et encore dans un souffle, de plus en plus fort, me cambrant pour le recevoir le plus profondément en moi. Ses lèvres, sa voix murmurant mon prénom comme une incantation, son regard me rendaient folle, parachevant la tâche de son sexe en moi. Les yeux clos, le souffle court, je m'accrochai à lui pour pouvoir atteindre des sommets dans une jouissance commune.

Nos corps en sueur ne faisaient plus qu'un et mes bras se refermèrent davantage lorsqu'il voulut s'écarter. Nos regards se croisèrent, et pour empêcher toute question de franchir ses lèvres, je les capturai en douceur. Presque aussitôt, tout en répondant à mon baiser, il posa une main sur mon visage, repoussant quelques mèches au passage. Je sentais déjà l'étincelle du désir rejaillir, mais plus encore j'entendais mon cœur crier à Jackson combien il l'aimait. Bien qu'il sache déjà quels étaient mes sentiments à son égard, le fait qu'il puisse deviner la force de mon amour me fit peur. Après tout, pour l'instant, j'étais apparemment la plus amoureuse des deux, ou du moins, la plus démonstrative. Je savais que Jackson m'aimait, mais la question était : « à quel point » ?

Profitant de mon étourderie, il trouva le moyen d'échanger nos places et en quelques instants, je me retrouvais allongée au-dessus de lui, à ses côtés. J'étais si bien que je m'en rendis à peine compte. Mes doigts glissant dans ses cheveux, effleurant son visage, tandis que ses bras me gardaient contre lui, tout cela ressemblait tellement au paradis. Je me rendis alors seulement compte à quel point il m'avait manqué et que je n'aurai pu vivre ma vie sans lui. Lorsque le baiser prit fin, je posais la joue sur son épaule.

-- C'est bon de te retrouver. Le goût de ta peau et de tes lèvres m'avaient manqué, murmura-t-il en me caressant le long du dos.

Son aveu me fit sourire et j'eus alors l'impression d'être à part à ses yeux. Pourtant, sans que je sache si c'était à cause de notre séparation, je sentais une distance dressée entre nous, à moins qu'il ne s'agisse d'une nouvelle timidité. Nous n'étions pas des étrangers, pas totalement, mais je crus distinguer des portes refermées entre nous avec l'éloignement des dernières semaines. Notre situation me semblait tellement différente d'avant mon départ que j'en fus un peu désarçonnait. Mais j'étais avec Jackson et ce présent était tout ce que j'avais souhaité au cours de notre séparation.

Peu de mots furent échangés. Jackson n'était pas le genre d'homme à se dévoiler, mais à cet instant, cela importait peu. Ce qu'il n'avoua pas de vive voix, il me le démontra au cours de la nuit et je fis de mon mieux pour le lui rendre. Je voulais passer le plus de temps possible avec lui, connaître des étreintes passionnées, mais aussi des moments plus simples.

Cependant, à mon réveil, mes jolis espoirs s'estompèrent en me découvrant seule.

-- Jax ?, appelai-je en me redressant tout en le cherchant du regard.

Mais seul le silence me fit écho: il était parti. Je ne pus m'empêcher d'être déçue. Je n'avais aucune idée de l'heure qu'il était, mais évidemment il avait des responsabilités qui lui demandaient tout son temps. A quoi pouvais-je m'attendre ? Désormais, il était le PDG d'une multinationale qu'il venait de reprendre en main. En plus de se faire un nom dans le domaine professionnel, il devait aussi s'occuper de sa mère. Il n'avait pas le temps d'entretenir une relation. Pas pour l'instant. Je le savais déjà, lors de mon départ pour la France et j'y avais repensé pendant mon séjour là-bas. A cause de cela, j'avais même hésité à revenir « si tôt » , mais je n'avais pas supporté d'être éloignée de lui pendant ne serait-ce qu'une semaine de plus.

Aujourd'hui, je devais faire les comptes, me poser les bonnes questions et commencer à me bâtir un avenir ; un où il n'avait peut-être pas sa place. Ce n'était pas facile de le sortir du cadre, mais pour l'instant, je ne pouvais pas compter sur lui. Ce n'était pas qu'il ne le voulait pas, car j'étais presque sûre du contraire. Seulement, aux jours d'aujourd'hui, il n'était pas disponible.

Je commençais à comprendre pourquoi Damon m'avait suggéré cet appartement: en vivant à côté de Jackson, j'aurais sans doute plus de facilités pour le voir, malgré son emploi du temps surchargé. Cependant, je ne voulais pas vivre en fonction de lui, je ne le devais pas. Je ne devais pas attendre après lui, pour vivre ma vie.

3

Lancée par ce constat, je me levai et m'habillai avant de me mettre au travail. Au cours des jours qui suivirent, je ne vis pas Jackson. Je ne fus même pas certaine qu'il rentra chez lui, les nuits passées où je restais à l'attendre sans vouloir me l'avouer. Je passais mes journées à chercher du travail, mais pour rien au monde, je n'aurais demandé son aide à Jackson. J'avais déjà ce travail à mi-temps au « Coyote Ugly Saloon », aussi m'en fallait-il au moins un autre pour pouvoir vivre à New-York.

Toutefois, je savais aussi que je ne pourrais en vivre indéfiniment. Je voulais un travail qui me corresponde et dont je puisse être fière, mais je ne me voyais pas rester derrière un bar jusqu'à la fin de ma vie. J'avais besoin de davantage, de construire quelque chose qui me fasse vivre.

En l'absence de Jackson dans ma vie, je revis Damon, David et Ben qui m'encouragèrent à trouver ma voie et essayèrent de m'aider en me suggérant plusieurs métiers, des plus improbables aux plus délirants. Finalement, au bout de mon premier dîner improvisé chez moi malgré les cartons, je n'étais toujours pas parvenue à trouver une idée, même si mes convives m'avaient conseillé de chercher au cœur de mes passions.

En attendant, je laissai les jours défiler entre mes recherches, mon installation et la reprise de mon travail. Une semaine finit par s'écouler, avant que Jackson ne fasse à nouveau une incursion dans ma vie. Je n'avais pas voulu le déranger, et en même temps, je m'étais dit : « pourquoi essayer de le joindre, tout en sachant qu'il ne répondrait pas ? » Je n'avais aucune envie d'attendre auprès du téléphone et de devenir dépendante de lui. Je pensais déjà bien assez à lui, à chaque moment d'inaction. Alors, de peur d'être davantage blessée par son silence, j'avais préféré ne rien faire, même si au fil des jours, cette situation m'avait plus ou moins agacée.

En proie au doute, j'avais eu l'impression de devenir folle en me disant qu'il attendait peut-être un signe de ma part pour revenir dans ma vie. Je prenais le risque de passer pour une femme qui ne l'aimait pas tant que cela, qui ne se souciait pas de lui. La réalité me paraissait tellement évidente, mais le silence installé entre nous me faisait peur. Je détestais les non-dits et je savais que la communication était primordiale, mais là...

Il ne se passait rien et j'en arrivais à douter, à me demander si je ne faisais pas fausse route, s'il avait vraiment des sentiments pour moi, s’il souhaitait vraiment faire progresser notre relation. Je mourrais d’envie de passer le plus de temps possible avec lui, de communiquer avec lui et de lui dire que je l'aimais ; et en même temps, de crainte que mes sentiments ne soient pas réciproques, je cherchais à m'éloigner pour essayer de me préserver.

Alors, cette nuit-là, en rentrant au milieu de la nuit après ma soirée de travail, j'étais épuisée et en proie au doute. Tout s'était bien passé, mais en sortant de l'ascenseur, je me sentais morose, triste, à l'idée de passer une autre nuit seule et sans nouvelle.

Avec un soupir, je gagnais la porte de mon appartement, lorsqu'une autre s'ouvrit brusquement et me fit relever la tête. Pieds nus, encore en pantalon de costume et chemise blanche déboutonnée au col, il me fit face, époustouflant de sensualité et de beauté. Pourtant, sur son visage transparaissait une autre expression que l'assurance à laquelle il aurait pu prétendre. Il semblait mal à l'aise, presque intimidé.

-- Bonsoir, déclara-t-il après quelques secondes de silence où il m'avait longuement observée.

-- Bonsoir, murmurai-je, brusquement sortie du rêve qu'il formait devant mes yeux.

A nouveau le silence. La semaine muette qui s'était écoulée, nous mettait tous les deux mal à l'aise. Sans doute la culpabilité nous faisait-elle taire? Ou autre chose...? Pour ma part, en étant ainsi devant lui, je me sentis soudain coupable de ne pas avoir été celle qui aurait fait le premier pas vers lui, lors des derniers jours. J'avais laissé planer le doute, alors que ce n'était pas du tout ce que je voulais.

Et puis, à cet instant, sa beauté, son charisme me soufflèrent et m'impressionnèrent au point de me laisser sans voix. Heureusement, il sembla plus fort que moi :

-- Je..., commença-t-il avant de détourner les yeux. Je suis désolé: je ne veux pas que tu crois que je te surveille. Je m'inquiétai juste de....

Il n'eut pas à en dire davantage. A bout de forces et de résolutions, je me laissai entraîner par mon cœur qui me poussa jusqu'à lui en quelques rapides enjambées. Là, je passai les bras autour de son cou pour lui voler un baiser. Un peu surpris, il se laissa faire avant que je ne puisse m'empêcher de murmurer :

-- Je suis désolée.

Je le sentis aussitôt se raidir et mon regard baissé se releva aussitôt vers son visage assombri. « Désolée de quoi ? », me crièrent ses yeux. Aussi repris-je rapidement :

-- Je n'ai pas essayé de te contacter... Je ne voulais pas que tu t'inquiètes.

-- Menteuse, m'accusa-t-il tout bas avec un sourire en coin.

Je ne pus m'empêcher de sourire en me sentant découverte, mais lorsque son regard glissa sur mes lèvres, mon visage à l'image de mon corps s'empourpra et mon cœur manqua un battement avant de se mettre à courir pour refaire son retard.

-- Tu rentres quelques minutes ?, demanda-t-il en se penchant vers moi.

-- Quelques minutes ?, répétai-je avec un sourire amusé, mais prête à accueillir son baiser.

Ses mains emprisonnaient mon visage et concentrée sur l'abordage de ses lèvres sur les miennes, je remarquai à peine qu'il nous faisait lentement progresser vers son appartement, non sans avouer :

-- Ok, ce sera peut-être un peu plus long.

Je ris doucement avant qu'il ne me fasse taire. La simple idée d'être avec lui m'avait conquise et ensorcelée. Il aurait pu me proposer n'importe quoi, j'aurais dit « oui », juste pour pouvoir être avec lui.

D'un coup de pied, il referma la porte derrière nous. D'abord doux et tendre, notre baiser prit de l'ampleur, faisant monter notre désir commun. Mais alors que je m'attaquais déjà aux boutons de sa chemise, il écarta mon visage du sien:

-- Jul, attends...

L'esprit déjà embrumé par le désir, je mis quelques secondes à comprendre où il voulait en venir. Des questions plein la tête et les yeux, je l'observai, bouche-bée :

-- Je suis désolé moi aussi. J'aurai dû... Je ne sais pas... T'envoyer des fleurs, t'appeler,...

Sa remarque me rassura tant que j'éclatai de rire avant de reprendre sa bouche de force et il n'opposa aucune résistance. Au contraire, il m'attira lentement au milieu de son appartement. Je ne pouvais m'empêcher de m'y sentir comme chez moi, à ma place, comme dans ses bras. Tout me soufflait que Jackson était fait pour moi, qu'il était l'Amour de ma vie, et malgré son silence, je continuais d'y croire, convaincue.

Au fil de nos pas jusqu'à la chambre, nos vêtements tombèrent au sol. Cette étreinte ressembla à celle, le soir de mon retour: ce fut sexuel évidemment, mais il y eut davantage. Dans la douceur de ses caresses, la tendresse de ses baisers ou la force de ses bras autour de moi, j'eus l'impression qu'il voulait se rassurer et se dire qu'il ne m'avait pas perdue; mais aussi, qu'il voulait se faire pardonner. Il me laissa à peine l'occasion de lui donner du plaisir, faisant tout pour provoquer le mien. Je dus presque me battre pour ne pas lui laisser totalement le dessus, même s'il ne fit rien pour abuser de sa force. Alors, lorsque le plaisir explosa entre nous, nous retombâmes brusquement sur le lit, à bout de souffle, côte à côte et heureux.

Les yeux clos, j'essayai d'apaiser ma respiration tout en savourant sa présence. La fatigue m'assomma peu à peu et je me sentis sombrer lentement. Pourtant, juste avant de perdre connaissance, je sentis ses bras passer autour de moi pour m'attirer en douceur. Instinctivement, je me blottis contre lui. Il était ma source, mon cocon, mon refuge.

A mon réveil, quelques heures plus tard, je perçus d'abord la respiration régulière de Jackson sous ma tête.

Conquise et amoureuse, je me serais presque laissée aller, mais après de longues minutes immobiles, je décidai de me lever pour ne pas risquer de le réveiller. De toute évidence, Jackson avait énormément travaillé ces derniers jours et il était épuisé.

Alors, un peu à contre cœur et avec toute la délicatesse possible, je glissai hors de son étreinte et sortis de la chambre sans le quitter des yeux. Dans le couloir, je ramassai sa chemise et l'enfilai avant de respirer son odeur sur sa manche en marchant vers la cuisine. J'étais ridicule d'agir ainsi, mais je ne pouvais m'en empêcher. Je me servis un verre d'eau, mais cela ne m'empêchait pas de penser à lui, de vouloir être avec lui, même pour le regarder dormir.

Alors, sans plus attendre, je refis le chemin arrière non sans récupérer au passage mon téléphone dans mon sac. Tout doucement, je revins dans la chambre en étudiant la silhouette allongée et assoupie. Sans le quitter des yeux, je refis le tour du lit pour retrouver ma place à ses côtés.

Petit à petit, par étape, je pris des photos de lui tout en me rapprochant avant de me rallonger à ses côtés, sans bouger, sans dire un mot. Il finit par s'agiter un peu et tourna la tête vers moi, toujours endormi. J'en profitai pour refaire un portrait de lui. Quelques instants plus tard, alors que je voulus en reprendre une, il entrouvrit les yeux.

-- Pardon, je ne voulais pas te réveiller, murmurai-je doucement.

-- Qu'est-ce que tu fais ?, s'enquit-il d'une voix faible.

Tout à coup, je me sentis... mal à l'aise et ridicule. J'aurais voulu trouver une raison valable, mais la culpabilité me fit baisser les yeux.

-- Hey, murmura-t-il en prenant mon menton pour lier mon regard au sien. Ce n'était pas un reproche... sauf si tu comptes vendre ces photos à la presse, plaisanta-t-il avec un sourire en coin.

Timidement, j'esquissai un sourire en secouant légèrement la tête.

-- Je prends des photos des personnes que j'aime, des moments où je suis heureuse...Je suis bien avec toi et je te trouvais si beau que je voulais avoir quelques photos de toi.

Il me regardait intensément à présent, tellement que ma timidité s'accrut :

-- Je suis désolée. Je sais que tu n'aimes pas trop ça...

-- Les choses changent, murmura-t-il. Viens par là.

Interloquée, je le laissai m'entraîner avant qu'il ne me prenne le téléphone des mains. Allongés, nos têtes attirées l'une vers l'autre, nous fixâmes l'objectif, alors qu'il levait l'appareil au-dessus de nous. Encore ébahie de le voir prendre ces photos, je sortis de ma surprise, lorsqu'il m'embrassa sur la tempe. Aussitôt, je tournai la tête vers lui :

-- Pourquoi fais-tu cela ?, l'interrogeai-je faiblement.

-- Moi aussi, je veux avoir des photos de nous et me rappeler ces bons moments, chuchota-t-il tout bas avant d'emprisonner lentement mes lèvres.

Il relâcha mon téléphone que je récupérai, alors qu'il prenait mon visage dans ses mains. Tout en répondant à son baiser, j'enjambai son corps, tandis qu'il roulait sur le dos en m'attirant avec lui. A califourchon sur lui, je finis par me redresser, le téléphone en main, tandis qu'il caressait mes cuisses et m'étudiait.

-- C'est ma chemise que tu portes, fit-il remarquer alors que je le cadrais pour une nouvelle photo.

Ses mains quittèrent mes jambes pour déboutonner le vêtement du bas vers le haut.

-- Tu veux la récupérer ?, demandai-je d'une voix innocente.

-- Je ne sais pas encore..., déclara-t-il en arrivant au col.

-- Quoi ?

-- Si je préfère te voir avec... ou sans, avoua-t-il en écartant chaque pan pour dévoiler mon buste, mon ventre et ce qui se cachait plus bas. Viens par-là, m'ordonna-t-il en tirant sur les pans de la chemise pour m'attirer à lui.

Je n'eus aucun besoin de me faire prier pour obéir et atterrir sur sa bouche offerte, alors que ma poitrine et mon ventre épousaient les siens. A nouveau, ses bras se refermèrent autour de moi, mélange de force et de douceur. Avec difficultés, je finis par abandonner ses lèvres pour tracer un sillon des miennes dans son cou, puis vers son torse et le long de son ventre.

Je voulais profiter de ma chance pour lui rendre tout le plaisir qu'il m'avait donné un peu plus tôt et je fus soulagée qu'il se laisse faire. Lorsque, lors de ma « descente », ma féminité effleura son membre déjà durci, j'eus beaucoup de mal à ne pas m'empaler sur lui, déjà excitée par ce contact qui m'électrocuta. Pourtant, je parvins à me contenir et à le caresser avant de le prendre dans ma bouche. Le contact de mes doigts et de ma langue de plus en plus pressants, firent presque émerger sa semence. Le sentant sur le point de jouir, je m'empalai enfin sur lui avant de commencer mon va-et-vient tout en me penchant vers lui. Ses râles, ses gémissements m'électrisaient, me poussant à aller toujours plus loin. De toutes ses forces, il se retint pour m'attendre et exploser avec moi, tandis que ses mains faisaient tout pour m'exciter. Enfin, j'arrivai à mes fins et il se libéra en moi dans un râle plein de désir.

Epuisée, je m'effondrai sur lui et il passa aussitôt ses bras autour de moi comme pour me protéger avant de m'embrasser sur le front. Dans cet étau chaleureux et aimant, je m'endormis paisiblement.

4

A mon réveil, Jackson n'était plus à mes côtés et le soleil semblait déjà bien haut dans le ciel. Une part de déception emprisonna mon cœur. Il me manquait déjà. Après m'être étirée, je me décidai à abandonner ce cocon et me rhabillait, non sans manquer d'entrain. Je ne fis pas l'effort de m'apprêter juste pour rejoindre mon appartement.

Mais en arrivant dans le couloir, je perçus un discret remue-ménage. En arrivant dans la cuisine, même en le trouvant de dos dans un élégant costume gris clair, mon cœur battit plus vite. Rapidement, il se retourna et me sourit :

-- Tu aurais dû me réveiller, lui répondis-je timidement, troublée.

Une tasse de café à la main, il avança jusqu'à moi, posa son fardeau sur le plan de travail et m'observa avec un petit sourire en coin et le regard malicieux, semblant cacher bien des secrets.

-- Cela m'aurait crevé le cœur. J'ai déjà eu du mal à t'abandonner.

A ces mots, un sourire identique au sien apparut sur mes lèvres et mon cœur parla pour moi :

-- Dans ce cas, tu aurais dû rester.

Cette fois, il éclata de rire et ses yeux pétillèrent de malice.

-- J'aurais adoré... mais je dois aller travailler.

-- Quoi ? Mais on est Samedi !

-- Je sais, mais... « Pas de repos pour les braves » comme on dit.

Quelque chose s'était assombrit sur ses traits et dans sa voix. Il avait perdu de son entrain et je le sentis moins heureux qu'il ne voulait le faire croire. Je le savais fort, mais je le savais encore plus fier. Quoi qu'il se passe à son travail, peu importe la masse de travail, il n'avouerait jamais être dépassé. Je ne devrais jamais être un fardeau pour lui : il avait déjà bien assez de choses à supporter.

-- Bien... Je vais y aller...

A mon tour, mon entrain s'était envolé et j'arrivais à peine à lever les yeux vers lui. Rapidement, je lui sautai aux lèvres pour lui voler un baiser avant de me détourner. Mais aussitôt, il m'attrapa par le bras et m'obligea à faire volte-face pour m'étudier :

-- Qu'est-ce que tu as ?

-- Rien !, parvins-je à répondre. Il faut que tu y ailles et moi aussi... C'est tout.

-- Jul, je suis désolé.

-- Ce n'est rien.

En guise de preuve, je caressai tendrement l'ovale de son visage et sur un dernier baiser, je tournai les talons en pensant ne pas le revoir jusqu'au soir ou au lendemain.

Il en alla tout autrement, car au cours de la semaine qui suivit, je n'eus aucune nouvelle de lui, aucun signe de vie. Je me « rassurais » en me répétant qu'il avait beaucoup de travail, mais au fil du temps, je perdais surtout confiance en notre relation que je ne parvenais plus à qualifier. Depuis mon retour près de trois semaines auparavant, nous ne nous étions revus que deux fois pour faire l'amour. C'était à cela que se résumait notre relation, à présent: le sexe. Bien sûr, il y avait eu bien plus dans nos cœurs et dans nos gestes, mais j'avais été la seule à l'avouer.

Pendant des jours, je ne sortis que pour faire quelques courses et aller travailler. Je voulais bêtement être là, au cas où Jackson réapparaîtrait, mais il n'arriva rien. Je continuais à me morfondre et à me le reprocher sans pour autant réussir à changer mon comportement. Le seul bon point fut que mon appartement finit par ressembler à quelque chose.

Damon me connaissait assez pour savoir sur quels boutons appuyer. A plusieurs reprises pendant la semaine, il m'avait appelée pour m'inviter au restaurant ou juste prendre un verre, mais j'avais toujours réussi à trouver des excuses pour refuser. Jusqu'au jour où il était venu frapper à ma porte.

-- Damon ! Comment as-tu fait pour entrer ?, lui demandai-je en lui ouvrant.

-- Jax m'a laissé une clé, au cas où. Mais moi aussi, je suis ravi de te voir. Tu ne me laisses pas entrer ?

-- Je... j'ai du travail.

-- Super ! Je compte bien te filer un coup de main ! Tu n'as qu'à me montrer où ça se trouve, répondit-il avec entrain en retroussant les manches de sa veste bleu marine.

Il m'observait intensément, obstinément, et je compris aussitôt.

-- Tu ne partiras pas, n'est-ce-pas ?

Il secoua la tête, sans ciller, son regard rivé au mien. Alors, au pied du mur, je soupirai et m'écartai pour le laisser entrer. Il m'aida à repeindre le salon : non pas parce qu'il s'agissait d'une nécessité, mais parce que, « moi », j'en avais besoin. Il fallait que je me dépense jusqu'à m'épuiser pour ne plus penser.

Malgré la fatigue, je proposai à Damon de rester dîner, mais il tint à ce que l'on sorte et je ne sus lui refuser. Quelques minutes plus tard, nous nous installâmes à la table d'un restaurant sans prétention.

-- Alors, on n'est pas mieux ici ?

-- Si..., approuvais-je à contre cœur.

-- Tu peux me dire pourquoi tu ne voulais pas sortir de ta « grotte » ?

-- J'avais du travail !

-- Bien sûr : c'était urgent de repeindre des murs déjà repeints deux mois plus tôt. C'est moi qui ai surveillé les travaux pendant ton absence, avoua-t-il comme j'ouvrais la bouche pour poser des questions. Alors, qu'y avait-il de si important pour que tu restes cloîtrée chez toi ?

-- Rien !... Je n'avais juste pas très envie de sortir, ces derniers temps. Je dois faire attention à mes dépenses et...

-- Dis plutôt que tu voulais être sûre de voir Jax.

-- Pourquoi poses-tu la question, si tu connais déjà la réponse ?

-- Pour avoir une confirmation de ta part. Je sais très bien que tu es amoureuse de lui : tu n'as pas à t'en cacher.

-- Ce n'est pas mon intention ! C'est juste que...

-- Que ?

Agacée par son insistance, je soupirai et détournai les yeux, mais il me prit la main sur la table et répéta :

-- « Que »...?

Nos regards se rencontrèrent et je répondis:

-- On ne s'est presque pas vu depuis mon retour...

-- Et il te manque. C'est normal.

Je ne répondis pas et après avoir scruté mon visage, il s'enquit en fronçant les sourcils :

-- Il y a autre chose, n'est-ce-pas ?

Je n'étais pas sûre que Damon soit la bonne personne pour en parler ou que ce soit le bon moment pour le faire. Mais depuis plus d'une semaine, j'étais seule à faire les questions et les réponses dans un dialogue qui allait me rendre folle. Damon était mon ami le plus proche, celui sur lequel je pouvais le plus compter. Avec un nouveau soupir, je me pris la tête entre les mains, avant qu'il ne m'en prenne une et m'oblige à le regarder en face.

-- Ne suis-je pas ta meilleure « copine » ? On n'a plus de secrets l'un pour l'autre, toi et moi... Enfin presque, plaisanta-t-il pour briser la glace.

Il m'arracha un sourire et, fatiguée de lutter une fois de plus, je lui fis part de mes doutes.

-- Jul, je sais très bien que mon cousin n'est pas très loquace quand il s'agit d'avouer ses sentiments, mais tu as quand-même conscience qu'il t'aime, n'est-ce-pas ?

-- Je ne sais pas... Parfois, quand nous sommes ensemble, j'en suis persuadée, mais dans les moments où il n'est pas présent et qu'il ne donne aucune nouvelle, j'ai l'impression de n'être que... qu'un plan « cul ».

-- Tu plaisantes ?

-- Non ! Depuis mon retour, j'ai juste eu l'impression d'être sa « sex friend » qu'il va voir quand il a envie de...

-- Ok ok, j'ai compris, m'interrompit-il, non sans que sa pudeur me surprenne. Julie, tu sais qu'il a beaucoup de travail...

-- Oui, je sais et je me le répète pendant des heures pour m'empêcher de croire que je ne suis que sa « sex friend ». Je ne demande pas à ce qu'il me retrouve tous les soirs en rentrant ou qu'il m'appelle tous les jours. Mais il ne se passe rien entre le moment où on se quitte et le moment où on se revoit, même si cela fait une semaine. Je ne l'appelle pas pour ne pas le déranger dans son travail, mais tu crois que c'est trop demandé d'avoir un appel, un texto ou n'importe quel autre signe de lui pour me signifier qu'il est toujours vivant et que je fais toujours partie de sa vie, surtout si je compte un peu dans l'équation ?

Il soupira et pour la première fois depuis le début de notre conversation, il baissa les yeux, me donnant aussitôt raison.

-- J'ai besoin de savoir où j'en suis, Damon. Depuis la dernière fois où nous nous sommes vus, j'ai presque arrêté de vivre et je déteste ça.

-- Alors, reprends ta vie en main !

-- Mais j'ai peur de le perdre.

-- Jul, arrête de voir Jackson en victime.

-- Ce n'est pas...

-- Si, ça l'est, parce que tu lui donnes des excuses. Depuis la mort de son père et même avant cela, tu agissais déjà comme ça. Alors « oui », il a annulé son mariage et rompu avec sa dite fiancée en partie pour toi ; et « oui », il se retrouve avec une multinationale et un poste de PDG sur les bras, ainsi que d'une montagne de responsabilités...

-- A quoi joues-tu ? Tu cherches à me faire encore plus culpabiliser ?

-- Non, je ne fais que rapporter tes pensées et la vérité ; mais tu oublies que Jackson est fort et intelligent. Il s'en sortira très bien sans que tu essayes de le protéger de la sorte. Tu as ta propre vie à gérer et tu ne perdras pas Jax : c'est lui qui risque de te perdre. Et quand il s'en rendra compte, il devra batailler sec pour te reconquérir.

-- Que veux-tu dire ?

-- Un homme désire encore plus ce qui ne lui est pas acquis. Il croit peut-être t'avoir déjà « gagnée » : il est peut-être temps de lui démontrer le contraire et de le pousser à révéler ses sentiments pour toi et se battre pour te séduire et te conquérir.

-- Mais s'il croit que je le laisse tomber ?

-- Ça ne risque pas. Compte sur moi : nous allons tout mettre en œuvre pour qu'il se décide enfin à faire la cour à une femme. L'inverse est déjà arrivé bien trop souvent: il est temps d'inverser les rôles et de le faire galérer un peu, répliqua Damon avec un sourire en coin presque machiavélique. Et pour commencer, tu vas arrêter de rester enfermée chez toi à l'attendre, même si je dois t'obliger à sortir, et ce, de mes propres mains.

Et il tint promesse dès le soir-même. Après être rentrée me changer pendant qu'il m'attendait au salon, nous fîmes la tournée des bars et des clubs pour rentrer à l'aurore. Mais il ne me laissa aucun répit, car à peine quelques heures après m'avoir ramenée, il frappa à ma porte pour l'accompagner à un jogging. Nous passâmes toute la journée dehors et je fis juste un saut à mon appartement pour me doucher et me changer avant de ressortir dîner et d'aller travailler au « Coyote » où il m'accompagna.

Les jours se ressemblèrent et j'arrivai à ne plus penser autant à Jackson, au manque creusé dans ma vie par son absence. Au fil de nos sorties, Damon me faisait rencontrer de nouvelles personnes, des amis, des connaissances ; pas forcément pour m'éloigner de son cousin, mais pour que mon monde tourne un peu moins autour de lui et pour élargir mes horizons. Bien que n'ayant toujours pas de nouvelles de Jackson, j'avais l'impression de remonter un peu la pente en son absence, au lieu de m'enfoncer de jour en jour.

Evidemment, le silence de Jackson ne m'empêchait pas de penser à ce qu'était notre relation, à ce côté « sex friends » qui s'imposait de plus en plus. Au contraire, plus les jours passaient, plus mon esprit y convenait et ce, malgré les efforts de Damon pour me détromper. J'avais l'impression de revivre un épisode de ma vie avec les mêmes acteurs, comme si j'avais tourné en rond. En vain ? Tout cela avait-il servi à quelque chose ? Jackson n'était certes plus fiancé ou avec Emilie, mais notre lien direct était toujours le même.

-- Cela fait à peine un mois que tu es revenue : laisse-lui un peu de temps, me répétait Damon en écho à mon esprit.

J'avais l'impression de stagner depuis trop longtemps, alors que je voulais des réponses. Un signe m'arriva, mais pas vraiment d'une manière que j'aurais pu imaginer.

Damon profita d'une de nos sorties pour m'emmener à un vernissage dont il « produisait » l'artiste, ce qui nous permis de rencontrer beaucoup de monde. Comme pour me protéger ou jouer les gardes-chiourmes, il me gardait à son bras, jouant les parfaits chevaliers-servants. Un couple d'acheteurs discutait avec l'artiste exposé, quand nous les rejoignîmes. Après avoir fait les présentations, la femme s'exclama :

-- Monsieur King ? Seriez-vous de la famille de Jackson King, le PDG de cette multinationale...?

-- Il s'agit de mon cousin, répondit-il aimablement avec un sourire.

-- Oh ! C'est un homme charmant ! N'est-ce-pas, Edward ?

-- Tout à fait ! Nous l'avons rencontré, l'autre soir, au bal du Sénateur Gordon. Sa cavalière et lui, formaient un couple magnifique.

5

J'eus l'impression qu'on venait de me gifler ou de me renverser un seau d'eau glacé sur la tête.

-- « Sa... cavalière » ?, répétai-je, sous le choc.

-- Oui ! C'est un jeune mannequin qui a défilé à la Fashion Week dernièrement. Elle a même été la mariée pour ce styliste français, Jean-Paul Gaultier. Qui sait ? C'est peut-être un signe ?, ajouta la femme en riant.

Brusquement, la tête me tourna, alors qu'une bouffée de chaleur me donna l'impression d'étouffer. Damon dut deviner ou sentir mon étourdissement, car il s'exclama comme si de rien n'était :

-- Oh ! Veuillez nous excuser, mais je viens d'apercevoir une vieille connaissance et je voudrais lui présenter Julie. Passez une bonne soirée.

Sans plus attendre, tout en me soutenant discrètement, Damon m'entraîna vers la sortie. Mais même l'air frais ne put me faire reprendre mes esprits. Une fois sur le trottoir, le monde entier sembla chavirer, m'entraînant sans prévenir dans sa chute. Mon cavalier me rattrapa et me maintint contre lui, alors que je perdais peu à peu le fil de la réalité. Damon me souleva jusqu'à une chaise où il me fit asseoir avant de s'accroupir devant moi et de me maintenir la tête.

-- Jul, ouvre les yeux. Reste avec moi, m'encourageait-il calmement en me donnant de petites gifles.

Je percevais sa voix et ses « coups », mais j'avais l'impression que mes forces m'abandonnaient sans que je puisse faire quoi que ce soit.

-- Respire profondément, me conseilla-t-il gravement, et je dus faire un effort considérable pour obéir.

Après avoir suivi péniblement ses ordres, je me sentis un peu mieux et les premiers mots qui sortirent de ma bouche furent:

-- Tu étais au courant ?

Sans me lâcher des yeux, il soupira avant de répondre:

-- Je suis sûr qu'il y a une bonne raison à tout cela et que ce n'est pas du tout ce que l'on croit.

-- Vraiment ? Alors, pourquoi ne m'en aurait-il pas parlé ? S'il n'y a rien entre cette fille et lui...

-- Il n'y a rien !, affirma-t-il avec force. Je te l'assure : je suis son confident et il m'en aurait parlé, s'il y avait eu une autre femme. Fais-moi confiance... et fais-lui confiance aussi, insista-t-il.

C'était ce que je faisais, constamment, mais ce n'était pas la première « mauvaise surprise » et j'étais fatiguée de me casser le nez sur un mur. Evidemment, j'étais encore dans la vie de Jackson, mais je manquais trop de confiance en moi pour pouvoir m'en convaincre. S'il avait parlé, avoué ses sentiments à mon égard, j'aurai peut-être eu moins de difficultés à croire...

Comprenant que je n'étais plus d'humeur à faire la fête, Damon me raccompagna et proposa même de rester me tenir compagnie, mais c'était inutile. J'étais épuisée, à la fois vidée et sur les nerfs. Il n'insista pas, car il savait déjà que c'était inutile. Sur un dernier baiser sur la tempe et un « bonne nuit », il me laissa et le silence me frappa de plein fouet jusqu'à devenir insupportable. Je mis un fond de musique avant d'aller me doucher et me changer pour la nuit. Pour la forme, je m'étais couchée mais les questions restaient trop présentes dans mon esprit pour me laisser dormir.

Malgré moi, j'attendis, guettant le moindre bruit signifiant l'arrivée de Jackson ou sa présence dans son appartement. Je ne savais même pas s'il avait passé un seul instant « chez lui » depuis notre dernière rencontre. J'étais lasse de me prendre la tête pour lui: j'avais l'impression de devenir paranoïaque. « Ce n'est peut-être pas qu'une impression », me siffla ma conscience, narquoise.

Quoi qu'il en soit, j'avais besoin d'une pause dans ma vie sentimentale. Malheureusement, même si je trouvai un peu de répit et de sommeil aux premières heures de la journée, ma bonne humeur ne réapparut pas et Jackson non plus.

Cette situation ne pouvait plus durer. Bien décidée à en découdre et à mettre un terme à toutes mes interrogations, je me rendis dans le quartier des affaires, le matin même. Non sans appréhension, je me rendis jusqu'à l'immeuble de la « King Incorporated ». Il n'y eut pas une seule minute où je ne voulus pas renoncer et faire demi-tour, mais à quoi cela aurait-il servi ? Les doutes n'auraient pas disparu. La gorge serrée, je me présentai à l'accueil et je dus insister pour voir Jackson. Tout en me lançant un regard sceptique, le garde décrocha son téléphone et parlementa, avant de raccrocher :

-- Vous pouvez y aller, répondit-il. Il vous attend dans son bureau, au dernier étage.

Je le remerciai d'un hochement de tête avant de suivre le flot d'hommes et de femmes en costume, tailleur ou uniforme. J'avais l'impression de me retrouver dans le métro à l'heure de pointe, surtout en montant dans l'ascenseur. Au fil des étages, l'appareil se vida peu à peu jusqu'à ce que je me retrouve seule avec deux jeunes femmes qui me jetèrent des coups d'œil interrogatifs. Leur comportement me rendait encore plus mal à l'aise et je m'empressai de sortir, non sans sentir l'insistance de leurs regards qui me suivirent. Nerveuse, j'avançai jusqu'au bureau de la secrétaire qui m'étudia au-dessus de ses demi-lunes.

-- Bonjour. Je peux faire quelque chose pour vous ?

-- Je souhaiterais voir Monsieur King, s'il vous plaît.

-- Aviez-vous rendez-vous ?

-- Non, mais il doit m'attendre. Je... je l'ai prévenu de...

Je ne savais plus quoi lui dire. Conciliante, elle répondit aimablement :

-- Je vais le prévenir de votre présence. En attendant, vous pouvez vous asseoir, m'enjoignit-elle en m'indiquant un élégant salon d'accueil.

Sans un mot, juste un acquiescement, je partis m'installer. A peine venais-je de m'asseoir dans un fauteuil que la secrétaire m'annonça :

-- Il n'est pas en mesure de vous recevoir pour l'instant, mais il le fera dès que cela lui sera possible.

Elle m'adressa un sourire encourageant avant que je ne la remercie timidement. Même si je l'espérais, je me doutais que Jackson ne m'accueillerait pas dès mon arrivée. J'allais devoir attendre et mes questions n'auraient pas encore leurs réponses. Le premier quart d'heure se transforma vite en une heure. Lorsqu'elle se fut lentement écoulée, je regrettai de ne pas avoir de lecture, mis à part les quelques magazines financiers ou politiques disposés sur une petite table basse. Les rares allées et venues dans le couloir rythmèrent mon attente, mais je n'eus aucun signe de la part de Jackson.

Lorsque la deuxième heure se fut écoulée, je décidai de me plonger dans une de ces fameuses revues dans l'espoir de détourner mon esprit de mon agacement grandissant. J'essayai de comprendre ce que je lisais depuis un moment, lorsque une voix _ pas celle escomptée_ me sortit de ma bulle sinistre :

-- Puis-je vous proposer une collation pour vous aider à patienter ?

Etonnée, j'écarquillai les yeux avant de balbutier :

-- Oui... volontiers...

Elle me sourit avant de se détourner, pour revenir quelques instants plus tard en portant deux tasses sur un petit plateau. Avec une élégance très féminine, elle s'assit sur un fauteuil à côté du mien et me confia tout bas avec un petit sourire :

-- Normalement, je n'ai pas le droit d'offrir de collations aux visiteurs, mais comme vous semblez être une amie de Monsieur King, je crois qu'il ne m'en voudra pas.

-- Jackson... Monsieur King vous a dit que j'étais une de ses amies ?

-- Non, ce n'est qu'une supposition de ma part; mais je le connais depuis qu'il est tout petit et je sais qu'il tient à ce que les visiteurs, quels qu'ils soient, soient bien reçus.

-- Merci, en tout cas.

-- C'est tout naturel : vous attendez depuis assez longtemps. Puis-je vous demander depuis quand vous le connaissez ?

Je ne pus m'empêcher d'esquisser un sourire en songeant que j'avais d'abord rencontré Jake Ferguson avant Jackson King. Mais aujourd'hui, j'étais triste de constater que ce dernier prenait le dessus et que la personnalité de Jake s'estompait jusqu'à ne plus exister. J'étais indéniablement tombée amoureuse de la personnalité de Jake, mais pourrait-il en être de même avec celle de Jackson ?

-- Ça fait un peu plus de deux ans.

-- Vraiment ? Vous avez peut-être eu l'occasion de rencontrer son père ?

-- Oui, j'ai rencontré avec Monsieur et Madame King, quelques temps avant le décès du père de Jackson.

-- Quelle perte cela a été ! Et après, l'annulation du mariage... Peut-être connaissiez-vous sa fiancée, Emily ?

Les questions de la secrétaire me mettaient de plus en plus mal à l'aise, aussi décidai-je de détourner la conversation en regardant vers le bureau de Jackson :

-- Vous pensez qu'il pourra bientôt me recevoir ?

-- Je ne sais vraiment pas. Depuis le décès de son père, Monsieur King passe énormément de temps à travailler, à croire qu'il n'a pas de vie en dehors.

De mon point de vue, c'était le cas, mais avec ce que je savais à présent, je n'étais plus sûre de rien.

-- Si vous voulez y aller, vous pouvez lui laisser un message que je lui transmettrais, s'exclama-t-elle en se levant.

-- Merci, mais je vais rester encore un peu: je ne travaille pas avant ce soir.

-- Comme vous voulez. Puis-je vous demander quel est votre emploi ?

-- Bien sûr ! Je suis strip-teaseuse, répondis-je du tac-au-tac.

Qu'est-ce qui m'avait pris de dire une chose pareille ? Etait-ce juste pour voir apparaître cet air choqué sur les traits de la secrétaire ? Mon agacement s'était accrut au fil de son interrogatoire et pour couper court, j'avais choisi de lancer cette bombe quitte à mentir. Mais malgré sa fausse gentillesse, j'avais compris qu'elle essayait de me rabaisser, considérant sûrement que je ne méritais pas de côtoyer les hautes sphères de l'entreprise en la personne de Jackson.

-- Bien, je retourne travailler... Si vous avez besoin de quoi que ce soit, n'hésitez pas à me le faire savoir, s'exclama-t-elle nerveusement, en se levant avant de tourner les talons.

Je m'apprêtai donc à patienter encore, des heures s'il le fallait, même si cela ne m'enchantait pas. Evidemment, cela n'allait pas en faveur de Jackson et de notre relation. Pourquoi avais-je l'impression d'être toujours celle qui faisait les efforts et se sacrifiait pour cette relation ? Oui, la situation n'était pas des plus simples pour lui, mais s'il n'était pas prêt à entamer une relation sérieuse, pourquoi me retenait-il ? Et s'il avait des sentiments pour moi, pourquoi sortir avec d'autres femmes pour ne me voir que chez lui ?

Ma colère grondait au loin, mais se rapprochait tel un orage menaçant sur le point d'exploser. Aussi, lorsqu'une heure plus tard, il y eut un peu plus d'agitation, j'échappai rapidement à ma léthargie. Un groupe de personnes, sans doute des collaborateurs, sortit du bureau de Jackson en laissant la porte ouverte. Prenant cela comme une invitation, je me levai et me précipitai en restant sourde aux exclamations de la secrétaire:

-- Mademoiselle ! Attendez !

Mais je n'étais pas décidée à patienter davantage, si le destin m'offrait l'opportunité d'avoir cet entretien avec Jackson. De peur d'être interrompue, je m'empressai d'entrer dans le grand bureau avant de refermer la porte derrière moi et de m'y adosser. Mais aussitôt, je déchantai en trouvant Jackson en compagnie d'une jeune femme en tailleur, debout derrière lui, les mains sur ses épaules, tandis qu'il se trouvait assis à son bureau, penché sur des dossiers. Cette seule image suffit à me glacer le sang et à me donner la nausée.

-- Jul ? Que fais-tu là ?, s'enquit-il, ébahi, en levant les yeux vers moi.

-- Jusqu'à présent, je perdais mon temps ; mais maintenant, je suis fixée, répliquai-je férocement avant de rouvrir violemment la porte.

6

D'un pas rapide, je rejoignis les ascenseurs sans même un regard pour la secrétaire. Il fallut quelques secondes pour que les portes se rouvrent enfin. Plusieurs personnes en sortirent, sûrement pour s'entretenir avec Jackson, prouvant qu'il ne me courrait pas après. Fatiguée de devoir attendre, je m'y engouffrai presque de force en sentant mes larmes monter, alors que ma gorge et mon cœur se tordaient douloureusement. A peine entrée, j'appuyai sur le bouton du rez-de-chaussée, pressée d'en finir, même si je savais que la peine ne s'atténuerait pas d'un claquement de doigts. Je me retournai, alors que les portes se refermaient et j'eus alors un violent sursaut en découvrant Jackson.

-- Vas-tu enfin m'expliquer ce qui se passe ?, s'écria-t-il, augmentant la tension entre nous.

-- Je n'ai plus rien à te dire, répondis-je, les dents serrées en le foudroyant du regard.

-- Ecoute, Jul, je suis fatigué et j'ai du travail, rétorqua mon interlocuteur en essayant visiblement de contenir son agacement.

-- Oui, c'est ce que j'ai vu, ironisai-je, blessée.

-- Ce n'est qu'une collaboratrice.

-- Qui se permet beaucoup de choses dans ce cas.

-- Tu ne sais rien.

-- Non, et à qui la faute ? Tu ne parles jamais ! Tu ne dis jamais rien de toi, de ta vie, de ton travail, de ce que tu fais, de tes sentiments...

-- Nous y voilà !, s'exclama-t-il comme si tout venait de se résoudre. Ecoute, tu es juste jalouse...

-- Jalouse ?!, explosai-je avant que les portes de l'ascenseur ne se rouvrent.

Plusieurs personnes semblèrent étonnées de se retrouver face au « Grand Patron », car ils marquèrent une hésitation en nous voyant seuls. Je me détournai en m'enfonçant au fond de l'appareil et Jackson en fit autant. Je le surpris en train de serrer la mâchoire, visiblement contrarié. « Grand bien lui fasse », songeai-je, heureuse de le « piquer » à mon tour. Une dizaine de personnes entra et se retourna face aux portes, comme pour nous laisser à notre discussion. Le téléphone de Jackson sonna et il décrocha à contre cœur avec un soupir agacé.

-- Gemma. Oui, attendez-moi : je vais remonter dès que possible. Nous n'en avons pas terminé.

Furibonde, je fermai les yeux, tandis qu'il raccrochait et incapable de me contenir davantage, je m'exclamai à voix haute et intelligible :

-- Est-ce que je suis seulement bonne à être sautée ?

Il y eut un murmure de malaise et d'amusement dans l'ascenseur, mais ni lui, ni moi n'en eûmes cure.

-- Quoi ?

-- Tu me prends vraiment pour une conne, hein ?, ironisai-je à nouveau. Tu découches pendant des jours, sans donner de nouvelles, et quand tu rentres chez toi, comme par hasard, on fait l'amour ; mais quoi de plus simple puisqu'on habite sur le même palier ? J'ai vraiment été trop conne de croire...

-- Qu'est-ce que tu racontes ? Jul, je bosse comme un dingue pour rester à la tête de la multinationale de mon père ! Est-ce que tout cela a un sens pour toi ?

-- Oui ! C'est pour cela que tu sors avec des pouffes pour s'afficher à ton bras ! Ça fait tellement mieux, point de vue publicité ! C'est vrai : qu'est-ce qu'on penserait si on savait que tu sors avec une petite serveuse ? Ah mais non, c'est vrai ! On ne sort pas ensemble : on ne fait que « baiser ».

-- Julie, ce n'est ni l'endroit, ni le moment d'avoir cette conversation, rugit-il en tentant de maîtriser sa colère.

-- Désolée, mais avec ton emploi du temps de ministre, il n'y a pas de lieu ou d'instant propice à une discussion quelconque. Et de toute façon, les choses sont claires à présent.

-- Comment peux-tu dire cela ? Comment peux-tu dire que tu ne comptes pas pour moi ? J'ai annulé mon mariage pour toi !

-- Ah bon ? Première nouvelle ! Tu veux que je te dise: tu aurais dû épouser Emily, parce que tu n'es pas capable d'aimer une femme convenablement, en la respectant. Tu ne sais pas « aimer ».

-- Tu dis ça seulement parce que je ne t'ai jamais dit que je t'aimais. Je pensais que mes actes parlaient pour moi, mais de toute évidence, je me suis trompé.

-- Oh non, rassure-toi ! Ils parlent... mais en ta défaveur.

-- Quoi ? Mais je n'ai rien fait !

-- Oui, c'est bien ça le problème : tu n'as rien fait, Jackson.

L'ascenseur s'arrêta et les portes se rouvrirent à un nouvel étage, alors que l'appareil se remplissait davantage. D'autorité, Jackson m'attira doucement par le bras pour qu'on ne soit pas séparés. Cette proximité m'était d'autant plus pénible que j'en avais rêvé au cours des derniers jours. Je baissais les yeux pour dissimuler mes larmes grimpantes et je repris plus bas pour qu'il soit le seul à entendre:

-- Au cours des derniers jours, tu aurais pu être mort, on aurait pu être séparés, la situation aurait été la même : tu ne m'adressais pas le moindre signe de vie comme si je n'existais pas pour toi.

-- J'étais occupé, Julie. Ce n'est pas de gaieté de cœur que je passe mes journées au travail.

-- Bien sûr. Et je suppose que cette soirée en compagnie d'un mannequin, c'était aussi du travail ?

-- Jul..., soupira-t-il, las de s'expliquer.

-- Tu as raison, je suis jalouse : de ce mannequin, de ta collaboratrice et de toutes les personnes qui te côtoient, parce que je n'ai pas cette chance, sauf lorsque tu dois assouvir des besoins physiques. Tu voudrais peut-être que j'en sois flattée, mais ce n'est pas le cas. Je pensais que nous partagions quelque chose tous les deux, mais ces derniers jours, j'ai fini par comprendre une chose : je ne suis pas amoureuse du Jackson que tu es devenu, le bureaucrate uniquement tourné vers le professionnel. Je suis amoureuse de Jake, l'homme que j'ai rencontré au club, celui qui m'a « sauvée » et séduite. Tu vois, tu me mentais, et pourtant, je suis tombée amoureuse de toi, ou d'une illusion. Quand j'ai découvert ta véritable identité, j'ai voulu m'accrocher à cette illusion en pensant retrouver Jake, mais au fil du temps, il a disparu et je dois me faire une raison.

-- Qu'est-ce que tu veux dire ?

-- Je crois qu'on devrait faire une pause. De toute façon, cela ne nous changera pas beaucoup de ces derniers jours.

-- Ecoute, je suis désolé. Je voudrais vraiment faire mieux et être là pour toi, mais je passe vraiment tout mon temps ici.

-- Ce n'est pas que pour moi, Jackson : tu as aussi une famille, des amis. Le travail n'est pas la vie.

-- Je n'ai pas le choix, Jul.

C'était un dialogue de sourds. J'avais l'impression d'être un robot buttant encore et encore contre un mur, incapable de m'en détourner. Mais je n'avais pas d'autre alternative. Notre histoire était une voie de garage.

-- Bien..., répondis-je simplement, toujours incapable de le regarder en face.

Comme un signe, l'ascenseur arriva enfin à destination. Les derniers occupants sortirent et je décidai de les suivre, ce qui ne parut pas être du goût de Jackson. Rapidement, il me rattrapa et s'interposa entre la sortie et moi. La surprise me fit lever les yeux vers lui. Son visage était déformé par la colère : je ne l'avais jamais vu ainsi. La peur et la tristesse me clouèrent sur place, tandis que j'affrontai ce malheureux spectacle :

-- C'est tout ce que tu as à dire ? « Bien » ? Tu ne comptes pas te battre pour moi ?

-- Je n'ai pas cessé de le faire, Jackson, et maintenant, je suis fatiguée, parce que cela ne mène nulle part, répondis-je avec la plus grande honnêteté. Tu as annulé ton mariage pour moi ? Bien... Et ensuite ? Où cela nous conduit-il ? Je sais que tout cela n'arrive pas au bon moment, mais si on continuait... je finirais par te détester.

-- Alors c'est comme ça ? On arrête ? J'ai foutu en l'air mes fiançailles et une fusion qui aurait mis à l'abri la multinationale de mon père : tout ça pour toi ! Et toi, tu me quittes ?, s'écria-t-il, furieux.

-- C'est préférable, répondis-je à contre cœur, d'une voix quasi-éteinte.

-- Pour qui ?, s'enquit-il avec une dure ironie.

Je n'avais pas la réponse à cette question, aussi laissai-je s'échapper mes espoirs :

-- Pour nous deux.

En ultime réflexe, je voulus m'approcher pour l'embrasser sur la joue, mais contre toute attente, il eut un mouvement de recul et se détourna. Blessée au plus profond de mon être, je m'arrêtai aussitôt. Un flot de larmes me submergea et je m'écartai à mon tour en murmurant :

-- Je suis désolée.

Sans plus attendre, je tournai les talons et m'enfuis en marchant de plus en plus vite jusqu'à la porte avant de me mettre à courir jusqu'à la station de métro la plus proche. Combien de fois avais-je déjà vécu cette scène qui me semblait trop familière ? C'était la troisième fois que je « rompais » avec Jackson. Combien de fois faudrait-il pour que je comprenne que nous n'étions pas faits l'un pour l'autre ? Cette idée était ancrée si profondément dans mon esprit et mon cœur, que je savais déjà une chose : le sevrage de Jackson, de notre relation, serait long et difficile ; « trop » pour rester à New-York. A présent, j'en avais la certitude.

Cependant, je ne voulais pas retourner vivre en France. J'avais trop pris goût aux Etats-Unis, à l'art de vivre ici. Je voulais faire ma vie dans ce pays et y être heureuse ; mais à présent, je comprenais que je devais quitter New-York, et surtout mettre des miles, des états entre Jax et moi. Dorénavant, il était une personnalité publique importante et de reconnue, aussi devais-je mettre le plus de distance possible entre lui et moi pour en entendre parler le moins possible, voir l'oublier.

Sans plus attendre, je contactai ma patronne pour lui faire part de mon prochain départ, chose qu'elle ne prit pas de la meilleure des façons, agacée par mes allées et venues dans son bar. Toutefois, elle me souhaita « bonne chance » pour la suite. Vint ensuite le tour de Damon, alors que j'arrivais chez moi. Il crut d'abord à une plaisanterie avant que je ne lui avoue ma rupture avec Jackson, la voix brisée par les sanglots contenus. Là, il me demanda où j'étais et me proposa de me rejoindre pour discuter ou sortir, afin de me changer les idées. Mais cela ne marcherait pas : j'avais besoin de plus que ça, d'une rupture aussi nette et « violente » que celle vécue quelques heures plus tôt.

-- Où comptes-tu aller ? Tu retournes en France ?

-- Non..., soupirai-je en entrant chez moi, non sans un pincement au cœur.

J'avais d'abord rêvé et cru qu'il serait là, qu'il essayerait de me reconquérir, effaçant toutes ses erreurs passées. Mais à présent, ma plus grosse faute était d'espérer encore, alors que Jake et plus rien de lui n'existaient.

-- Jul ? Tu es toujours là ?

-- Oui... J'ai toujours rêvé d'aller sur la côte ouest, en Californie, à Hawaï...Ça fait un peu cliché, mais j'ai besoin de changer totalement de cadre et de vie pour me reconstruire.

-- Ok. J'ai quelques relations à Los Angeles : laisse-moi t'aider pour te trouver un logement.

-- Merci, Damon, mais je préfère faire ça moi-même. J'ai vraiment besoin de reprendre les commandes de ma vie.

-- Comme tu veux, murmura-t-il avant de marquer un long silence. Tu me donneras quand-même de tes nouvelles, n'est-ce-pas ?

-- Bien sûr... Tu es mon meilleur ami. Maintenant, excuse-moi, mais je dois préparer mes affaires et mon voyage.

-- Quand pars-tu ?

-- Le plus tôt possible.

-- Si vite ?

-- J'en ai besoin. Je ne suis pas sûre de pouvoir passer une nuit de plus ici : ça fait trop mal.

Il ne répondit rien à cela, et sur de tendres « au revoir » pleins d'émotions, il raccrocha. Il n'avait pas essayé de me convaincre de faire marche-arrière ou de me réconcilier avec Jax, comme s'il avait compris que cette relation était finalement sans issue. Il avait pourtant été le plus fervent défenseur de notre histoire, faisant tout pour nous réunir, mais l'Amour ne se commande pas.

A une vitesse qui m'étonna moi-même, je refis mes valises. Finalement, cet appartement n'avait pas été longtemps le mien et je ne m'y étais pas senti totalement chez moi. Heureusement pour moi, peu de biens m'appartenaient vraiment et, comme un pressentiment, certains cartons n'étaient même pas déballés. Plusieurs amis avaient accepté de me débarrasser de certaines de mes affaires. Au bout du compte, je n'emportai avec moi que mes vêtements et mes objets les plus personnels.

Mes paquets faits, je pris mon billet d'avion pour Los Angeles. Le vol ayant lieu la nuit suivante, je passai le reste de la soirée à préparer mon départ et nettoyer l'appartement. Damon avait accepté de se charger des formalités concernant la restitution de mon logement, aussi partis-je, l'esprit un peu plus léger.

Une fois dans l'avion, au calme, je pus enfin me libérer. Toute la journée, j'avais guetté un coup à la porte, un appel, espérant à tout instant voir ressurgir Jackson dans ma vie; mais comme depuis plusieurs jours, il était resté silencieux et inexistant. Peut-être avait-il compris qu'il n'était pas amoureux de moi ? A moins qu'il ne m'en ait encore trop voulu pour me retenir. Il me serait impossible de savoir désormais : lui seul avait ces réponses et je risquais de ne pas le revoir de sitôt, voire même jamais plus. Cette simple idée enfonçait un poignard tranchant dans mon cœur, mais je devais me faire une raison : « Jake » n'existait pas et Jackson ne faisait plus partie de ma vie dorénavant.

Une nouvelle vie s'offrait à moi. Il me fallait encore dépasser cette transition douloureuse, mais à partir de cet instant, je réappris une chose que j'avais fini par oublier : « mon avenir, mon bonheur ou mon malheur ne dépendent que de moi ».

7

9 mois. C'est ce qu'il m'aura fallu pour accoucher d'une nouvelle vie, où les éléments principaux furent remis en ordre. J'étais enfin moi-même. Je me sentais grandie, presque à maturité. En arrivant à Los Angeles, je n'aurais jamais imaginé que tout se passerait aussi vite, mais la chance m'avait rapidement sourit.

Peu de temps après mon arrivée, j'avais eu un rendez-vous avec un photographe professionnel, ami de Davis, pour un travail d'assistante. Au premier abord, Robert s'était montré complètement fou, voir tyrannique, mais décidée à rester, je m'étais donnée à deux cent pourcents, refusant de me laisser faire. Il ne m'avait pas ménagée, essayant de me pousser dans mes derniers retranchements pour tester mes limites. Non sans mal, j'avais tenu bon et cela avait payé.

Au bout d'une semaine, Rob avait compris que je n'étais pas une incapable et s'était quelque peu adouci. Au fil des semaines, il m'avait fait confiance et m'avait confié un appareil, déclarant qu'un assistant ne travaillait pas pour rester assistant, mais pour ensuite passer à l'échelon suivant. A plusieurs reprises, à la fin des séances, il m'avait laissé ma chance, me corrigeant et m'abreuvant de conseils. Il m'avait demandé si j'avais un « book », chose à laquelle je n'avais jamais pensé auparavant. La photographie était une passion et bizarrement, même si je gardais un œil artistique sur une partie de mes clichés, je n'avais jamais songé en faire mon métier. Après avoir étudié mes photos prises lors des séances, il m'avait dit que j'avais du talent, mais que je devais le peaufiner, aussi m'aida-t-il à progresser.

Je profitais de mes moments de libre pour me promener en ville et prendre des tonnes de photos du paysage, des gens et même de choses insignifiantes au premier abord. Je m'étais alors rendu compte que j'aimais vraiment faire ça, assez pour en faire mon métier. Toujours en suivant les conseils de Robert, je pris confiance en moi et lui suggérai parfois quelques idées, non sans discrétion. Il ne le prit pas mal et en suivit même certaines.

Au bout de trois mois, je ne vivais plus que pour la photo et mon travail. Je n'avais rencontré personne, mis à part les personnes croisées lors des séances. J'avais sympathisé avec Jessica, une maquilleuse travaillant avec Robert. A peu près du même âge que moi et venant d'une petite ville du Colorado, elle avait déménagé des années plus tôt à Los Angeles pour réaliser son rêve. Aussi avait-elle plus ou moins décidé de me prendre sous son aile. Jessica avait accepté que je prenne des photos d'elle en train de travailler ou de ses œuvres, lui constituant ainsi une sorte de book tout en améliorant le mien.

Après deux mois d'échanges, elle m'avait proposé de partager son appartement, car sa colocataire, une actrice, avait décidé de la lâcher, après avoir décroché un rôle dans une série. Pas une seconde, je n'avais hésité avant d'accepter son offre et je n'avais pas déchanté en découvrant que son appartement était en fait, un loft incroyablement gigantesque et plein de cachet.

Pour m'accueillir, elle y avait organisé une petite soirée avec des amis, histoire d'élargir mon réseau de connaissances. Un peu stressée, je découvris au fil de leur arrivée, des personnes vraiment adorables venant tous d'horizons différents, bien qu'ils se connaissent déjà plus ou moins. Mais « le choc » s'était produit à l'arrivée du dernier convive.

-- Ce doit être Jordan, s'était exclamé Jessie en allant lui ouvrir, alors que nous étions tous restés au salon.

La curiosité me poussa à lever les yeux vers lui, alors que nous nous levions tous, mais Marshall, le petit-ami de Jessie, me le dissimulait par sa taille et sa carrure.

-- Toujours en retard, s'était-il exclamé en serrant le nouveau-venu dans ses bras pour l'accueillir.

-- Je sais me faire désirer, avait répondu Jordan en souriant.

Il était de taille moyenne, le corps élancé ; ses cheveux noirs tranchaient avec la pâleur de sa peau et les traits délicats de son visage lui donnaient l'apparence d'un ange... ultra-sexy. C'est là que nos regards s'étaient croisés et que mon cœur s'était décroché de ma poitrine. Sur le moment, ce regard intensément bleu métallique n'avait pas été sans me rappeler celui de Jackson ; et lorsqu'il s'était écarté de Marshall, sans me quitter des yeux, mes jambes étaient restées clouées au sol.

-- Bonsoir. Je suis Jordan. Et vous devez être Julie ?, s'était-il exclamé d'une voix masculine, mais paisible et douce.

En me sentant rougir, j'avais acquiescé avant de me laisser surprendre, lorsqu'il me tendit un bouquet de fleurs.

-- Pour excuser mon retard et vous souhaiter la bienvenue parmi les fous, avait-il ajouté avec un sourire charmeur.

-- Quel séducteur, s'était moqué Marshall, élargissant le sourire de l'intéressé.

-- Merci. Je vais les mettre tout de suite dans l'eau, avais-je timidement balbutié avant de tourner les talons.

Jessica se trouvait déjà dans la cuisine pour mettre son propre bouquet dans un autre vase, lorsque je l'avais rejointe. Je n'avais pu m'empêcher de soupirer en m'arrêtant à côté d'elle, ce qui l'avait fait rire doucement.

-- Oui, il fait souvent cet effet, quand on ne le connaît pas. Mais je te rassure : on finit par s'y habituer.

J'avais eu beaucoup de mal à la croire. Cet homme était plus que beau : il ressortait de lui quelque chose de spécial, de fort : un charisme énorme. Evidemment, j'avais déjà connu cela avec Jackson, mais là, les circonstances m'avaient paru différentes.

-- Tu admires le travail de Julie, Jordan ?, s'était exclamée Jessie à notre retour parmi nos invités.

Avec décontraction, un verre de vin blanc à la main, l'autre dans sa poche de pantalon, l'intéressé était en train d'étudier une photo de ma colocataire que j'avais pris, alors qu'elle travaillait. Etonné, il s'était tourné vers moi :

-- C'est un excellent cliché, m'avait-il complimenté.

-- Merci.

-- Alors, c'est votre métier ? Photographe ?

-- A vrai dire, je suis actuellement assistante photographe, mais je compte bien en faire mon travail, oui.

-- C'est bien. Vous devez persévérer : vous avez beaucoup de talent.

-- Vous pouvez le dire en voyant une simple photo ?, n'avais-je pu m'empêcher de me moquer.

-- Mais oui, avait-il répondu avec un sourire en coin. Je suis prêt à miser sur vous, mademoiselle.

Avec un sourire troublé, le feu brûlant mes joues, je l'avais remercié, bêtement intimidée. Heureusement, mon malaise s'était apaisé, lorsque nous étions retournés avec les autres pour trinquer et discuter. Au fil de la discussion, j'en avais appris un peu plus sur chacun, avant de me livrer moi aussi.

-- Tu es Française, n'est-ce-pas ?, s'était exclamé Allison, la meilleure amie de Jessie.

-- Je plaide coupable, avais-je répondu en rougissant légèrement.

-- Ne t'excuse pas, c'est charmant, avait alors rétorqué Jordan.

Nos regards s'étaient croisés et j'avais rougis encore plus, non sans me sentir complètement stupide. Ce n'était pas la première fois que je me faisais draguer, même si cela ne m'était pas arrivé depuis longtemps. J'avais toujours eu Jackson à l'esprit, mais ce soir-là, j'avais rencontré quelqu'un qui me plaisait physiquement et à qui je semblais plaire. Evidemment, j'avais compris qu'il ne fallait peut-être pas compter sur quelque chose de durable avec un homme aussi séduisant, mais bizarrement, malgré la peur, j'avais eu envie de me laisser tenter. Ce soir-là, nous avions discuté et échangé tranquillement. Au cours du dîner, il m'avait même invitée à l'accompagner à un vernissage photos, le surlendemain.

_Eh ben, mon vieux, tu ne perds pas de temps, s'était moqué Marshall.

-- Quoi ? C'est juste un vernissage ! Ça n'engage à rien et je préfère y aller avec quelqu'un que ça intéresse plutôt qu'avec quelqu'un qui s'en fout. Mais tu aurais peut-être voulu m'accompagner ? Tu es jaloux, mon lapin ?, avait-il plaisanté pour « désamorcer » la situation.

Je n'avais pas répondu tout de suite et il ne m'avait pas mis la pression. En partant, il m'avait juste demandé de l'appeler ou de lui envoyer un message pour lui donner ma réponse. Il m'avait ensuite pris dans ses bras avant de m'embrasser sur la joue et j'avais eu toutes les peines du monde à ne pas tourner la tête pour capturer ses lèvres. En s'écartant, il avait pris tout son temps et nos regards s'étaient croisés. Nous avions alors compris tous les deux que ce n'était qu'une question de temps et de situation. Il m'avait souri et s'était éclipsé.

-- Appelez les pompiers : je crois qu'il y a le feu ici, s'était moqué Marshall avant que Jessie ne le fasse taire d'un léger coup dans le ventre.

Aucun de nous n'en avait reparlé, tandis que nous rangions les vestiges de la soirée. Cependant, avant d'aller se coucher, ma coloc était venue me trouver dans ma chambre :

-- Tiens. Si ça peut t'empêcher de réfléchir à une façon de me le demander, s'était-elle exclamée en me tendant un bout de papier. Bonne nuit. Fais de beaux rêves, m'avait-elle souhaité avec un clin d'œil avant de s'éclipser.

Sur le papier, étaient juste écrit « Jordan » et son numéro de téléphone. Sur le moment, j'avais dû me retenir de lui envoyer de message, même si mon attirance avait été évidente, ce soir-là. J'avais réussi à tenir presque 24h avant de céder à la tentation, dans l'après-midi en sortant du travail.

« Super! Je passerai te prendre à 20h, si tu es d'accord. Love, Jordan. »

8

Ce « Love » n'avait pas été sans me troubler, même s’il ne voulait pas dire grand-chose. Décidée à me changer les idées, je ressortis pour travailler, histoire d’épaissir mon book. J'allais quitter l'appartement avec mon appareil, lorsqu'il m'avait appelé :

-- Salut, c'est Jordan. Je ne te dérange pas ?

-- N... Non ! Comment ça va ?, avais-je balbutié, étonnée et troublée de l’entendre.

Après avoir échangé des banalités, il en était venu au cœur du sujet :

-- Je me demandais, si tu voudrais aller prendre un verre.

-- Quand ça ?, avais-je demandé, hébétée.

-- Dans une heure, si ça te convient ?

Cette proposition me troubla et j’eus tellement vite envie de dire « oui » que cela me fit peur. « Et puis, tu dois d’abord penser à toi et à ta carrière ! », m’avais rappelé à l’ordre ma raison.

-- A vrai dire, je comptais aller prendre des photos sur la plage de Malibu, près de la jetée où la fête foraine s'est installée. On peut se retrouver là-bas, si tu veux ?

-- Avec plaisir.

-- Super ! Alors à tout à l'heure.

Ravie, j'étais retournée à l'appartement pour me changer et m'apprêter un peu plus. En fait, je m'étais même battue avec mon reflet, partagée entre en faire plus ou moins. Fatiguée, j'avais enfilé une petite robe noire à pois blanc et improvisé un simple chignon avec une barrette. Des sandales aux pieds, j'étais enfin partie.

Heureusement, le point de rendez-vous n'était pas très loin du loft. Au bout d'un quart d'heure, j'avais les pieds dans le sable et les vagues venaient presque me lécher les pieds. C'était un vrai bonheur de vivre là, dans ce paradis, mais il y avait ressemblé encore plus, lorsque je l'avais aperçu à travers mon objectif: vêtu d'un bermuda de sport noir, son tee-shirt accroché à la ceinture, il courait, le torse nu, ses muscles luisant de sueur. Il ne m'avait pas encore aperçu, aussi avais-je pu le prendre en photo d'assez loin, capturant le moindre détail de son corps et de son visage. Un sourire amusé glissa sur mes lèvres en capturant les regards admiratifs des femmes sur sa route. J'étais même parvenue à emprisonner l'instant où il avait aperçu mon appareil, ses sourcils froncés et son visage mécontent, tandis qu'il ralentissait; puis le moment où ses traits s'étaient détendus et où il m'avait souri en reprenant une course un peu plus rapide.

Bientôt, subjuguée, le cœur battant aussi vite que si j'avais couru avec lui, j'avais été incapable de soutenir plus longtemps son regard à travers l'appareil que j'avais fini par baisser.

-- Quelle vision !, s'était-il exclamé en s'arrêtant à quelques mètres de moi avant de me rejoindre en marchant.

J'aurais pu en dire autant à son sujet et j'avais à peine réagis jusqu'à ce qu'il m'ait pris dans ses bras. C'était quelque chose de particulier, quelques secondes entre sa peau et la mienne seulement séparés par le tissus de ma robe et de mon soutien-gorge. Troublée par son torse nu, j'avais à peine osé le toucher et il s'était excusé en me croyant gênée par sa transpiration.

-- Désolé. J'avais oublié, avait-il rétorqué en s'écartant avec un sourire contrit.

-- Ce n'est pas grave, avais-je balbutié en rougissant.

-- Si tu veux bien me laisser quelques minutes, je vais aller me rincer un peu aux douches là-bas, histoire de me rendre un peu plus présentable.

-- Bien sûr.

-- Super. Je n'en ai pas pour longtemps.

Son regard était si intense qu'il semblait se nourrir du mien. Troublée, je l'avais détourné à plusieurs reprises, toujours pour revenir au sien, incapable de m'en rassasier. Sur un sourire élargi, il m'avait laissé et s'était éloigné en trottinant vers les douches publiques, tout en m'offrant une vue admirable sur les muscles de son dos. Sans pouvoir m'en empêcher, j'avais pris une nouvelle photo avant de me le reprocher en me détournant.

Je m'étais répété devoir tourner mon attention sur autre chose que lui, avant de me rendre totalement ridicule, mais après plus d'une minute d'efforts qui m'avait paru durer des heures, je m'étais retournée vers les douches. Penché en avant, la tête sous la douche, il la rejeta en arrière d'un mouvement brusque. Admirative, j'avais aussitôt pris une photo, et encore une, sans pouvoir m'arrêter, tandis qu'il secouait la tête et passait les bras sous l'eau avant de se rafraîchir le torse. A cet instant, moi aussi j'aurais bien aimé prendre une longue douche froide.

Au lieu de ça, je m'étais détournée en soupirant avant de trottiner jusqu'à la mer pour enfouir mes pieds dans l'eau à peine fraîche. Là, j'avais levé mon appareil en quête d'une « proie » à capturer, mais la seule qui m'obsédait alors, se trouvait derrière moi et encore une fois, je n'avais pu résister bien longtemps à la tentation de me retourner.

J'avais alors surpris Jordan qui revenait vers moi en trottinant, son tee-shirt recouvrant à présent son torse et toujours, ce sourire aux lèvres.

-- Tu ne peux pas t'en empêcher, n'est-ce-pas ?

-- Pardon. Ça t'ennuie peut-être ?

-- Pas du tout. Mais qu'y avait-il de si intéressant à me prendre sous la douche ? Ok, oublie cette question. J'ai déjà la réponse.

Spontanément, il m'avait fait rire, avant que je ne réponde :

-- En fait, ce n'est pas seulement ce à quoi tu penses: j'adore prendre de belles choses ou personnes quand elles ne s'y attendent pas. Des beautés qui s'ignorent, je trouve ça encore plus beaux, avais-je avoué sans retenue, sans m'en rendre compte.

-- Est-ce que je peux voir ton appareil ?, m'avait-il demandé.

-- Tu ne vas pas effacer les photos qui ne te plaisent pas ?, l'avais-je interrogé, inquiète.

-- Non, ne t'en fait pas... Seulement celles qui ne me plaisent vraiment pas, avait-il ajouté après que je lui ai tendu mon bien. Je plaisante ! , m'avait-il aussitôt rassurée en riant, comme j'avais marché dans son jeu.

Il avait étudié l'écran, les touches avant de le lever pour cadrer vers la jetée. Et avant que j'aie compris, il s'était tourné vers moi et m'avait mitraillée.

-- Qu'est-ce que tu fais ?, l'avais-je accusée, mal à l'aise, en essayant de me cacher.

-- Je capture une beauté qui s'ignore. Allez, prends la pause.

-- Je ne sais pas faire ça : c'est pour cela que je suis derrière l'appareil et non devant. Allez, rends-le moi, l'avais-je prié en avançant vers lui, tandis qu'il reculait.

-- Attends, ne bouge pas : tu as quelque chose dans les cheveux.

-- Quoi ?, paniquai-je aussitôt en me figeant.

-- Ne bouge pas, m'avait-il conseillé et lorsque j'avais obéi, il avait retiré la barrette de mes cheveux. C'est beaucoup mieux comme ça. Alors, où en étions-nous ? Ah oui ! Tu posais pour moi. Non ? Alors, fais comme si je n'étais pas là.

Mon regard, signifiant « tu plaisantes », l'avait fait rire quelques secondes avant qu'il n'ait repris plus sérieusement:

-- D'accord, alors ferme les yeux et respire profondément. Très bien, avait-il ajouté après que j'ai obtempéré. Maintenant, pense à moi.

Aussitôt, un sourire avait illuminé mon visage, puis au fil des secondes, je n'avais plus senti que la brise légère et quelques mèches venant effleurer mon visage, mais plus sa voix, comme s'il avait disparu.

-- Jordan ?, l'avais-je appelé, déjà triste à l'idée qu'il ait pu partir.

-- Chuuuuuut..., l'avais-je entendu murmurer tout près alors qu'une ombre rafraîchissait légèrement mon visage.

J'avais alors senti qu'il repoussait des mèches barrant mes traits, le bout de ses doigts effleurant mes joues. La bouche légèrement entrouverte, je ne souriais plus. J'avais juste attendu jusqu'à sentir son souffle sur mes lèvres offertes avant qu'il ne les capture lentement. Je m'étais sentie si bien alors, mon cou entre ses mains, que mes bras s'étaient automatiquement enroulés autour du sien. Ce baiser avait été l'un des plus agréables de toute ma vie jusqu'alors. Hystérique, mon cœur n'avait plus voulu entendre la sérénité de mon esprit. J'étais bien et aucun regret ne m'avait assailli, sauf lorsque Jordan s'était écarté. J'avais lentement rouvert les yeux et il m'avait souri avant de reprendre rapidement ma bouche.

-- Attends-moi une seconde, avait-il murmuré.

Un peu déboussolée, je l'avais regardé s'éloigner et trottiner jusqu'à un homme qui lui rendit mon appareil avant que Jordan ne revienne vers moi en courant. Je l'avais regardé, les yeux exorbités et il m'avait redonné mon bien en s'exclamant:

-- J'espère que tu ne m'en veux pas. Je voulais des photos de nous, échangeant notre premier baiser.

Je n'en étais pas revenue. Pas à cause de son audace, mais de cette idée complètement rocambolesque et romantique.

-- Viens : on va les regarder, m'avait-il encouragée à le suivre en me prenant la main.

Encore sous le choc, je m'étais laissée conduire, tandis que nous nous éloignions un peu du bord. Sur le sable plus sec, il s'était assis et m'avait invité à m'installer entre ses jambes écartées. Adossée à lui, j'étais peu à peu revenue à la vie et il avait insisté pour regarder mes photos prises avant son arrivée. Lorsqu'il était apparu sur les clichés, je n'avais pu m'empêcher de sourire tendrement, tellement je le trouvais beau et oubliant complètement qu'il se trouvait derrière moi. Il avait beaucoup ri des photos de lui sous la douche et s'était gentiment moqué de moi, me faisant rougir. Mais cela n'avait été rien en comparaison des photos de moi, lorsqu'il s'était exclamé contre mon oreille :

-- Tu as raison : il n'y a rien de plus beau qu'une beauté qui s'ignore.

S'il n'avait pas eu ce ton sérieux, j'aurai pu croire qu'il plaisantait et j'avais dû m'assurer du contraire en tournant la tête vers lui. Aussitôt, ses lèvres étaient apparues à ma portée. J'avais levé la main jusqu'à sa nuque et lentement, je l'avais encouragé à m'embrasser, chose qu'il ne s'était pas fait prier d'exécuter.

9

Voilà comment mon histoire avec Jordan avait débuté. Je ne savais quasiment rien de sa vie alors, mais son charme avait agi sur moi tel un irrésistible aphrodisiaque jusqu'à ce qu'une sonnette d'alarme retentisse dans ma tête. J'avais déjà agi ainsi par le passé avec Jackson, sans savoir qui il était, et j'avais finalement souffert.

Alors, j'avais légèrement repoussé Jordan, assez pour murmurer :

-- Attends... On ne se connaît quasiment pas et... je sors d'une relation longue et douloureuse. Je ne veux pas revivre ça et refaire les mêmes erreurs.

-- Je comprends, avait-il répondu d'une voix douce et posée. Je ne dis pas que j'arriverai toujours à me retenir, parce que tu m'attires déjà beaucoup, mais je te promets d'essayer.

-- Je veux juste apprendre à te connaître.

-- Ce n'est pas très difficile, tu sais ? Tu tapes mon nom sur Wikipédia et...

-- Je suis sérieuse !, l'avais-je accusée en riant doucement, tout en lui faisant face.

Il m'avait fixé d'un air sérieux en silence, pendant quelques secondes, ce qui m'avait intriguée :

-- Quoi ?

-- Tu ne sais vraiment pas qui je suis ?

Incapable de dire s'il plaisantait ou non, j'avais commencé à avoir peur :

-- Je suis désolée, mais non... Je devrais ?

-- Jessie ne t'a rien dit à mon sujet ?

-- N... non... Elle aurait dû ?

Il avait détourné les yeux tout en pestant et son visage n'avait pas recouvert son sourire. Il avait paru vraiment contrarié, m'inquiétant encore plus. Comme il n'avait pas semblé savoir par où commencer, je lui avais timidement tendu quelques perches :

-- Est-ce... est-ce que tu es célèbre ?

Il avait enfin esquissé un sourire amusé avant de plonger dans mon regard pour répondre :

-- Je m'appelle Jordan Beck.

Sur le moment, ce nom m'avait fait froncer les sourcils, tellement il me disait quelque chose, mais c'était si loin. Dès notre rencontre, son visage m'avait paru familier, mais son regard m'avait fait tout oublier. Comme j'avais gardé le silence, il avait poursuivi :

-- Je suis un peu un touche-à-tout : je produis, réalise... Et je suis aussi acteur.

Une nouvelle sonnette avait retentit dans ma tête, alors qu'un flash s'était superposé au visage de Jordan : son image en plus jeune, ses cheveux blonds plus longs, souvenir de mon adolescence. Mais pendant ce temps, il avait poursuivi :

-- Mais je suis aussi et surtout le leader d'un groupe formé entre autre avec mon frère et qui s'appelle « Jupiter's ... »

-- « Flashes », l'avais-je coupé dans un souffle. Oh mon Dieu.

Brusquement, je m'étais levée et écartée avant de m'éloigner vers l'océan. De nouveaux rappels étaient passés dans ma tête: j'avais déjà entendu parler de ce groupe, les apercevant en couverture dans des magazines ; et surtout, j'avais déjà vu l'un de leurs clips où Jordan, son visage, son regard étaient présents, mis en avant comme un signe de reconnaissance. « Comment ai-je pu passer à côté de ça ? Comment ai-je pu l'oublier ? » Le mot « comment » avait tourné en boucle dans ma tête jusqu'à ce qu'il m'ait rejoint au bord de l'eau, sans me toucher.

-- Ce n'est pas vraiment la réaction à laquelle je suis habitué, quand j'annonce mes « titres », s'était-il exclamé, un malaise dans la voix.

Il avait eu l'honnêteté de se « présenter », aussi m'étais-je retournée pour répliquer :

-- Je suis désolée, je... n'avais pas réalisé qui tu étais jusqu'à maintenant. Je savais qui tu étais, mais... j'étais loin de me douter qu'on pourrait se rencontrer de quelque façon que ce soit. Je n'ai pas réfléchi...

-- Et tu regrettes ce qui s'est passé ?

A cet instant, j'avais dû prendre un instant pour faire le point dans ma tête et il s'était exclamé avec un sourire un peu triste:

-- Tu réfléchis : ce n'est pas vraiment bon signe.

-- Ce n'est pas ça. Je... je ne regrette pas ce qui s'est passé, mais j'ai peur.

-- De quoi ? Tu n'as pas à avoir peur : je ferai tout pour te protéger, m'avait-il assuré en posant les mains sur ma taille.

-- Ce n'est pas cela... Quand j'étais à New-York, j'ai eu une relation en dents de scie avec un homme. Il était fortuné et n'a jamais voulu assumer ou officialiser notre relation. On devait presque toujours se cacher et... je ne veux pas revivre ça. Tu es célèbre et...

-- Je comprends, mais Julie, je ne suis pas ton ex. C'est vrai, je suis célèbre, mais le proverbe « pour être heureux, vivons cachés », ce n'est pas pour moi. Je n'ai pas envie de me cacher ou de mettre des barrières. Il y a d'autres moyens de se protéger, mais je ne veux pas passer ma vie à chercher des stratagèmes plutôt que de vivre les choses. Si j'ai envie de t'embrasser maintenant, de t'enlacer ou de te prendre la main, tu es la seule qui pourra m'en empêcher. C'est pareil si on doit sortir. Si je devais enfermer notre relation dans une cage dorée, tu n'aurais qu'une envie: en sortir dès que la porte serait ouverte.

Avec ses paroles, il était parvenu à m'apaiser tout en avançant vers moi, avant de me caresser la joue en me souriant tendrement.

-- Je te demande juste une chance de te le prouver. Tu veux bien ?

La logique de ses mots m'avait convaincue et j'avais déjà commencé à m'attacher à lui pour pouvoir refuser. J'avais juste acquiescé et il m'avait doucement embrassé avant de me prendre dans ses bras. Nous étions restés ainsi pendant quelques secondes avant qu'il ne m'invite à une promenade que j'avais accepté. Main dans la main, nous avions discuté : il m'avait beaucoup parlé de lui, voyant que j'étais encore réticente à parler de moi. Ça allait venir, plus tard.

Nous avions passé toute la soirée ensemble sur la jetée, puis dans un restaurant, apprenant simplement à nous connaître. Tranquillement, il m'avait raccompagné chez moi en voiture et sur un dernier baiser, nous nous étions quittés. Malgré les bons moments que nous avions passés, j'avais été sonnée par la nouvelle de son identité et j'avais eu besoin de quelques heures de solitude pour m'en remettre. En retrouvant Jessie à l'appartement, je lui avais annoncé avoir appris l'identité de Jordan.

-- Parce que tu ne savais pas qui il était ? Je pensais que tu le savais !, avait-elle seulement répliqué, ébahie devant mon manque de culture.

Une fois dans ma chambre, j'avais pris une douche avant de regarder mes photos de la journée. Quand étaient arrivées celles prises par Jordan, j'avais ressenti un énorme élan de tendresse. Celles de notre premier baiser, elles, m'avaient chamboulé et beaucoup émue. J'avais alors compris une chose sur laquelle il avait eu raison : il n'était pas Jackson. Après quelques transferts, je lui avais envoyé une photo de nous par téléphone avec juste un « merci ». Il avait rapidement répondu: « vivement demain. Bonne nuit ».

Comme prévu, nous nous étions revus, le lendemain, puis les jours qui avaient suivi. Il m'avait montrée ses endroits préférés de Los Angeles, présentée à ses amis, puis sa famille lors d'un grand barbecue. Tout était allé très vite avec lui et il m'avait prouvé qu'en effet, il ne cherchait pas à me cacher, mais qu'au contraire, je faisais partie intégrante de sa vie.

Et puis, c'était toujours intéressant de parler avec lui, de tout et de rien, y compris de mon travail qui lui importait vraiment. Il avait partagé le sien avec moi, me montrant ses réalisations, ses projets, me faisant écouter des morceaux. Au fil du temps, je m'étais aussi rendue compte qu'il était devenu une partie intégrante de mon univers. Comme promis, il avait respecté ma volonté en allant doucement physiquement. Nous nous étions très rarement retrouvés dans des situations « dangereuses ». Il ne m'avait jamais invité chez lui pour un dîner en tête-à-tête, comme pour nous « préserver » des tentations.

Nous sortions ensemble depuis presque trois semaines, lorsqu'après un dîner au restaurant, je lui avais demandé une fois dans la voiture :

-- Tu m'emmènes boire un dernier verre chez toi ?

Sur le point de démarrer, il était resté à m'étudier pendant plusieurs secondes, incrédule, comme s'il était bloqué. J'avais éclaté de rire, ce qui l'avait réveillé. Nerveusement, il nous avait ramené chez lui et une fois arrivés devant sa villa, j'avais moi aussi ressenti une certaine tension, qui s'était atténuée dès qu'il m'avait pris la main pour me conduire dans la maison. Sans un mot, nous étions directement montés dans sa chambre où nous avions commencé à nous embrasser en souriant. Après l'avoir fait reculé, je l'avais poussé sur le lit avant de faire tomber ma robe et de grimper sur lui. Ce prémisse et les semaines d'abstinences avaient rendu cette nuit d'autant plus magique et passionnée. Nous nous connaissions alors assez pour tout nous permettre.

Nous n'avions déjà plus de secrets l'un pour l'autre, sauf peut-être celui qu'il me révéla quelques jours plus tard en me raccompagnant chez moi, un matin. Nous venions d'échanger un baiser, lorsqu'il s'était exclamé :

-- A ce soir. « Je t'aime ».

En entendant ces mots, j'étais restée bloquée, immobile, comme lui lorsque je lui avais suggéré de m'emmener chez lui. Mais j'avais tellement attendu de les entendre de Jackson, puis de lui, que lorsqu'ils étaient sortis, mes larmes les avaient accompagnés. Il m'avait souri et regardé tendrement avant d'attirer ma tête pour un nouveau baiser auquel je n'avais pas résisté. Au contraire, j'avais passé mes bras autour de son cou et m'était blottie autant que possible contre lui.

-- Moi aussi, je t'aime Jordan.

-- Vraiment ? Tu ne dis pas ça parce que je te l'ai dit ?, m'avait-il taquiné en sachant que je disais la vérité.

Je m'étais déjà retenue à plusieurs reprises, formulant parfois cet aveu à demi-mots avant d'essayer de revenir en arrière. J'avais eu trop peur d'affronter de nouvelles désillusions comme avec Jackson. Mais cette fois, la chance m'avait sourie.

Au bout de trois mois de relation et d'allers et venues entre mon appartement et sa maison, il m'avait proposé de laisser quelques affaires chez lui, resserrant nos liens. Les mois qui suivirent, je l'avais moins vu, car il avait dû travailler sur un film, mais nous avions passé autant de temps que possible ensemble. Il avait continué à s'intéresser à mon travail et ne rechignait pas à « pauser » pour moi pour « m'aider à m'entraîner », alors que je lui faisais répéter son texte, ou ses scènes d'amour que nous prolongions au cours des nuits.

De mon côté, Robert avait fait jouer ses relations pour me faire rencontrer un agent. Veronica Richards était quelqu'un de reconnu et avait finalement accepté de me représenter. En quelques jours, elle avait réussi à trouver une galerie où m'exposer et à organiser un vernissage. Cet évènement auquel Jordan m'avait accompagné, avait aidé au lancement de ma carrière. Après cela, on m'avait demandé de couvrir des articles, des couvertures pour des magazines de mode ou de musique. Veronica m'avait également organisé d'autres vernissages sur Los Angeles, mais aussi à San Francisco.

En parallèle, lorsque Jordan eut terminé le tournage de son film, il avait continué à travailler sur le prochain album de son groupe et m'avait demandée de prendre les photos illustrant le livret.

En quelques mois, j'avais acquis une certaine notoriété, qui me permettait de vivre de ma passion. J'avais enfin trouvé ma voie, et le bonheur avec Jordan. Même si nous n'habitions pas ensemble, je passais beaucoup de temps chez lui où je me sentais presque chez moi. Il apparaissait de plus en plus comme étant l'homme de ma vie, mais malgré notre relation apparemment stable, je ne pouvais m'empêcher de rester prudente à ce sujet. Tout était justement trop calme, trop « parfait » et j'attendais avec crainte, le retour de manivelle.

Il arriva, quelques semaines plus tard, lors d'un rendez-vous avec Veronica. Nous déjeunions ensemble à la terrasse d'un restaurant végétarien, lorsqu'elle m'annonça :

-- Bon, tu ne vas pas en revenir, mais je t'ai décrochée plusieurs séances photos, dont une pour plusieurs pages et la couverture du « Vogue » américain.

-- « Vogue » ?, répétai-je, incrédule.

-- Ils ont beaucoup aimé ce que tu as fait pour « Marie-Claire » et « Elle », et t'ont demandé avec beaucoup d'insistance. C'est une énorme chance de te faire connaître sur la côte Est. D'autant plus que je t'ai également organisée plusieurs vernissages, lors de ton séjour là-bas. Je suis aussi en pourparlers concernant un certain projet, mais je t'en dirais plus, lorsque nous aurons avancé.

-- Attendez, attendez ! La côte « Est » ?

-- Oui ! A New-York !

10

Encore sonnée par la nouvelle, je restai bouche-bée et elle poursuivit en se fourvoyant sur ma réaction :

-- Je sais, c'est vraiment énorme pour quelqu'un qui « débute », mais je suis sûre que ton travail leur plaira autant qu'ici. Et puis, tu vas aussi avoir des séances avec des artistes, qui tiennent absolument à ce que tu fasses le livret de leurs albums à venir... Y'a-t-il un problème ?, s'enquit-elle comme je restais sans réactions, le regard dans le vide.

-- Je ne peux pas aller à New-York, décrétai-je d'une voix monocorde, le visage défait.

-- Quoi ? Tu plaisantes ?

-- Non, je... C'est personnel, mais je ne peux pas y aller.

-- Julie, tu as toute une foule d'offres qui t'attendent là-bas.

-- Je n'ai pas besoin d'y aller ! Je suis célèbre et j'ai du travail ici. Je n'ai pas besoin d'aller à New-York pour continuer à faire avancer ma carrière.

-- Non, mais tu dois y aller pour ne pas qu'elle s'arrête. Julie, si tu snobes New-York, tu finiras par ne plus attirer les investisseurs. New-York est une des capitales mondiales des Arts et tu ne peux pas passer à côté, si tu veux réussir.

-- Je veux juste réussir assez pour vivre de mon métier.

-- Tu ne pourras pas toujours rester « enfermée » sur la côte Ouest. La prochaine étape est indéniablement New-York. Est-ce qu'il y a quelque chose que tu souhaites éviter là-bas ? Ou quelqu'un ?

-- Je n'irai pas à New-York : un point c'est tout, décrétai-je en quittant brusquement la table.

Veronica n'eut même pas le temps de me retenir. Sans attendre, je rejoignis un arrêt de bus et éteignis mon téléphone, devinant qu'elle ne laisserait pas la conversation s'arrêter ainsi.

Ce n'est qu'une fois dans le bus que je m'autorisai à y réfléchir : « New-York ». J'avais l'impression de voir revenir cette ville et tout ce qui la concernait, comme un boomerang. Je savais que je n'allais pas pouvoir fuir « la Grosse Pomme » jusqu'à la fin de ma vie et que mon agent avait raison, mais je n'étais pas prête à y retourner. C'était indéniable.

Pourtant, je n'arrivais pas à me sortir tout ça de la tête. Dans l'espoir de me la vider enfin, je me rendis à la plage pour surfer un peu. J'avais commencé à apprendre quelques mois plus tôt et la pratique me détendait, la concentration et la force à employer captivant totalement mon esprit. Habituellement, après avoir surfé, j'étais souvent trop épuisée et paisible pour avoir encore la force de réfléchir, y compris à mes problèmes.

Malheureusement, cette fois, il n'en alla pas de même. Les vagues n'étaient pas très présentes et malgré mes efforts, je ne pus trouver la satisfaction et la paix habituelles. A ma sortie de l'eau, j'étais fatiguée, et le temps gris semblait s'être mis au diapason avec mon humeur déçue.

En levant les yeux, j'aperçus Jordan qui marchait tranquillement dans ma direction, pieds nus et les mains dans les poches de son bermuda. Je m'arrêtai un peu plus haut pour poser ma planche.

-- Qu'est-ce que tu fais là ?, l'interrogeai-je, agréablement surprise. Je te croyais en train de travailler à la maison avec Levy et Simon ?

-- On a fait une pause, répondit-il avant de m'embrasser en m'enlaçant légèrement.

Je soupirai en fermant les yeux, trouvant enfin la paix que j'avais tant cherchée. Il était le roc auquel je pouvais me raccrocher pour me reposer un peu. J'esquissais un sourire et me blottis contre lui.

-- On dirait que j'ai bien fait de venir. Dure journée ?

-- Un peu, avouai-je en restant contre lui.

-- Tu veux m'en parler ?

-- Non..., répondis-je à nouveau mal à l'aise. Je suis en train de te mouiller, murmurai-je en m'écartant, la tête baissée.

-- Ce n'est rien.

-- Comment m'as-tu trouvée ?, demandai-je en m'essuyant le buste et le visage avec une serviette pour ne pas avoir à le regarder.

-- Veronica a appelé à la maison, parce qu'elle n'arrivait pas à te joindre sur ton portable.

-- Je suis désolée, répliquai-je sincèrement en le regardant en face. Je lui demanderai de ne pas faire ça.

-- Ce n'est pas grave, mais elle était inquiète. Elle n'a pas compris pourquoi tu es partie aussi brusquement du restaurant.

A nouveau, je soupirai, mais cette fois, ce ne fut pas paisiblement.

-- Qu'y-a-t-il à New-York, pour que tu ne veuilles pas y retourner ? De quoi as-tu peur ?

Ce que je craignais, allait arriver. Même si je ne lui avais pas donné de nom, Jordan connaissait mon histoire avec Jackson. Sans savoir pourquoi, peut-être pour l'effacer plus facilement de mes pensées, j'avais caché son identité ; mais aujourd'hui, il revenait dans ma vie comme un diable sortant de sa boîte. Jordan attendait patiemment ma réponse, sans me lâcher du regard.

-- Pourquoi as-tu peur de lui ?, finit-il par demander.

-- Ce n'est pas ça..., avouai-je au pied du mur. J'ai juste peur de...

-- De ce que tu pourrais ressentir si tu le revoyais ?

Comme d'habitude, il avait su lire en moi et avec un sentiment de culpabilité, j'acquiesçai.

-- Tu ressens encore quelque chose pour lui ?

-- Non ! Mais j'ai peur de ce qui pourrait se passer.

-- Mon cœur, tu n'es même pas sûre de le revoir là-bas. Il ne s'agit que de quelques jours, non ? C'est vraiment une très grande opportunité pour toi et cela peut t'apporter beaucoup de choses. Tu ne dois pas laisser ta peur te guider ou te retenir. Jamais. Si tu passes cette étape et que tu vas à New-York, tu n'auras plus peur d'y retourner ; et de toute façon, tu ne pourras pas toujours y échapper. N'y a-t-il pas des amis là-bas que tu voudrais revoir ?

-- Si, bien sûr..., avouai-je en repensant à eux.

Damon me manquait beaucoup. Nous étions un peu restés en contact, mais de par son lien de parenté avec Jackson, je ne voulais pas lui laisser une trop grande place dans ma vie. C'était le punir injustement, mais je voulais trop me protéger.

-- Et si je te proposais de t'accompagner?

-- Quoi ?, m'exclamai-je en écarquillant les yeux. Je croyais que tu ne pouvais pas quitter Los Angeles ?

-- Ton voyage à New-York n'est prévu que dans un mois, alors les gars et moi avons encore le temps de travailler ; et puis, une petite pause ne nous fera pas de mal. Je ne serai pas contre un voyage romantique en amoureux, histoire de m'inspirer un peu. Et toi ?

Son petit air malicieux me rendit le sourire et me fit le plus grand bien.

-- Jordan, tu n'écris pas de chansons romantiques.

-- Il y a un début à tout. On ne sait jamais.

J'éclatai de rire et il franchit la distance entre nous.

-- Alors, qu'en dis-tu ?, s'enquit-il en m'enlaçant à nouveau. Veux-tu de moi à tes côtés pour faire ton grand retour à New-York ?

Ravie, j'avais évidemment cédé avant de lui sauter au cou pour l'embrasser. Il était le soutien dont j'avais besoin là-bas, mon repère avec ma vie actuelle face à mon passé

« tumultueux ». Avec lui à mes côtés, j'étais sûre de me sentir plus forte, quoi qu'il arrive.

Rassurée par la présence de Jordan, j'avais donc accepté ce voyage et les rendez-vous qui en découlaient. J'avais longtemps hésité avant de recontacter Damon, pour le prévenir que je venais avec mon compagnon et que nous sortions ensemble depuis près d'un an. C'était idiot de ma part de vouloir le préciser, mais je préférais mettre les choses au clair dès le départ, qu'il en parle à Jackson ou non. Damon s'était dit heureux pour moi et avait demandé que l'on se voie au cours de mon séjour.

Au fil du temps, j'avais fini par moins appréhender ce voyage, et lorsque le moment de s'envoler arriva, mes craintes à propos de Jackson avaient presque toutes disparues. Je me disais que New-York était assez grande pour que nos chemins ne se croisent pas; et puis, un an plus tôt, avant notre rupture, il était déjà bien trop occupé par son travail pour pouvoir sortir. Ce devait encore être le cas et les vernissages n'étaient sûrement pas un endroit où je pourrais le croiser.

Une fois dans l'avion, Jordan me prit la main et je lui souris en retour avant de me blottir contre lui. Il m'embrassa sur le front et murmura tendrement :

-- Tout se passera bien.

Je ne savais pas s'il parlait du vol ou du séjour, mais dans tous les cas, j'étais prête à le croire. Après plusieurs heures, nous arrivâmes enfin à JFK et j'eus l'impression d'avoir remonté le temps. Mis à part quelques détails auxquels je ne prêtai pas attention, rien ne me sembla avoir changé.

Et puis, après qu'on ait récupéré nos bagages, nous nous dirigeâmes vers le grand hall de l'aéroport. Déjà, je m'écartai de Jordan, mais il m'arrêta aussitôt en me retenant par la main. Nous savions déjà tous les deux qu'une horde de ses fans attendait derrière les portes, mais il ne voulait pas « jouer la comédie ».

-- Je n'ai jamais caché notre relation : ce n'est pas maintenant que je vais commencer, déclara-t-il en me regardant au fond des yeux.

Il était décidé et je le laissai faire, profondément amoureuse. Je sus alors que les choses n'étaient plus comme avant. Si la ville n'avait pas changé dans les grandes lignes, ma vie et moi n'étions plus les mêmes. Si j'avais quitté la ville en pleurs et la tête baissée, aujourd'hui je revenais amoureuse et la tête haute.

Les portes s'ouvrirent et les cris fusèrent à la vue de mon compagnon qui, tout en saluant ses fans, ne me lâcha pas la main une seule seconde. Il vivait sa propre vie, mais ne m'en écartait pas, sachant déjà que je me ferais discrète.

Toutefois, je fus soulagée en me retrouvant dans la limousine qui nous attendait. A l'intérieur, Veronica, déjà à New-York depuis plus d'une semaine, était venue nous accueillir et notamment, me rappeler mon emploi du temps et mes obligations. La journée étant déjà bien avancée, nous n'avions rien de prévu avant le lendemain où plusieurs interviews m'attendaient, ainsi que mon exposition. Mais d'ici là, je voulais profiter de mon temps-libre avec mon amoureux. Déjà blottie contre lui, je fermai les yeux, un peu assommée par le décalage horaire.

-- Alors, qu'est-ce que ça fait de revenir après tout ce temps ?, s'enquit-il tout bas à mon oreille.

-- Rien, si ce n'est que je suis très heureuse et soulagée de t'avoir avec moi, répondis-je avant d'ouvrir les yeux pour le regarder en face. Merci d'être venu.

-- C'est un plaisir, murmura-t-il avant de m'embrasser.

-- Compte sur moi pour te le rendre très vite, répliquai-je tout bas avant de le sentir sourire contre mes lèvres.

Soulagée, j'eus l'impression d'arriver rapidement à notre hôtel, mais après avoir récupéré la clé de notre suite, Jordan s'exclama :

-- J'ai demandé à mon agent de me déposer quelques scénarios. Je vais voir s'ils les ont bien reçus. Je te rejoins tout de suite, s'exclama-t-il avant de m'embrasser.

-- Je peux t'attendre, suggérai-je.

-- Non, ce n'est pas la peine. Je n'en ai pas pour très longtemps, mais il y a un peu de monde à la conciergerie et je voudrais voir quelques petites choses avec eux.

-- Mmm... Intéressant, répliquai-je avec le sourire. D'accord, je te laisse.

-- Je te rejoins sous la douche, me promit-il tout bas avant de m'embrasser à nouveau.

-- Ne tarde pas trop ou je commence toute seule, le menaçai-je contre ses lèvres.

-- Je me dépêche.

Sur un dernier baiser, je le laissai et suivis la gouvernante et le groom avec les bagages. Notre suite semblait surplomber la ville, ce qui me donna le vertige. Les grandes baies donnant sur un balcon me rappelèrent l'appartement de Jackson à Manhattan, mais je bousculai aussitôt ce souvenir hors de ma mémoire pour me concentrer sur le présent et la gouvernante me présentant notre espace.

Quelques instants plus tard, après que je leur eus donnés un pourboire à chacun, je me retrouvai seule.

J'attendis un peu l'arrivée de Jordan, mais la fatigue et les courbatures se faisant sentir, je partis sous la douche. J'eus beau faire durer ce moment plus longtemps que prévu, seule son absence me tint compagnie.

En désespoir de cause, je finis par sortir et me vêtir d'un peignoir. Mais alors que je m'essorais les cheveux à l'aide d'une serviette, j'entendis du bruit dans la suite par les portes ouvertes de la salle de bains et de la chambre. Impatiente de le retrouver, je sortis tout en continuant à m'essuyer les cheveux et m'exclamai depuis la chambre :

-- Je suis désolée. Tu as été trop long et je me suis occupée toute seule. Evidemment, ce n'était pas aussi agréable que si tu t'en étais chargé, mais je me suis débrouillée. Cependant, ne pense pas t'en tirer à si bon compte : maintenant, tu vas devoir te faire pardonner, renchéris-je avec un sourire en percevant un bruit derrière moi, alors que je tournais le dos à la porte.

Avec une certaine audace et dans un geste théâtrale, je fis tomber mon peignoir au sol avant de m'exclamer encore :

-- Alors... comment comptes-tu t'y prendre ?

Sur ce, les mains sur les hanches, je déclarai en me retournant :

-- J'aurais bien une petite idée, mais...

La fin de ma phrase mourut dans ma bouche au moment où je levai les yeux. Aussitôt, j'eus l'impression de recevoir un choc, d'être frappée par la foudre. Mes yeux s'écarquillèrent en découvrant Jackson devant moi, me faisant perdre toute conscience de la situation. Un frisson courut sur ma peau et brusquement réveillée, je me rappelai que j'étais nue. D'un geste précipité et affolé, je m'accroupis pour récupérer mon peignoir avant l'enfiler à la hâte.

-- Bonjour Jul, déclara-t-il enfin d'une voix douce et grave, sans me lâcher des yeux.

11

J'avais l'impression qu'il me transperçait tant son regard se faisait insistant, malgré la douceur. Vêtu d'un costume trois pièces gris qui renforçait encore plus sa prestance, il arborait en plus, son petit sourire.

-- Que fais-tu là ?, demandai-je, paniquée.

Un autre bruit parvint du salon, et affolée, tout en le suppliant du regard, je chuchotai :

-- Ne lui dis rien.

-- Hey, vous êtes là ?, s'exclama Jordan en apparaissant. Chérie, tu as déjà rencontré Jackson ?

Le feu aux joues, j'ouvris la bouche sans trop savoir quoi répondre, affolée. Je ne savais plus où regarder, mais mon regard fuyait automatiquement mon ex.

-- A vrai dire, j'allais me présenter à l'instant.

-- Laisse-moi cet honneur, s'exclama Jordan en souriant largement, avant de lui taper dans le dos en me rejoignant pour m'enlacer par la taille. Mon cœur, je te présente Jackson King, un de mes plus vieux amis. On s'est retrouvé dans le hall de l'hôtel et je lui ai proposé de monter prendre un verre ici, car je tenais à te le présenter. J'espère que ça ne t'ennuie pas.

-- N... non. Je suis heureuse de vous rencontrer, monsieur King, même si j'aurais préféré vous accueillir dans une tenue un peu plus conventionnelle.

-- Ne vous en faites pas, vous êtes absolument divine, répondit-il avec un sourire en coin.

-- Bien... Pourquoi ne repasseriez-vous pas au salon, pendant que je me change ?, suggérai-je, troublée par la situation.

-- Très bonne idée. Je te sers un verre en attendant, annonça Jordan avant de m'embrasser sur la tempe et de me relâcher.

Encore sous le choc, je restai immobile jusqu'à ce qu'ils aient disparu. Là, comme sortie d'un mauvais rêve, je recouvris mes esprits et me précipitai dans la salle de bains avant de m'adosser contre la porte close. « C'est pas possible ?! C'est une blague ! » Etais-je devenue folle ? Ou bien avais-je basculé dans un monde parallèle ? Cela ne pouvait pas arriver ! Jackson, ami avec Jordan ? Il avait fallu que je tombe amoureuse à l'autre bout des Etats-Unis d'un homme, ami avec celui que j'avais considéré comme l'homme de ma vie. Comment Jordan le prendrait-il, lorsqu'il savait que mon « abominable » ex et son vieil ami n'étaient qu'une seule et même personne ? Bon sang, ce cauchemar allait-il un jour prendre fin ?

J'avais déjà envie de retourner à Los Angeles pour m'enfermer à double tour et ne plus quitter la Californie. « C'est trop tard », me souffla ma conscience avec une moue désolée. « Fini de fuir ». Au lieu de cela, j'allais devoir sortir d'ici et faire bonne figure, jouer la comédie. Mentir à Jordan serait sans doute le plus difficile, et j'étais partagée entre l'idée de me taire et celle de lui avouer la vérité. Mais je n'arrivais pas à savoir comment il prendrait les choses et réagirait avec Jackson et moi. J'aurais voulu que tout soit plus simple, mais je savais déjà que j'allais devoir commencer par être honnête avec l'homme que j'aimais.

Aussi rapidement que ma volonté me le permit, j'enfilai un tee-shirt et un jean, et après une brève hésitation, je refis mon apparition. Non sans surprise, je ne perçus aucune voix provenant du salon. « Est-ce qu'ils sont partis sans moi ? », m'interrogeai-je à la fois, soucieuse et soulagée. Intriguée, j'avançai lentement, découvrant d'abord Jordan, debout face à la baie vitrée, une main tenant un verre, l'autre dans sa poche. Il ne parlait pas et en continuant ma progression, je compris pourquoi: il était seul.

-- Jordan ?, l'appelai-je, curieuse et inquiète.

Aussitôt, il se tourna vers moi et me sourit, ce qui me soulagea bêtement.

-- Tu es seul ?, demandai-je en fouillant la pièce des yeux, sans oser m'avancer.

-- Oui, Jackson a dû partir.

-- Que s'est-il passé ? Vous vous êtes disputés ?, m'inquiétai-je, toujours plantée au même endroit.

-- Non. Il avait simplement à faire et ne voulait pas nous importuner davantage, alors que nous venions d'arriver. Nous avons juste remis notre verre à plus tard.

-- Je... je suis désolée...

-- De quoi ? C'est plutôt à moi de m'excuser. Je sais que tu es fatiguée: je n'aurais pas dû t'imposer cette petite réunion si tôt, répliqua-t-il en me rejoignant.

Il m'enlaça et déposa un baiser sur ma tempe. Quelque chose me parut différent, comme un froid, une distance, mais peut-être cette sensation venait-elle de moi et de mon malaise ? Je craignais tellement ce qui pouvait arriver, que je passai moi aussi les bras autour de lui pour me blottir contre lui et le retenir.

-- Cela signifie-t-il que je suis pardonné ?, s'enquit-il malicieusement.

-- Je t'aime trop pour t'en vouloir.

-- Et je ferai tout pour que cela continue, murmura-t-il en me caressant le dos.

Finalement, nous n'étions pas sortis, préférant passer une soirée en tête-à-tête au calme. Malgré moi, je me sentais coupable et je fis tout pour démontrer mon amour et ma fidélité à Jordan.

-- Si j'avais su que t'accompagner à New-York te mettrait dans un état pareil, je t'y aurais emmené plus tôt, s'était-il tendrement moqué après une délicieuse étreinte.

Nous l'avions réitéré, quelques instants plus tard avant que mon amant ne s'endorme finalement. Moi, j'en avais été incapable. La culpabilité et ma rencontre inattendue avec Jackson ne me laissaient aucun répit. Dès que je fermais les yeux, je revoyais son image et je frémissais par peur des conséquences. Je pensais beaucoup trop à lui, mais j'étais incapable de dire si c'était parce que j'avais toujours des sentiments pour lui ou pour d'autres raisons.

J'étais bien trop éveillée pour réussir à m'endormir, alors délicatement, je me levai non sans jeter un regard à Jordan, profondément assoupi. Sur la pointe des pieds, j'enfilai une nuisette et un peignoir avant de passer au salon, puis sur le balcon. La nuit était noire, contrastant encore plus avec les lumières et les derniers bruits de la ville.

J'aurais voulu trouver un peu de paix, mais à présent, Jackson avait refait une entrée fracassante dans ma vie, chamboulant tout sur son passage, y compris mon cœur. Quand je l'avais vu face à moi, dans ce costume, les joues légèrement ombrées par une barbe de quelques jours, je l'avais trouvé époustouflant et je m'étais sentie encore plus nue que je ne l'étais déjà. Il avait légèrement souri et mon cœur s'était emballé dans ma poitrine. Evidemment, cela aurait pu être parce que je le trouvais beau, mais à présent, de par mon métier, j'étais habituée à fréquenter des hommes très beaux. « Non, c'était beaucoup plus que ça ».

A force de réfléchir, je finis par me dire qu'il s'agissait simplement d'un retour à ma vie et mes sentiments passés. Cependant, aujourd'hui, ils n'existaient plus ! J'étais avec un autre homme que j'aimais et je n'avais plus à avoir peur de mon passé : mon futur ne dépendait que de moi et il était déjà tout tracé. Ce fut seulement lorsque mes idées furent bien en place dans ma tête que je retournai me coucher auprès de Jordan. « Là où est ma place », songeai-je avec conviction en fermant les yeux.

Le lendemain, je me sentis un peu plus à ma place et plus confiante. A mon réveil, Jordan était toujours là, contre moi, mais il me regardait tendrement en me caressant le long du dos.

-- Bonjour, me murmura-t-il doucement.

-- J'adore quand tu joues les réveille-matins.

Il se contenta de me sourire avant de me voler un baiser. Je me blottis alors contre lui jusqu'à être interrompue par la sonnerie de mon portable, ce qui m'arracha un léger grognement.

-- C'était trop beau, soupirai-je avant de lui voler à nouveau un rapide baiser.

L'instant suivant, à contre cœur, je roulai sur le dos pour décrocher. Tandis que je répondais à Veronica, je sentis le regard de Jordan sur moi, tandis qu'il caressait mon dos à travers le tissu de ma nuisette. J'aurais voulu rester à cet épisode, ce moment entre nous, mais j'étais à New-York pour travailler, ce que mon agent ne manqua pas de me rappeler. A contre cœur, je dus m'arracher à notre intimité quelques minutes plus tard pour me préparer avant l'arrivée de mon agent, moins d'une heure plus tard.

Lorsque je partis, Jordan était encore en peignoir pour prendre son petit-déjeuner que j'avais à peine eu le temps de partager. Mais j'avais hâte d'avancer dans cette journée pour le retrouver au plus tard, le soir-même, à l'occasion de mon exposition.

Malheureusement, le temps ne sembla pas vouloir y mettre du sien, les secondes défilant comme des minutes, pendant les quelques interviews auxquelles je répondis. Nous nous envoyions des messages qui me redonnaient du baume au cœur, tout en me donnant encore plus envie de le rejoindre. Veronica m'avait emmené déjeuner dans un élégant restaurant et je profitai d'un de ses entretiens téléphoniques pour m'éclipser et lire un nouveau message de Jordan.

« Abandonné par ma muse, je suis donc en quête d'inspiration dans cette ville, trop grande pour la visiter sans toi. A charge de revanche, mais compte sur moi pour te le faire « payer » dès ce soir. Signé « l'homme qui t'aime ». »

Ses quelques mots couvrirent mon sourire de tendresse et je m'empressai de lui répondre pour pallier le manque et les regrets.

-- Il faut croire que le monde est vraiment petit, me réveilla une voix masculine et amusée.

En levant mon regard de mon téléphone, j'eus un sursaut en découvrant Jackson devant moi.

-- Que fais-tu là ?, demandai-je, incrédule devant une telle situation.

Son sourire amusé s'élargit et avec ironie, il se moqua:

-- Ce qu'on fait habituellement dans un restaurant, à savoir « manger ». Et toi ?

-- Arrête, tu vois très bien ce que je veux dire.

-- Non ! Je suis désolé, mais tu vas devoir m'éclairer.

-- Attends. Comme par hasard, hier, tu ressurgis dans ma vie, dans l'hôtel où je suis descendue; et aujourd'hui, tu viens déjeuner dans le même restaurant que moi ? New-York est une ville trop grande pour que je puisse croire à des coïncidences.

Ma remarque le fit rire avec un peu trop d'assurance et pinça mon égo.

_Tu crois que je te suis ? Que je ressens encore quelque chose pour toi ? Julie… Je suis désolé de te décevoir, mais je suis ici simplement parce qu'il s'agit d'une des meilleures tables de la ville et un de mes restaurants favoris. Pour hier, il s'agissait purement d'une coïncidence, car je devais rencontrer des investisseurs au bar de ton hôtel. Tu es partie depuis des mois et n'ayant aucune nouvelle de ta part, je ne pouvais pas deviner que tu revenais hier, ni que tu sortais avec un de mes vieux amis que je n'avais pas revu depuis des lustres.

C'est alors qu'une grande blonde aux courbes parfaites fit son apparition à ses côtés et de mémoire, pour l'avoir vu en couverture de divers magazines de mode, je me rappelai qu'il s'agissait d'un mannequin. Elle glissa un bras possessif autour de la taille de Jackson, effaçant le moindre doute possible, tandis qu'il l'imitait. Sans pouvoir m'en empêcher, je haussai un sourcil incrédule en les voyant faire. « Eh bien, on dirait qu'il n'a pas eu de mal à me remplacer », pensai-je avant de me le reprocher. Après tout, n'étais-je pas en couple moi aussi ? Et avec un homme que j'aimais ?

-- Je vous dérange ?, s'enquit-elle d'une voix mélodieuse avec un léger accent russe.

-- Pas du tout. Je discutais simplement avec une vieille amie, répondit-il sans trouver bon de nous présenter, avant de se tourner vers moi. Comme tu peux le voir, je suis moi aussi bien accompagné. Tu n'as donc aucune crainte à avoir à mon sujet: je n'essayerai pas de m'immiscer entre Jordan et toi.

« Quel toupet ! » songeai-je, bouche-bée. Il osait me ridiculiser de la sorte devant sa compagne, inversant les rôles et m'attribuant le mauvais. Mordue une fois encore dans mon égo, je répondis d'un ton glacial :

-- Tu m'en vois ravie pour vous deux ! A présent, veuillez m'excuser, mais je dois rejoindre mon agent. Je vous souhaite « bon appétit ». Mademoiselle, je vous souhaite bien du courage, ne puis-je m'empêcher d'ajouter avant de m'éloigner.

Certes, cela n'avait pas arrangé la situation, mais au moins avais-je un peu vengé ma fierté. Ce fut une maigre consolation, aussi n'avais-je toujours pas décoléré, lorsque je m'assis face à Veronica.

-- Mmm, tu peux me dire qui est l'homme séduisant auquel tu viens de parler ? Son visage ne m'est pas totalement inconnu.

J'allais lui dire la vérité, mais au dernier moment, je répondis en faisant semblant d'étudier le menu pour essayer de dissimuler mon agacement:

-- Un vieil ami de Jordan qu'il a retrouvé par hasard, hier, à notre hôtel.

-- Tu as l'air de ne pas beaucoup l'apprécier.

-- Je le trouve hautain et suffisant.

-- Séduisant comme il est, il peut sans doute se le permettre.

J'allais fusiller Veronica du regard, lorsque je remarquai son attitude :

-- Est-ce que tu peux arrêter de le dévorer des yeux ? Je ne veux pas qu'il croit que je parle de lui.

-- Pourquoi pas ? N'est-ce pas ce que nous faisons ?

-- C'est lui accorder plus d'importance qu'il n'en vaut. Peut-on changer de sujet, s'il te plaît ?

Non sans difficultés, elle était parvenue à détacher ses yeux de lui et à me redonner toute son attention. Comme d'habitude, nous avions essentiellement parlé « travail », car même si j'avais confiance en mon agent, je ne voulais pas trop m'ouvrir sur ma vie privée. Nous étions rendues au café, lorsqu'elle dut à son tour s'absenter. De mon côté, j'en profitai pour vérifier mon téléphone, mais aucun nouveau message n'y figurait. Tristement, je me contentai de lui envoyer : « tu me manques. Je t'aime ».

-- Comme c'est mignon, ironisa une voix au-dessus de moi.

-- Je constate que tu ne t'es pas étouffé, répondis-je agacée, sans prendre la peine de relever la tête.

-- En effet. Il faut croire que j'ai eu beaucoup de chance.

-- Et ta petite-amie ? Elle ne s'en est pas sortie ou tu l'as déjà jetée comme une moins-que-rien « elle aussi » ?

-- On a de vieilles rancœurs, à ce que je vois, se moqua-t-il sans la moindre gêne.

-- Je n'aime pas la façon dont tu traites les femmes avec qui tu sors, c'est tout. Mais tu as raison: cela ne me concerne plus, répondis-je en levant finalement les yeux vers lui, avec une assurance retrouvée. D'ailleurs, je devrais peut-être te remercier : si tu ne t'étais pas comporté comme un salaud avec moi, je n'aurais pas décidé de partir à l'autre bout du pays et je n'aurais pas rencontré un vrai gentleman en la personne de Jordan. Alors, « merci » et « adieu », Jackson, renchéris-je avant de baisser à nouveau les yeux vers mon téléphone posé sur la table.

-- Ça y est ? La page est tournée ?, s'enquit-il d'un ton différent, plus neutre.

-- Il faut croire. Maintenant, si tu veux bien me laisser: je voudrais appeler mon compagnon.

-- Passe-lui le « bonjour » de ma part.

-- Je n'y manquerai pas.

-- Hey ! Vous n'allez pas nous quitter si vite !, s'exclama la voix suraiguë de mon agent. Nous n'avons même pas été présentés ! Je suis Veronica Richards, l'agent de Julie. Et vous êtes... ?

-- Elle ne vous l'a pas déjà dit ?

-- Non. Il semblerait qu'elle ait oublié cette information primordiale, répondit Veronica avec un sourire éclatant.

-- C'est normal: nous nous connaissons depuis trop peu de temps, ironisa-t-il à nouveau. Je suis Jackson King.

-- « King » ? Comme la firme « King Incorporated » ?

-- C'est tout à fait cela.

-- Quelle chance de vous rencontrer ! C'est un honneur, Monsieur King.

-- Appelez-moi Jackson. Les amies de Julie sont mes amies.

J'écoutai la conversation pleine de miel jusqu'à en être écœurée. Agacée, je me levai et m'exclamai avant d'enfiler la veste de mon tailleur :

-- Veronica, il est temps qu'on y aille, si nous ne voulons pas être en retard.

Elle regarda rapidement sa montre avant de le reposer sur son interlocuteur.

-- Oh oui ! Jackson, si vous avez le temps, n'hésitez pas à passer à l'exposition de Julie, ce soir. Ainsi, nous pourrons poursuivre cette discussion passionnante.

-- Il ne peut pas, les interrompis-je. C'est un homme très occupé.

-- Mais qui sait s'aménager quelques temps-libres dans son emploi du temps de ministre. Je passerai avec plaisir.

-- Je compte sur vous, gloussa presque mon agent avec un large sourire.

Agacée, je préférai sortir de l'établissement sans attendre ma compagne, qui me rejoignit quelques instants plus tard. Déjà, je regardai à droite et à gauche à la recherche d'un taxi.

-- Qu'est-ce qui t'a pris ? Ton comportement n'est pas très poli. C'est un homme important qui pourrait t'apporter beaucoup de publicité s'il venait ce soir.

-- Je n'ai pas besoin de lui. Je suis assez grande pour réussir par moi-même. Je m'en suis très bien sortie jusque-là et ça va continuer.

-- Ce n'est pas une raison pour le bouder.

-- Bon sang, il n'y a jamais de taxis quand on en a besoin, éludai-je, agacée par son insistance.

-- Peut-être pourrais-je vous faire profiter de ma voiture et vous déposer où bon vous semble ?, intervint une voix enjôleuse derrière nous, alors qu'une élégante berline s'arrêtait lentement devant nous.

-- Oh, Jackson, vous tombez à point nommé ! Nous vous en serions très reconnaissantes, s'extasia Veronica en lui adressant son plus beau sourire, tandis que je m'entêtais à lui tourner le dos.

-- Je préfère prendre un taxi, décrétai-je.

-- Ne sois pas ridicule: il n'y en a pas un à la ronde et la rue est déserte. Tu l'as dit toi-même: nous n'avons pas une minute à perdre si nous ne voulons pas être en retard. Nous acceptons votre offre avec plaisir.

Jackson n'ajouta rien, alors que de mon côté, je rongeais mon frein. Je savais qu'en m'opposant encore plus, je risquais de me rendre ridicule et qu'il ne perdrait pas une occasion de se moquer de moi. Par malchance, Veronica monta la première et je dus me retrouver au milieu, à côté de notre « bienfaiteur ». Fermée, je gardai la tête obstinément tournée vers la vitre du côté de mon agent, qui continuait à discuter avec Jackson.

-- C'est vraiment très gentil à vous : nous avons un rendez-vous extrêmement important pour la carrière de Julie. Elle doit convenir des formalités pour une séance photo avec le « Vogue » américain.

-- En effet, c'est très impressionnant. Il semble qu'elle ait déjà beaucoup de succès, malgré sa jeune carrière.

Ils parlaient de moi comme si je n'étais pas là, ce qui ne m'aida pas à atténuer mon agacement. Mais je savais qu'il valait mieux pour moi que je garde le silence plutôt que de prononcer des paroles qui me desserviraient. J'essayai d'emmener mon esprit ailleurs, loin de Jackson et de cette voiture.

Cependant, je me réveillai brusquement en entendant Veronica s'exclamer :

-- Vous pouvez me déposer ici, s'il vous plaît ?

Le chauffeur obtempéra et elle ouvrit la portière, tandis que je m'exclamai :

-- Quoi ? Mais où vas-tu ?

-- Tu n'as pas besoin de moi pour ce rendez-vous et j'ai d'autres clients à voir. Nous nous retrouverons, ce soir pour l'exposition, de toute façon.

-- Quoi ? Mais...

-- Merci encore, Jackson. Je vous dis « à ce soir » alors !

Et avant que je réagisse, elle referma la portière derrière elle et la voiture redémarra. J'avais l'impression d'être tombée dans un traquenard, piégée par mon propre agent, sans que je sache pourquoi.

-- Tu n'as pas à avoir peur : je ne vais pas te manger. Avant mon déjeuner, je n'aurais peut-être pas dit « non », mais...

La voix de Jackson dans mon dos me fit brusquement frissonner et je me réinstallai aussitôt sur la banquette, non sans m'éloigner de lui. Une fois encore, le ton de sa voix n'avait rien fait pour m'apaiser, et visiblement agacé par mon comportement, il s'exclama d'une voix un peu plus dure :

-- Je ne sais pas ce que je t'ai fait pour que tu réagisses ainsi, mais ce n'est pas de ma faute si le destin nous pousse ainsi à nous recroiser. Moi aussi, j'aurais préféré ne jamais te revoir.

La surprise me poussa à le regarder enfin et il esquissa un sourire un peu plus doux pour avouer :

-- Je ne dis pas que je ne suis pas heureux de te revoir ou d'avoir de tes nouvelles, mais j'essaie moi aussi de reconstruire ma vie et ce n'est pas facile d'y arriver, lorsque des éléments importants du passé refont surface.

Il avait mon attention et il le savait, aussi enchaîna-t-il:

-- Ne le prends pas mal : j'ai aimé ce que nous avons vécu ensemble, mais tu es partie et j'ai dû tourner la page, comme tu l'as fait. Aujourd'hui, tu es avec Jordan et j'en suis ravi pour toi, car c'est vraiment quelqu'un de bien. Ce n'est pas parce que ça n'a pas marché entre nous qu'il doit en être toujours ainsi, avec chacune de nos relations. Alors, je te souhaite tout le bonheur du monde avec lui, sincèrement; et tu peux être rassurée : je ne lui dirai rien concernant notre passé commun. Je sais que je n'ai pas été un très bon compagnon, mais je peux être un bon ami, pour toi comme pour lui. Tu peux me faire confiance : j'ai travaillé dessus au cours des derniers mois, vu que les relations sentimentales n'étaient pas vraiment mon fort.

Il me sourit amicalement et j'aurais voulu le croire en me basant simplement là-dessus. Mais le passé m'imposait une certaine réserve, même concernant une possible amitié entre nous.

-- Qu'en dis-tu ? Je ne dis pas que nous pourrions être les meilleurs amis du monde, à nous téléphoner tous les jours ; mais ne pourrions-nous entretenir une amitié courtoise qui nous permettrait de nous supporter les rares fois où nous nous croisons ?

Cette perspective me tentait vraiment, car je ne me voyais pas rester à jamais « l'ennemie » de Jackson. J'avais besoin de tranquilliser un peu mon esprit, quitte à lui mettre des œillères, car je savais déjà que le côtoyer ne serait pas si aisé.

La voiture s'arrêta, alors que je continuai d'étudier le visage de mon interlocuteur, tout en réfléchissant. Finalement, je laissai s'écouler quelques secondes, avant d'ouvrir la portière. Ce n'est qu'une fois sortie, que je me penchai pour lui répondre :

-- Je veux bien nous laisser une chance. Après tout, ce n'est qu'en essayant qu'on pourra voir si cela peut marcher.

Il se contenta d'esquisser un sourire et non sans difficultés, ce qui me fit rire, j'ajoutai :

-- Merci pour la course.

Sans attendre, mais non sans le voir sourire davantage, je me redressai et refermai la portière derrière moi. La voiture redémarra et bizarrement, je ressentis un peu moins de pression sur mes épaules. Evidemment, je ne pouvais pas être sûre que notre trêve durerait très longtemps, mais les quelques jours de mon séjour suffiraient amplement. Et puis, quelque chose me poussait à croire Jackson lorsqu'il m'assurait ne rien révéler à Jordan sur notre passé. C'était le plus important à mes yeux : ne rien dévoiler pour ne pas risquer de percer notre bulle ou d'endommager notre relation.

13

Rassérénée, je me rendis à mon entretien avec l'équipe de Vogue et au bout de quelques heures, nous parvînmes à un accord. La séance devait avoir lieu une semaine plus tard, et une autre était prévue un peu plus tard, à la Nouvelle-Orléans. Sans perdre une seconde, j'étais retournée à l'hôtel dans l'espoir de partager cette nouvelle avec Jordan, mais à mon grand regret, la suite était déserte. En désespoir de cause, je pris donc le temps de me préparer pour mon exposition.

Ce n'est qu'une fois apprêtée pour l'occasion qu'on vint frapper à ma porte. Intriguée et juchée sur mes talons hauts, je partis ouvrir pour tomber nez-à-nez avec un énorme bouquet de roses rouge :

-- J'ai un bouquet pour Mademoiselle Dubois, s'exclama le groom.

-- Oui, c'est moi, répondis-je, inquiète en l'acceptant.

Quelques instants plus tard, je lus la carte cachée parmi les pétales :

« Mon amour, j'ai dû retourner en catastrophe à Los Angeles, car il y a eu un incendie au studio où les gars et moi avons enregistré des maquettes. Je suis désolé de ne pouvoir être présent à ta soirée, car je sais à quel point c'est important pour toi. J'espère que tu comprendras et je tâcherai de venir te retrouver, dès que possible. Je t'aime. Ne m'en veux pas. Jordan. »

Il me fallut relire son mot à plusieurs reprises pour parvenir à y croire. Voilà pourquoi je n'avais eu aucune nouvelle depuis le déjeuner et pourquoi ses affaires étaient encore ici. Je comprenais son inquiétude bien sûr, mais je ne pouvais m'empêcher d'être profondément déçue par son départ. Son soutien m'aurait aidée à faire mon « entrée » dans le monde artistique de New-York, me faisant me sentir comme à la maison. Malheureusement, j'allais devoir faire sans et me débrouiller seule. J'entendais déjà Veronica s'exclamer : « Comment ? Tu n'as pas de cavalier ? Ce n'est pas possible ! C'est ta soirée ! » Et pourtant, il allait falloir faire avec.

Sur un dernier soupir et un regard à ma montre, je récupérai ma pochette rouge assortie à ma robe avant de sortir. J'aurais pu appeler Damon pour lui demander de jouer les chevaliers servants, le temps d'une soirée, mais il était déjà trop tard. Dans l'ascenseur, j'envoyai un message à Jordan pour le remercier pour le bouquet, le rassurer et lui souhaiter « bon courage ». J'essayai d'oublier qu'il s'agissait de « ma » soirée, mais c'était sans doute la seule chose qui m'empêchait de remonter dans ma chambre.

J'arrivais dans le hall, lorsqu'une silhouette familière m'interpella avant que l'homme en costume sombre se retourne. Il me sourit tout en détaillant ma tenue, ce dont je prêtai à peine attention.

-- Jackson ? Que fais-tu là ?, demandai-je en arrivant à sa hauteur.

-- Jordan m'a prévenu de son départ précipité et il m'a demandé de le remplacer pour être ton cavalier, ce soir.

-- Quoi ? Mais... pour lui, nous sommes censés nous connaître à peine ?, m'inquiétai-je de ce qu'il pouvait savoir.

-- C'est toujours le cas. Seulement, vu ma position sociale, il pense à juste titre que ma présence à tes côtés pourrait servir ta carrière et te faire un peu de publicité, expliqua-t-il tranquillement.

-- Quoi ? Mais...

-- Ecoute, je sais que tu n'as pas besoin de moi pour réussir, alors considère juste que je rends service à Jordan et à ma « nouvelle » amie par la même occasion. En plus, je devais justement me rendre à ta soirée...

-- Mais... et ta cavalière ? Ta petite-amie mannequin ?

-- Pour l'instant, il ne s'agit que d'une amie parmi d'autres. Tu es bien placée pour savoir que je n'ai pas vraiment de temps pour ma vie privée, même si j'ai fait quelques progrès de ce côté, avoua-t-il avec un sourire en coin. Allez, dépêchons-nous : il ne faudrait pas que la star de la soirée arrive en retard, s'exclama-t-il en venant à mes côtés avant de me proposer son bras.

Je n'étais pas totalement sûre de faire le bon choix en acceptant, mais ce soir, je n'avais pas envie de me battre encore. J'avais besoin de repères et je ne voulais pas y aller seule. Alors, sans trop réfléchir, je pris son bras avant de me laisser guider jusqu'à la berline où nous attendait le chauffeur. Ce ne fut que quelques instants plus tard, lorsque nous fûmes installés à l'arrière, que je parvins à murmurer un « merci ».

-- Mais je t'en prie. Je ne fais rien de moins que ce que les amis font, se justifia-t-il simplement.

Le silence s'insinua à nouveau entre nous jusqu'à ce que Jackson demande :

-- Comment as-tu rencontré Jordan ?

-- Par une amie. Nous étions colocataires et elle avait organisé un dîner pour me redonner un semblant de vie sociale. Jordan faisait partie des convives et dès notre première rencontre, il s'est passé quelque chose. Nous nous sommes revus le lendemain, et tout a été très vite.

-- Un coup de foudre, en somme ?

-- Quelque chose comme ça, admis-je avec un tendre sourire. Et toi ? Comment l'as-tu rencontré ?

-- Nous étions dans la même école privée, jusqu'à ce que je change de vie et parte dans l'enseignement public. Il était un des rares boursiers et c'est peut-être ce qui m'a attiré : le fait que nous n'ayons pas la même mentalité que les autres enfants de riches. Quand j'ai changé d'école, il a été ce qui m'a manqué le plus. Pendant quelques temps, nous avons réussi à garder le contact, malgré l'éloignement, mais ça n'a pas duré malheureusement. On ne s'est « retrouvés » que des années plus tard. Dans la même vision de découverte du monde, nous avons fait plusieurs voyages ensemble. Et puis, ces dernières années, nous nous sommes un peu perdus de vue.

-- Alors, vous êtes vraiment de vieux amis, déclarai-je comme pour moi-même.

-- Bien sûr !, répondit-il en riant.

-- Je suis désolée. C'est juste que...cette coïncidence me déstabilise complètement.

-- Ne t'en fait pas, c'est compréhensible.

Il me sourit doucement et bizarrement, je fus rassurée qu'il ne prenne pas mal ma réaction. Bien qu'encore prudente avec lui, j'appréciai vraiment de l'avoir à mes côtés et en tant qu' « ami ».

Quelques instants plus tard, la voiture ralentit, alors que nous arrivions à la galerie.

-- Prête ?, s'enquit-il avec enthousiasme.

-- Si je réponds « non », est-ce que tu voudras bien me ramener à l'hôtel ?, répliquai-je avec une grimace qui le fit éclater de rire.

-- Certainement pas, rétorqua-t-il. Allez, viens : tes invités sont pressés de te rencontrer.

Cette fois, la voiture s'arrêta et la portière du côté de Jackson s'ouvrit avant qu'il ne sorte. J'eus alors la surprise de voir crépiter une multitude de flashs. Je fis un effort pour repousser mon appréhension et m'avançait vers la main tendue de mon cavalier. J'eus d'abord l'impression que ce n'était qu'un évènement de plus où j'accompagnais Jordan, et lorsqu'il m'enlaça par la taille, je ne réagis pas, posant pour les photographes. Je sentis alors des lèvres se presser contre ma tempe avant qu'il ne murmure :

-- Pour te souhaiter « bonne chance ».

Etonnée, je revins sur terre en tournant la tête pour tomber presque nez à nez avec Jackson qui me sourit doucement. Un bref instant, pour me rassurer, j'avais imaginé être avec Jordan, mais ce n'était pas le cas et je ne pus m'empêcher d'être troublée par la proximité de mon cavalier. Mon regard s'accrocha au sien comme si je le voyais pour la première fois.

-- Est-ce que ça va ?, s'inquiéta-t-il tout bas.

Je fermai les yeux, un bref instant, avant d'acquiescer, mais sa voix changea légèrement, lorsqu'il s'exclama :

-- Bien. Allons-y.

Une fois dans la galerie, je fus soulagée d'échapper aux paparazzis, mais j'eus à peine le temps de souffler, car nous fûmes presque aussitôt rejoints par Veronica.

-- Vous voilà enfin ! Mais où est Jordan ?

-- Il a dû repartir pour Los Angeles et m'a demandé d'accompagner Julie, répondit mon cavalier à ma place, voyant que j'avais quelques difficultés.

-- Bien ! Très bien ! Parfait !, s'exclama mon agent, quelque peu déstabilisée. Jackson, permettez que je vous enlève la star de la soirée : je dois lui présenter quelques personnes.

-- Bien sûr, convint-il d'un acquiescement.

-- Ne vous éloignez pas surtout ! Je reviens vous voir!, s'exclama mon agent tout en m'entraînant. Est-ce qu'il s'est passé quelque chose depuis que je vous ai laissé tout à l'heure?, s'enquit-elle ensuite tout bas.

-- Que veux-tu dire ?

-- Eh bien, en début d'après-midi, tu donnais l'impression de vouloir l'éviter jusqu'à la fin de ta vie ; et ce soir, vous semblez... enfin, vous avez l'air...

-- Quoi ? On a l'air de quoi ?

-- D'un couple. Je ne t'aurais pas connu, au premier abord, j'aurais juré que vous étiez ensemble.

-- Veronica ! Je suis avec Jordan et Jackson n'est qu'un ami !, lui reprochai-je en m'arrêtant brusquement pour la fusiller du regard.

-- Je sais ! Je sais ! Je te donne juste mes impressions.

-- Tes impressions sont erronées : Jackson et moi avons juste discuté et convenu de faire une trêve et d'essayer d'être amis, ou du moins, assez pour se supporter.

-- D'accord. Bien, à présent, laisse-moi te présenter.

Pendant près d'une demi-heure, je passai de couple en couple, de groupe en groupe pour rencontrer les visiteurs intéressés par mon travail et échanger quelques mots. Cela me permit de me changer un peu les idées et d'oublier Jackson ou l'absence de Jordan. Cependant, lorsque Veronica accepta de me libérer, je fus ravie de pouvoir m'asseoir dans un coin pour soigner mes pieds meurtris.

-- Le succès s'apprend dans la douleur, n'est-ce-pas ?, s'enquit une voix amusée.

Je relevai la tête et souris à Jackson debout devant moi.

-- Surtout quand on est une femme et que l'on porte des chaussures avec des talons de quinze centimètres, je dirais.

-- Quelle idée de se torturer ainsi !, se moqua-t-il gentiment.

-- Nous ne le ferions pas si vous, les hommes, n'étiez pas aussi grands, le taquinai-je.

-- Oh, je vois : tu luttes ainsi pour l'égalité des sexes. Je n'avais pas vu les choses sous cet angle, répliqua-t-il avec un sourire en coin. Trêve de plaisanterie : j'ai rencontré un admirateur qui rêve de t'être présenté. Tu peux lui accorder quelques instants ou je le fais jeter par la sécurité ?

Je ris en me levant et il s'écarta pour laisser la place à...

-- Damon !, m'écriai-je avant de lui sauter au cou.

-- Tu remarqueras que c'est elle qui s'est jetée sur moi, s'adressa-t-il à son cousin, avant de me serrer dans ses bras et de me faire tourner.

-- Je suis tellement heureuse de te revoir. Tu m'as tellement manquée !, lui chuchotai-je.

-- Tu sais, il y a une invention géniale qui s'appelle le téléphone, ironisa-t-il.

-- Je sais, je sais, déclarai-je, gênée, en m'écartant la tête baissée.

Mais je ne pouvais pas lui avouer mes raisons. J'aurais voulu m'excuser d'une façon plus correcte, mais cet instant n'était pas le bon de par la présence de Jackson.

-- Me donneras-tu une chance de m'excuser pendant mon séjour ?, demandai-je d'une petite voix.

-- Peut-être... si tu commences par m'offrir un verre.

-- Je m'en occupe, annonça son cousin avant de s'éclipser.

-- Je suis désolée, Damon, je ne voulais pas te sortir ainsi de ma vie, ni te faire croire que tu ne comptais pas pour moi. C'est tout l'inverse. C'est juste que...

-- ...Je suis le cousin de Jackson. Ne t'en fait pas: j'avais compris.

-- Je suis désolée, vraiment. Tu es mon ami, mais je... je ne pouvais pas tourner la page en gardant des attaches ici.

-- Jul, détends-toi. J'ai compris et je t'ai pardonnée depuis longtemps. Et puis, ce n'est pas parce que je n'avais pas de tes nouvelles, que je ne suivais pas l'évolution de ta carrière. Quand tu as commencé à te faire un nom, je faisais attention à ton travail. Et puis, j'ai appris que tu sortais avec Jordan Beck ... C'est sérieux entre vous ?

-- Je crois. Ça l'est pour moi, en tout cas.

-- Alors, qu'y a-t-il entre Jax et toi ?

-- Rien ! Nous sommes juste... amis !

-- « Amis » ? Vous êtes incapable d'être juste des amis, lui et toi.

-- S'il te plaît, ne commence pas. Les choses ont changé entre nous ; « nous » avons changé, tous les deux. Il a sa vie et j'ai la mienne: rien n'est plus comme avant.

-- Si tu le dis...

-- Oui : je le dis, rétorquai-je d'un ton qui n'acceptait pas d'être contredit. S'il te plaît. On vient de se retrouver, alors ne gâche pas tout. En plus, les choses se passent bien entre Jackson et moi maintenant, alors ne vient pas tout foutre en l'air.

-- Très bien. Je ne sous-entendrai plus rien.

-- Merci.

-- Et sinon, où est Jordan ? Quoi ?, s'exclama-t-il avant que je ne lui lance un regard chargé de reproches. Je n'ai rien dit !

-- Il a dû retourner de toute urgence à Los Angeles. Nous ne nous sommes pas disputés, si c'est ce que tu penses.

-- Non, je m'étonnai juste de son absence : si vous êtes tellement proches l'un de l'autre...

-- Il a sa vie et sa carrière, Damon. Son univers ne tourne pas autour de moi.

-- Mais qu'en est-il du tien ?

-- Ne suis-je pas ici pour moi ? Pour ma carrière ? S'il te plaît, arrête : tu vas vraiment finir par me faire regretter ces retrouvailles.

-- Je veux juste ton bien.

-- Justement, je n'ai jamais été plus heureuse qu'avec Jordan.

-- Dans ce cas, tu m'en vois ravi.

-- Est-ce que tout va bien ?, s'enquit Jackson en revenant avec deux verres à la main. Vous avez plus l'air de vous déchirer que de savourer vos retrouvailles.

-- Mais non ! Rien de plus que nos petites prises de bec habituelles, rétorqua Damon sans me quitter des yeux. A présent, excusez-moi, mais je vais aller admirer le travail de l'artiste qui expose ce soir. On se revoit tout à l'heure, me lança-t-il avant de m'embrasser sur la joue comme pour s'excuser.

Encore agacée par ses propos, je ne fis rien pour le retenir, me contentant de le suivre des yeux, alors qu'il s'éloignait.

-- Comme tu peux le constater, mon cher cousin n'a pas changé d'un iota. J'espère qu'il ne t'a pas trop importunée. Je sais comment il peut être.

-- Je ne le comprends pas. Il dit qu'il veut mon bonheur, mais il n'a pas l'air de comprendre quand je lui dis être heureuse avec Jordan. Je ne sais plus quoi lui dire.

-- Ne t'en fait pas, il finira par comprendre, m'encouragea-t-il en me posant une main sur l'épaule.

Ce contact me surprit, mais je ne fis rien pour m'écarter. J'avais besoin de soutien, et si même Damon était « contre moi », je ne pouvais me reposer que sur Jackson. Si nous devions être des amis, je devais apprendre à lui faire confiance.

Il commença par jouer son rôle de cavalier à la perfection, se faisant à la fois discret aux yeux des autres et présent à mes côtés. Evidemment, beaucoup de monde le reconnut et voulut lui parler, mais il redirigeait à chaque fois la discussion ou l'attention sur moi et sur mon travail. Grâce à lui, j'étais parvenue à me détendre peu à peu et à apprécier la soirée qui passa à vive allure, sans que je m'en rende compte.

Lorsque les derniers visiteurs eurent quitté la galerie vers deux heures du matin, Jackson proposa de me raccompagner. Bras dessus, bras dessous, il me conduisit jusqu'à sa voiture qui nous attendait devant la galerie et se glissa à mes côtés sur la banquette arrière.

-- Il m'a semblé que la soirée s'était plutôt bien passée, s'exclama-t-il. Tu as passé un bon moment ?

-- Oui, et c'est en grande partie grâce à toi. Merci encore de m'avoir accompagnée. Je ne suis pas sûre qu'il en aurait été de même autrement.

-- Si tu avais eu le temps, c'est Damon que tu aurais contacté et il aurait très bien joué ce rôle.

-- Je n'en suis pas si sûre. Pas après notre discussion. Je ne l'ai même pas vu partir : il n'est pas revenu me parler. Tu crois qu'il m'en veut de mon silence ?

-- Non... Sous ses dehors sociables, c'est un solitaire, et s'il a vu que tu étais occupée et à l'aise, il n'aura pas cherché à revenir te « déranger ». Ne t'inquiète pas pour lui.

Malgré ses paroles rassurantes, je ne pouvais suivre son conseil. J'étais bien décidée à rappeler Damon dès mon réveil pour lui donner rendez-vous. En attendant, je soupirai et basculai la tête en arrière en fermant les yeux.

-- Fatiguée ?, s'enquit doucement mon compagnon.

Je tournai la tête en rouvrant les yeux et lui souris.

-- Un peu, je dois l'avouer. C'est plutôt bon signe, n'est-ce-pas ?

Son sourire s'élargit avant qu'il ne réponde:

-- Je crois. Il faut dire que tu as rencontré beaucoup de monde, ce soir.

-- C'est normal : j'avais un aimant vivant pour cavalier. Toi aussi, tu as fait des émules, ce soir, à commencer par Veronica. Elle ne t'a pas donné son numéro de téléphone ?

Il éclata de rire et répondit avec malice :

-- Elle a essayé... à plusieurs reprises.

Sa confidence me fit éclater de rire à mon tour. Cela faisait du bien : j'avais l'impression de ne pas avoir ri depuis longtemps.

-- Que lui as-tu dit ?

-- Que j'étais déjà pris... Ce qui ne l'a pas pour autant découragée, ajouta-t-il en sortant une carte de visite de sa poche, avec un numéro griffonné au dos.

Ce rebondissement me fit rire de plus belle, ce qui ne manqua pas de m'étonner, mais j'étais bien. Les quelques verres d'alcools que j'avais vidé, y étaient sans doute pour quelque chose. Je gardais le contrôle de la situation ; j'étais juste moins nerveuse avec mon compagnon. Je ne craignais plus de poser les yeux sur lui: libérée, je ne m'en lassais plus. Mon changement de comportement l'intrigua et il demanda, sans perdre le sourire :

-- Pourquoi me regardes-tu comme ça ? Est-ce que j'ai quelque chose.... ?

-- Non, c'est juste que... ce soir, c'était la première fois que tu m'emmenais... dans une soirée, en étant mon cavalier. Je crois que j'ai pris de l'assurance en sentant que tu n'avais pas honte de moi, ni d'être avec moi.

-- Quoi ? Julie, je n'ai jamais eu honte de toi. Je voulais juste te protéger de ce monde qui, je le savais, n'était pas le tien. En t'affichant avec moi, n'importe où, tu risquais d'être blessée. Mais pas ce soir. J'étais très fier d'être à ton bras.

Sans réfléchir, je me penchai vers lui et l'embrassai longuement sur la joue avant de murmurer un simple mais sincère « merci ». Etonné, il tourna la tête vers moi, tandis que je m'écartais. Nos regards se croisèrent avant de s'accrocher. Ce contact devint troublant mais mon sourire ne s'effaça pas. C'est alors que la voiture s'arrêta pour de bon. Je tournai la tête vers une fenêtre et découvris que j'étais arrivée à bon port :

-- Il vaut mieux que j'y aille, déclarai-je comme pour moi-même.

Cependant mon regard rencontra à nouveau celui de Jackson et sans perdre mon sourire en coin, je m'exclamai :

-- Bonne nuit et... merci encore de m'avoir accompagnée... et raccompagnée.

Sur ces derniers mots, je m'écartai et descendis de voiture avant de me retourner pour lui demander, inquiète :

-- As-tu passé une bonne soirée toi aussi ?

Il sourit tendrement avant de répondre :

-- Excellente.

-- Tant mieux. Bonne nuit Jackson.

-- Bonne nuit, Julie.

Sur un dernier sourire, je refermai la portière derrière moi et regagnai ma suite, le cœur léger. L'exposition avait semblé plaire et j'avais réussi à me réconcilier avec Jackson et notre passé commun. Je n'aurais jamais cru me sentir à nouveau bien avec lui, mais de toute évidence, nous avions tous les deux changés.

Une fois dans ma chambre, je déchantai quelque peu en me retrouvant totalement seule. J'appréciais cette quiétude, mais pour la première fois de la soirée, Jordan me manqua vraiment. Sans attendre, je composai son numéro, excitée à l'idée d'avoir de ses nouvelles et de lui raconter ma soirée.

Malheureusement, je tombai directement sur son répondeur. Un peu déçue, je lui laissai cependant un message :

« Mon cœur, je viens juste de rentrer. L'exposition s'est bien passé et Jackson s'est révélé être un excellent cavalier. Merci de lui avoir demandé de m'accompagner. Evidemment, j'aurais préféré que tu sois à mes côtés, mais je comprends et j'espère que vous n'avez rien perdu d'important. Tu me manques beaucoup. Je te rappelle plus tard. Je t'aime. Bonne nuit. »

Après avoir raccroché, je me sentis à la fois mieux et pire. J'aurais voulu pouvoir me téléporter dans ses bras, entendre sa voix et sentir ses baisers, mais j'allais devoir m'en passer. Ma bonne humeur s'atténua malgré moi et au lieu de m'appesantir sur son absence, je partis effacer les traces de cette soirée, le maquillage, la coiffure et la robe pour redevenir « moi ». Au bout de ce bref marathon, je regagnai mon lit pour sombrer dans le sommeil. Toutefois, juste avant ce naufrage, je ne pus m'empêcher de revoir un visage souriant et un regard intense, tous droits venus du passé, mais qui m'apaisèrent avant la nuit.

15

Les jours qui suivirent, me semblèrent atrocement moroses. Jordan ne me rappela pas : il m'envoya des messages pour me dire que je lui manquais, mais qu'il devait refaire les maquettes de certains morceaux perdus lors de l'incendie. Il était surchargé de travail, aussi avais-je essayé de me plonger dans le mien pour oublier un peu son absence. Malheureusement, même si mon travail fut prolifique, chaque temps-libre me rappelait qu'il n'était pas là, que je ne pouvais pas le présenter à mes amis ou passer un dîner en tête-à-tête avec lui. Je me consolai en me disant qu'il s'agissait juste d'une affaire de quelques jours encore, avant de le retrouver à Los Angeles, mais cela n'accéléra pas le cours du temps.

Quelques jours avant mon départ, Damon m'avait rappelée pour me proposer de prendre un café, et nous nous étions retrouvés à marcher dans Central Park, notre tasse à la main.

-- Je t'ai connu plus enthousiaste, me fit-il remarquer au bout de quelques minutes.

-- Et toi, tu n'étais pas censé me faire des excuses ?, le piquai-je.

-- Non, mais si je t'en fais, tu me diras ce qui ne va pas ?, s'enquit-il sérieusement intrigué.

-- Seulement si tes excuses sont sincères, répondis-je du tac-au-tac.

-- Elles le sont. Jul, je ne voulais pas te blesser ou t'agacer. C'est juste que je t'ai vu batailler pendant des années pour être avec Jackson ; parce que tu n'étais pas simplement « amoureuse » : tu l'avais complètement dans la peau, le cœur, la tête, toutes les fibres de ton corps. C'est comme ça que tu aimes ; tu te donnes entièrement. C'est pour ça que je m'inquiète pour toi, concernant ta relation avec mon cousin, mais aussi celle avec Jordan. C'est un homme très occupé, un homme qui peut avoir toutes les femmes qu'il veut, quand il veut. Il est de la même espèce que Jax...

-- Ou que toi ?, ne puis-je m'empêcher de lui faire remarquer.

-- Touché !, m'accorda-t-il avec un léger sourire en coin avant de reprendre son sérieux. Quoi qu'il en soit, je ne veux pas te voir déçue encore une fois, que ce soit avec Jordan ou Jackson. Vous avez déjà essayé d'être amis tous les deux et ça n'a pas marché, alors pourquoi cela fonctionnerait-il cette fois ?

-- Parce que nous sommes différents : nous avons tous les deux changé ; nos vies ont changé. Je suis bien avec Jordan et ton cousin l'a parfaitement compris. Il n'y a aucun malentendu entre nous.

-- Alors, pourquoi je n'arrive pas y croire ? Jul, je t'ai vu follement amoureuse de Jackson...

-- Non, tu te trompes : j'étais amoureuse de Jake.

-- Qu... quoi ?, balbutia-t-il complètement perdu.

-- C'est la personnalité de l'homme que j'ai connu au départ qui m'a plu, le séduisant barman qui avait retapé son appartement, cumulait les boulots, faisait de la moto ; pas l'héritier bureaucrate dur et hautain qu'il est devenu en s'impliquant de plus en plus dans l'entreprise familiale avant d'en reprendre les rênes.

-- Ok... Et si « Jake » repointait le bout de son nez ?

-- Que veux-tu dire ? C'est impossible : Jake est « mort » avec le père de Jackson.

-- Tu l'as dit toi-même : vous avez changé tous les deux. Alors, que se passerait-il, si Jackson et Jake ne redevenaient qu'une seule et même personne et que tu retrouvais chez Jax, les qualités que tu aimais chez Jake ?

-- A quoi joues-tu ? Je te l'ai dit ! « Je suis avec Jordan et je l'aime ». La place d'amoureux est déjà prise dans mon cœur. Les seules places à pourvoir sont des rôles d'amis.

-- Ce n'est pas comme ça que ça marche, Jul..., se moqua-t-il gentiment avant de boire une gorgée.

-- Tu n'étais pas censé t'excuser ?

-- Ce n'est pas ce que j'ai fait ?, plaisanta-t-il. Je veux juste que tu prennes conscience de certaines choses en renouant des liens avec mon cousin.

-- Je te remercie, mais tout ira bien. D'ici quelques jours, je retournerai à Los Angeles où je retrouverai l'homme que j'aime, et je ne reverrai pas ton cousin avant un bon moment. Qu'y a-t-il de mal à vouloir que les moments passés ensemble se déroulent au mieux ?

-- Rien, convint-il enfin. Bien ! Mes excuses sont faites : si on passait au moment où tu me révèles ce qui ne va pas ?, s'exclama-t-il comme si de rien était, alors que j'essayais de me rappeler à quel moment il les avait faites.

-- Attends une seconde...

-- Hey, tu m'as promis, alors crache le morceau.

Je soupirai tout en le regardant. Si je ne me souvenais pas de ses excuses, je me rappelai de ses paroles au sujet de Jordan. « Il est comme Jackson : il peut avoir toutes les femmes qu'il veut, quand il veut ». Mais je refusais de le croire. Damon ne connaissait pas Jordan et ne pouvait le juger que sur l'image projetée par sa notoriété.

-- Julie... Un deal est un deal et je continuerai d'insister tant que tu...

-- Jordan me manque, c'est tout !, avouai-je avec fougue.

-- J'aurais dû m'en douter.

-- Il est parti si brusquement que je n'ai pas eu le temps de digérer l'annonce de son départ.

-- Tu n'as pas réussi à l'avoir au téléphone depuis ?

-- Il est très occupé. Il m'envoie des messages, mais... nous ne nous sommes pas parlé depuis une semaine.

-- Et ça te fait peur ?

-- Non !, m'exclamai-je comme s'il venait de dire une atrocité.

-- Jul...

-- Je ne doute pas de lui; je lui fais confiance, mais je... Je suis trop amoureuse de lui. Je sais que je devrais apprendre à m'en détacher un peu, profiter de ces quelques jours pour le faire, mais ce n'est pas aussi facile. Mon cœur est... Il est aveugle et sourd. Il ne veut rien entendre: c'est toujours « Jordan par-ci, Jordan par-là ». Je déteste être dépendante, mais il a réussi là où Jax a échoué : être là pour moi, aussi bien en tant qu'ami, qu'amant. Je n'aurais jamais cru pouvoir remplacer Jackson dans mon cœur, mais avec Jordan, tout est plus facile.

-- Sauf maintenant, déclara-t-il avec sérieux. Je n'aurais jamais cru cela. Quand nous nous sommes revus à ton exposition, j'avais beau savoir que tu étais avec Jordan, j'étais sûr que, lorsque tu te retrouverais face à Jackson, tu retomberais sous son charme. Mais je dois avouer que Jordan a fait des miracles : il t'a réparée et il a fait de toi une femme heureuse et amoureuse. Pour ton bonheur, j'espère vraiment me tromper sur lui.

-- C'est le cas, Damon. Il est bon avec moi et ne me fera jamais de mal.

Mon compagnon garda le silence pendant un moment, comme s'il pesait encore le pour et le contre. Finalement, pour lui changer les idées et les miennes par la même occasion, je lui demandai :

-- Tu ne voudrais pas m'indiquer une plage où aller surfer ?

Aussitôt, il fronça les sourcils pour m'étudier comme si j'étais folle :

-- Tu surfes, toi ?

-- Je te l'ai dit : j'ai changé.

Après quelques détours pour me changer, puis récupérer sa voiture, il me conduisit jusqu'à une petite maison en bord de mer que je connaissais déjà. Tandis que j'admirais les lieux, il entra dans un petit cabanon et en ressortit une planche et une combinaison.

-- Tiens, je crois qu'elle devrait être à ta taille, dit-il en me tendant cette dernière, alors que je fronçais les sourcils en l'acceptant. Elle appartient à ma sœur qui ne s'en est pas servi depuis un moment. Juste pour que tu le saches..., ajouta-t-il en haussant les épaules.

Il retourna chercher quelques outils pour nettoyer et waxer la planche et je le suivis pour découvrir une quantité impressionnante de planches et accessoires pour le surf.

-- La réserve secrète des King !, annonça-t-il solennellement. Ne dis pas à Jax que je te l'ai montrée : il y tient beaucoup.

-- Promis, j'emporterai ce secret dans ma tombe, répliquai-je avec malice.

Quelques instants plus tard, je pus enfin goûter à mon havre de paix, ma communion avec la nature et cibler toute ma concentration sur les vagues à dompter. Le temps était encore un peu gris, mais le vent poussait de lourds rouleaux jusqu'au sable. Après plusieurs chevauchées fantastiques, je rejoignis mon ami resté sur le sable sec. La planche sous le bras et le sourire aux lèvres, je trottinai jusqu'à lui.

-- Tu te débrouilles bien.

-- Merci.

-- Ça a l'air d'aller mieux, fit-il remarquer.

-- Oui. Merci de m'avoir amenée ici. J'avais besoin de ça. Parfois, il suffit que je surfe pour que mes batteries soient rechargées et ma tête, vidée. Ça ne marche pas à tous les coups, mais aujourd'hui, ça a été le cas. Je ne sais pas comment te remercier.

-- A vrai dire... j'aurais bien une suggestion...

-- Pourquoi je m'attends toujours au pire quand tu me réponds ça ?, demandai-je en l'étudiant, sans perdre pour autant le sourire.

-- Ce n'est rien : j'ai juste cette soirée. C'est assez chic et je ne comptais pas y aller, car je n'avais pas de cavalière, mais...

-- Mais maintenant, tu penses en avoir trouvé une..., achevai-je à sa place avant de soupirer.

-- Je sais que ce n'est pas très drôle : il faut porter de belles robes longues...

-- Et tu dois être très mignonne avec, le taquinai-je avec un sourire en coin.

-- Tu n'imagines même pas à quel point. Je t'assure, ça vaut le coup d'œil.

-- Quand cette soirée a-t-elle lieu ?

-- Ce soir ?, suggéra-t-il d'un air faussement angélique.

-- Damon...!

-- Quoi ? Tu avais déjà quelque chose de prévu ?

En un clin d'œil, je songeai à ce qui m'attendait pour cette nouvelle soirée en solitaire dans ma suite et ce programme me démoralisa. A nouveau, je soupirai.

-- Tu ne crois pas que tu aurais pu m'en parler avant de m'emmener surfer ?

-- Pourquoi ? Tu avais besoin de te détendre et tu n'aurais pas eu de services à me rendre, si je ne l'avais pas fait.

-- Espèce de manipulateur, lui reprochai-je avec un regard acéré.

-- En plus, être entourée de la famille King pourrait ajouter à ta publicité...

-- La « famille » King ? Tu veux dire que Jackson sera présent ?

-- Sans doute, vu qu'il s'agit d'une soirée de charité organisée par sa mère.

-- Tu fais des progrès : autrefois, tu m'aurais prévenue à notre arrivée là-bas.

-- Est-ce que la présence de Jackson te dérange ? Je croyais que vos liens s'étaient améliorés?

-- C'est le cas ! Je serai ravie de le revoir, ce soir, ainsi que toute ta famille.

-- J'en déduis que tu acceptes alors.

-- Bien sûr ; mais à présent, tu devrais te dépêcher de me ramener à mon hôtel pour que je me change et que je me trouve une robe.

-- A vos ordres, mademoiselle, déclara-t-il en français d'un ton solennel qui me fit sourire.

16

Une fois rentrée, je ne perdis pas une seule seconde. Damon avait eu la gentillesse d'appeler sa sœur pour lui demander de venir se préparer à mon hôtel afin que je puisse bénéficier des même « soins » qu'elle. J'eus à peine le temps de prendre ma douche avant de découvrir dans le salon de ma suite, Damon, sa sœur Anna, accompagnée d'un maquilleur, d'un coiffeur et d'une styliste avec un portant rempli de robes somptueuses.

-- Bien. Je crois que je suis de trop à présent, décréta mon cavalier pour la soirée. Je vais me préparer et je repasse vous chercher dans deux heures et demi: ça devrait suffire.

-- Amplement !, répliqua Anna. Allez, file maintenant!

Sans plus d'insistance, juste une pirouette, Damon s'éclipsa et sa sœur prit le relais. Avec son aide et celle de la styliste, mon choix s'arrêta sur une robe blanche brodée de fils d'or et à la jupe vaporeuse. Heureusement pour moi, mon bronzage californien contrastait avec le tissu immaculé, tandis que mes cheveux longs avaient pris un léger éclat doré. Le maquillage fut léger et discret et le coiffeur me fit un chignon bas avec quelques mèches qui s'en échappèrent pour encadrer mon visage. A cela, j'ajoutai à mes oreilles de simples perles de culture appartenant autrefois à ma mère.

Au moment de m'étudier dans le miroir, je n'en revins pas, me reconnaissant à peine. Je ne pus m'empêcher de me comparer à une mariée et secrètement, je mémorisai cette image pour apparaître ainsi devant l'autel, le jour où j'épouserai Jordan. Nous n'en avions jamais parlé et il était sans doute encore trop tôt pour ça, mais j'espérai le voir me faire sa demande, un jour prochain. « Pourquoi attendre, de toute façon? »

Je venais à peine d'enfiler des sandales argentées à talons, lorsqu'on frappa à la porte. Accompagné de Tom, le cavalier d'Anna, Damon, vêtu d'un smoking, fit son apparition dans le salon et écarquilla les yeux en me voyant, restant même sans voix. Gênée par ce silence trop long à mon goût, je m'exclamai, les joues empourprées :

-- Ne devrions-nous pas y aller, à présent ?

-- Oui, Julie a raison, renchérit Anna en prenant le bras de Tom. Allez, Damon : je t'ai connu plus efficace.

En entendant son prénom, l'intéressé se réveilla et me rejoignit avec l'air d'un enfant intimidé, tant il était troublé. Je ne l'avais jamais vu ainsi et pris cela comme un magnifique compliment.

-- Wow... Tu es... Wow !

-- Merci.

-- Je ne regrette pas de t'avoir invitée, avoua-t-il de but en blanc, me faisant éclater de rire, alors que je prenais son bras. Je vais être l'homme le plus fier de la soirée, parce que je serais le chanceux qui t'accompagnera. Tu vas voler la vedette à toute la famille, ce soir. Tout le monde n'aura d'yeux que pour toi.

-- S'il te plaît, ne dis pas ça, lui murmurai-je. Ta simple réaction m'a déjà rendue assez mal à l'aise.

-- Tu n'as pas à l'être. Je suis heureux que tu aies accepté de venir, car tout le monde va enfin voir le joyau que moi, je connaissais déjà.

Emue et les joues empourprées, je pus simplement lui prendre la main tout en le regardant dans les yeux. Une limousine nous attendait devant l'hôtel et nous emmena jusqu'au palace où la soirée avait lieu. Lorsque je sortis du long véhicule, aidée par mon cavalier, je fus aussitôt happée par les flashs des photographes présents de chaque côté du tapis rouge. De là, je pus enfin me rendre compte de l'importance et de la notoriété des King. Vus de l'extérieur, ils ressemblaient à une famille de millionnaires, et plutôt à un clan quand on les côtoyait de près. Mais là, je vivais un mélange des deux. Bien que ma vision des choses ait changé depuis que je sortais avec Jordan et mon récent succès en tant que photographe, cet univers restait tellement loin de mon monde.

Damon dut voir mon appréhension, car il resserra son emprise autour de ma taille et murmura à mon oreille :

-- Allez courage. Dis-toi qu'il s'agit juste de tes collègues... en un peu plus féroces, ajouta-t-il, me rendant le sourire, bien que timide. Je te rassure : ils ne te mangeront pas et nous n'en avons plus pour très longtemps.

En effet, quelques instants plus tard, à mon grand soulagement, Damon m'entraîna à l'intérieur du palace où beaucoup de monde attendait déjà. Impressionnée par la beauté des lieux, j'aurais aimé avoir mon appareil photo pour immortaliser cette magnifique soirée.

-- Alors, Damon, tu t'es enfin trouvée une cavalière, cette année ?, s'exclama une voix dans mon dos.

-- Oui, et c'est même la plus belle de la soirée, répondit l'intéressé avant que je ne me retourne en reconnaissant cette voix moqueuse.

Mon regard se posa aussitôt sur Jackson qui écarquilla les yeux et resta bouche-bée en me découvrant :

-- Jul ?

-- J'ai eu la même réaction en la voyant, avoua Damon.

-- Je vais finir par mal le prendre, fis-je remarquer avec un sourire en coin, bien que mal à l'aise.

-- Non ! Surtout pas !, s'empressa de répondre Jackson. Tu es sublime. Une vraie déesse.

-- N'en fais pas trop quand-même, répondis-je en riant.

-- Et toi, mon vieux, es-tu venu sans cavalière ?, s'enquit Damon.

-- Non, Gisela est partie se repoudrer le nez.

-- Fais attention. Dis comme cela, ça peut prêter à confusion, plaisanta Damon, me faisant éclater de rire, tandis que Jackson esquissait un sourire en coin. Gisèle ? Est-ce que pour une fois, tu aurais choisi une fille qui parle notre langue ? Je sais que tu ne les choisis par pour leur conversation, mais...

-- Attention, Damon, tu deviens grossier.

-- Quoi ? Ce n'est pas comme si Jul ne te connaissait pas.

-- Ne me mêlez pas à votre bataille de coqs, répliquai-je, légèrement mal à l'aise. En plus, ce n'est ni le lieu, ni le moment pour avoir ce genre de conversations.

-- C'est à lui qu'il faut le dire, se moqua Damon.

-- C'est toi qui as commencé, renchérit Jackson.

-- Deux vrais gamins, soupirai-je avant de sourire.

-- Messieurs dames, une photo s'il vous plaît, s'exclama un photographe.

Avant que j'aie eu le temps de réfléchir, je me retrouvai entre les deux cousins, chacun m'enlaçant par la taille. Les photographes et les flashs s'accumulèrent, me donnant légèrement le vertige.

-- Ok, merci messieurs, intervint Jackson d'un ton sans appel.

Sans rechigner, les photographes arrêtèrent avant de s'éparpiller.

-- Merci, murmurai-je à son intention.

-- Mais de rien. J'ai toujours rêvé de remplacer Kevin Costner dans « Bodyguard », plaisanta-t-il en m'adressant un regard malicieux.

-- Ne comptes pas sur moi pour remplacer Whitney Houston, sauf si tu veux qu'il pleuve.

Il éclata de rire et répliqua :

-- J'en prends bonne note.

-- Jax, je crois que ta cavalière est de retour, intervint Damon, alors qu'une femme élégante et élancée fendait la foule dans un fourreau doré qui lui collait presque à la peau.

Enfin, elle nous rejoignit et s'exclama, étonnée :

-- Julie ? Que fais-tu là ?

Devant nos cavaliers surpris, nous nous fîmes la bise avant que je ne lui réponde en présentant mon cavalier :

-- Damon m'a invitée.

-- Quelle coïncidence ! Moi, c'est Jackson qui m'a invitée, s'exclama Gisela comme si de rien n'était, tout en prenant le bras de l'intéressé pour marquer son « territoire ».

« C'est moi ou elle joue à « je sors avec le plus beau parti » ? », songeai-je en retenant mon étonnement par la bride.

-- Vous vous connaissez ?, s'enquit mon ex, surpris.

-- Nous avons fait une ou deux séances ensemble, répondis-je avec un sourire.

-- Oui. Une de maillot de bains et l'autre de lingerie, renchérit le mannequin.

Je dus me mordre l'intérieure de la bouche pour ne pas sourire, mais ce fut d'autant plus difficile, lorsque Damon rétorqua, contenant son enthousiasme :

-- Intéressant...

-- Bien. Nous devrions y aller : le dîner ne devrait pas tarder à commencer et je voudrais trouver ma mère d'abord.

-- J'ai hâte de la rencontrer, s'exclama aussitôt Gisèle.

-- Partez devant : on vous rejoint, me sauva Damon.

-- A tout à l'heure !, lança le mannequin avec un large sourire et un signe de la main.

J'attendis qu'ils se soient éloignés pour expier le soupir qui me rongeait le corps.

-- Eh bien, la soirée promet d'être animée.

-- Au moins, celle-là parle notre langue.

-- Damon..., lui reprochai-je aussitôt. Tu es pire qu'une fille.

-- Pas du tout. A chaque fois qu'il doit sortir, Jackson fait son casting dans les magazines, sans chercher forcément des filles avec qui il pourrait avoir une conversation. Il ne cherche pas à s'attacher, alors il se fait plaisir. Il sort avec des mannequins comme certaines femmes portent des bijoux. Une sorte de syndrome « Leonardo DiCaprio », sauf qu'il ne cherche pas sa mère à travers ces femmes, mais tout son contraire.

-- Tu ne m'avais pas dit que tu avais un diplôme en psychologie, le taquinai-je à mon tour.

-- Ah ah. Ça se voit que ce n'est pas toi qui te coltine à chaque fois, ces nanas. Jax, lui, a droit aux bons côtés...

-- C'est bon, je crois que j'ai compris, l'interrompis-je, déjà lassée par ce compte-rendu. Je crois que nous pouvons avancer, à présent.

-- Vos désirs sont des ordres, ma reine.

Et sur cette promesse, il m'entraîna vers l'immense double porte sculptée, ouverte sur la salle de réception.

17

Sur le seuil, je ne pus m'empêcher de marquer un temps d'arrêt, tant j'eus l'impression de basculer dans un autre monde, une autre époque. Avec un sourire tendrement amusé, Damon m'entraîna vers la grande salle s'ouvrant au pied d'un grand escalier. Des dizaines de tables rondes aux nappes blanches étaient alignées autour d'une grande piste de danse et devant une grande scène où trônait un pupitre. Des lustres gigantesques étaient suspendus au plafond ouvragé, et accaparée par ce décor, je me laissais simplement guider jusqu'à notre table non loin de la scène. Gisèle et Jackson étaient encore avec la mère de ce dernier et pas vraiment décidée à les interrompre, je choisis de rester à distance.

Damon tira galamment ma chaise et je m'assis entre lui et Tom. A notre table se trouvaient les membres de la famille King, à l'exception de Jackson et sa cavalière, Sophia King, ainsi que les parents de Damon, présidant ainsi la « soirée » à la table d'honneur avec d'autres pontes de l'industrie. J'enviais bien plus ma place que la leur.

Grâce à la table familiale, l'ambiance se révéla aussi délicieuse que le dîner, agrémenté des discours de Jackson et de sa mère pour leur fondation. Au milieu du repas, entre deux services, un grand orchestre commença à jouer. Sous les regards appréciateurs des invités, Jackson invita sa mère à danser pour ouvrir le bal. Cette image me toucha en plein cœur par sa beauté, leur complicité et leur amour étant sans doute la plus belle chose « exposée » dans cette salle. A travers leur danse, l'un et l'autre se montrèrent à la fois forts et faibles, prêts à se protéger mutuellement. Attendrie, je les admirai sans même remarquer les autres couples qui s'étaient joints à eux sur la piste. Jackson et sa mère semblaient voler au-dessus du sol, dans leur bulle, leur moment à eux, exceptionnel.

A la fin de la danse, toute notre table se leva pour les applaudir et je remarquai qu'aucun membre n'était allé sur la piste, sans doute trop occupés à les admirer eux aussi. Avec douceur et tendresse, Jackson raccompagna sa mère à leur table avant de l'embrasser sur la joue. « Ainsi, même s'il a évolué au cours des derniers mois, il reste bien une chose qui ne changera jamais », ne puis-je m'empêcher de penser tendrement, conquise.

-- Jul ? Tu veux bien m'accorder cette danse ?, me réveilla alors la voix de Damon, déjà debout à mes côtés.

Surprise au premier abord, j'acceptai sa main et me levai. A son bras, je gagnai la piste où évoluaient déjà de nouveaux danseurs. Lentement, toujours sur la même base de pas, il me fit danser tranquillement, tandis que nous discutions et riions doucement de nos maladresses. Les morceaux s'enchaînèrent, sans que je m'en rende vraiment compte. Finalement, au bout de trois, nous rejoignîmes notre table en riant. Sophia s'y trouvait, assise à ma place, son fils debout à côté d'elle.

-- Ça y est ? Vous avez compris et décidé de rejoindre la meilleure table ?, plaisanta Damon pour annoncer notre arrivée.

Aussitôt, le regard de Sophia se posa sur lui, plein de douceur et de malice.

-- Non. Nous venons juste aux nouvelles pour savoir si vous êtes prêts à baisser les bras.

-- Jamais !, répondit-il de façon théâtrale.

-- Maman, tu te souviens de Julie ?, intervint Jackson.

-- Bien sûr ! Comment allez-vous ?

-- Très bien. Cette soirée est vraiment fabuleuse. Votre fils et vous avez enchanté l'assistance, lorsque vous dansiez.

-- Merci, mais il danserait nettement mieux avec une partenaire à son niveau. Jackson, pourquoi n'inviterais-tu pas cette jeune personne, pour nous faire une démonstration ?, suggéra sa mère d'un air innocent qui ne dupa personne.

Un murmure de rire contenu se fit entendre autour de la table, alors que je rougissais légèrement.

-- Très finement joué, ma tante, fit remarquer Damon, moqueur.

-- Je lui aurais bien suggéré d'entraîner sa cavalière, mais cette dernière a disparu.

-- Sans doute partie se repoudrer le nez, une fois encore, renchérit son neveu.

-- Damon, lui reprocha encore Jackson.

-- Quoi ? C'est ce que tu as dit, la première fois, répondit-il, adoptant lui aussi un air innocent.

-- Bien ! Alors, mon chéri, qu'attends-tu ?, s'impatienta Sophia.

-- C'est demandé si gentiment, ironisa ce dernier avant de se tourner vers moi. Julie, acceptes-tu de me servir de cobaye ?, me demanda-t-il en m'offrant son bras, avec un sourire malicieux.

-- Si c'est pour la science, plaisantai-je en glissant ma main sur son avant-bras.

Doucement, il me guida jusqu'à la piste et me fit faire un tour sur moi-même avant de m'enlacer délicatement. Aussitôt, comme s'ils se reconnaissaient, nos corps ne firent plus qu'un, répondant aux mouvements de l'autre. Entraînée par Jackson, je gardai mon indépendance tout en m'associant à lui. Il me laissait mon espace dans la limite de ses bras, sans faire peser la moindre pression sur moi, si ce n'était celle de sa main sur mes reins.

-- Ta mère a raison : tu es un excellent danseur. Je l'avais oublié.

-- C'est elle qui m'a appris à danser, répondit-il avant de nous faire tourner.

-- Je regrettai de ne pas avoir eu mon appareil pour vous prendre en photo tout à l'heure, quand vous dansiez : vous sembliez voler.

-- Pourtant, je fais piètre figure face à mon père. Tu les aurais vu tous les deux sur la piste : c'était magique, répondit-il d'une voix grave, bien qu'imperturbable.

-- Pardon. Je ne voulais pas faire remonter de tristes souvenirs.

-- Ça n'en est pas. Bien au contraire. Aujourd'hui, je me dois de faire mieux.

-- C'est pour cela que ta mère organise un casting de danseuses ?, plaisantai-je avec malice.

Il éclata de rire et répliqua sans se départir de son sourire :

-- Je suis désolée. Je crois qu'elle n'apprécie pas beaucoup les filles avec lesquelles je sors.

-- Parce qu'elle voudrait te voir fonder une famille. Elle veut la meilleure personne pour toi, c'est normal.

A ces mots, il m'étudia longuement et déclara doucement :

-- Tu es vraiment magnifique, ce soir.

-- Parce que les autres jours, je ne le suis pas ?, le taquinai-je avant d'éclater de rire, lorsqu'il fut gêné. Ne t'en fait pas, je comprends. Moi-même, j'ai eu du mal à me reconnaître en voyant mon reflet. J'ai encore du mal à croire que c'est moi qui danse ici avec toi. Même si les personnages sont quasiment les mêmes, j'ai l'impression d'être à des années lumières de mon ancienne vie à New-York.

-- Parce que tout a changé : les rôles sont différents aujourd'hui. Regarde, nous sommes amis... et j'en suis ravi.

-- Moi aussi, murmurai-je en lui souriant doucement, les yeux dans les yeux.

Sans nous en rendre compte, nous bougeâmes à peine sur les derniers accords, juste soudés l'un à l'autre tels les danseurs d'une boîte à musique tournant sur eux-mêmes. Et puis, sans prévenir, Jackson me renversa doucement en arrière, éveillant mon rire, tandis qu'il souriait. Sans la moindre difficulté, il me redressa contre lui et nous nous retrouvâmes face à face, nos visages à quelques centimètres l'un de l'autre. Les sourires s'étaient envolés, remplacés par la surprise, puis des interrogations sans réponse.

Les applaudissements crépitèrent si forts autour de nous, qu'ils nous sortirent de notre torpeur et nous nous découvrîmes seuls sur la piste désertée par les autres couples. Troublée, le visage empourpré, je m'écartai légèrement de Jackson qui me fit à nouveau tourner sur moi-même, avant de passer un bras autour de ma taille pour me ramener à ma place. Gisèle était revenue elle aussi et affichait une moue boudeuse, alors que ses yeux lançaient des éclairs.

-- Bravo ! Vous étiez fantastiques !, s'exclama la mère de Damon. A croire que vous ayez dansé ensemble toute votre vie!

-- Maman... Ne t'y mets pas, s'exclama tout bas mon cavalier.

-- Ne blâme pas ta mère, mon garçon. Elle a tout à fait raison: c'était magique de vous regarder, renchérit Sophia.

-- Merci, murmurai-je faiblement, gênée par la présence de Gisèle dont le regard devenait pesant.

-- On se calme, intervint Damon. Julie a déjà un petit-ami depuis plus d'un an, et ce n'est ni moi, ni Jackson. Alors maintenant, arrêtez de la mettre mal à l'aise ou elle va fuir notre famille pour de bon.

-- Mais nous ne faisions rien de mal, si ce n'est de les féliciter, se justifia sa mère, lui faisant lever les yeux au ciel.

L'intervention de Damon m'aida à me détendre et à minimiser l'impact de cette danse. Le dîner reprit son cours, tandis que Jackson et sa mère poursuivaient leur tour des tables, s'attardant plus ou moins avec leurs invités. Au moment du dessert, Sophia et son fils rejoignirent l'immense gâteau préparé pour l'occasion. Là, on leur apporta un gros chèque cartonné d'un montant colossal, à l'attention de leur fondation pour l'enfance et l'éducation dans des quartiers new-yorkais en difficulté. Des photographes apparurent, comme sortis de nulle part, et les mitraillèrent comme sur un tapis rouge.

Pour la première fois, je pus admirer Jackson, qui posait avec une grande élégance et énormément d'assurance, domptant les objectifs du regard, comme s'il avait fait ça toute sa vie. Face aux photographes, c'était bel et bien l'homme d'affaires multimilliardaire qui dictait sa loi : Jake n'existait plus alors. Pourtant, lorsqu'il se tourna ensuite vers sa mère, toute sa force se transforma en amour et en tendresse. En les regardant, j'eus l'impression de voir une équipe, un duo. Si Jax n'était pas prêt à se ranger, c'était sans doute parce qu'il n'était pas prêt à « délaisser » sa mère, chose qui était plutôt noble, sauf quand on était l'autre femme à son bras, restant dans l'attente de réponses ou d'une progression.

Un peu plus tard, après avoir dansé avec Damon, je partis faire un tour aux toilettes. L'alcool commençait à me tourner la tête, lorsque je fis face à mon reflet, non sans soupirer. Je fermai les yeux un bref instant, et sursautai en les rouvrant, en découvrant Gisèle, furieuse, derrière moi:

-- Je peux savoir à quoi tu joues ? Je croyais que tu sortais déjà avec quelqu'un ?, m'interrogea-t-elle, déjà très agressive et menaçante.

-- Oui, pourquoi ?

-- Alors, dans ce cas, tu devrais peut-être éviter de draguer le mec des autres !

-- De quoi tu parles ?

-- Tu crois que je ne t'ai pas vu avec Jackson ? Tu fais la sainte nitouche en accompagnant Damon, mais c'est seulement pour mieux t'approcher de son cousin !

-- Gisèle, je suis déjà avec quelqu'un que j'aime. Je n'ai aucune vue sur Jax, je te le promets. Ma vie est à L.A. avec

Jordan, pas ici avec Jackson. Il n'est qu'un bon ami pour moi, au même titre que Damon.

-- Bien !, rugit-elle. Dans ce cas, range tes yeux, tes mains et ne t'approche plus de mon petit-ami.

Furieuse, elle tourna les talons, me laissant ébahie et perplexe. Avais-je vraiment agi de telle sorte à ce qu'on me croit amoureuse de Jackson ? Mon comportement avec lui ne différait pas de celui que j'avais avec Damon. « Enfin, je ne pense pas. » Certes, ce soir, ce dernier était mon cavalier et n'avait donc pas de « chaperon », et moi, de « rivale ». Mais, peut-être était-ce là mon erreur ? Peut-être étais-je trop proche de Damon et de son cousin ? « Mais comment être autrement ? »

Un peu perdue, je ressortis, mais mes idées en désordre me dissuadèrent de rejoindre la salle où se trouvait la source de mon problème. J'avais besoin d'un peu d'air. Après avoir demandé une issue à plusieurs employés, j'atteignis enfin un balcon où les fumeurs semblaient s'être donné rendez-vous. Toutefois, en m'éloignant des portes, je parvins à trouver un espace à moi, à l'abri des regards ; c'est du moins ce que je crus, en m'appuyant à la balustrade avec un soupir:

-- Tu cherches à échapper à quelqu'un toi aussi ?, s'enquit une voix derrière moi.

18

Avec un sursaut et un léger cri de surprise, je me retournai, une main sur la poitrine, alors que Jackson avançait vers moi avec un doux sourire et son regard pétillant de malice.

-- Pardon. Je ne voulais pas te faire peur.

-- Ce n'est rien.

Il s'arrêta à côté de moi et je me tournai à nouveau vers la vue sur la ville illuminée.

-- Alors ? Mon cousin est si pénible que ça ?

-- Non ! Il est adorable, répondis-je automatiquement sans le regarder.

-- Bien... Alors, on peut éliminer Damon. Dans ce cas, passons à ma famille. Quand ils ont une idée en tête...

-- Arrête : ta famille est formidable et je n'ai pas mal pris leurs remarques. Ils ne savaient pas que j'étais avec Jordan, c'est tout.

-- D'accord, alors il ne reste que... « Moi », répliqua-t-il calmement.

Cherchant mes mots, je ne répondis rien sur le coup, aussi le prit-il comme un assentiment.

-- Je vois..., marmonna-t-il, son ton nettement moins joyeux.

-- Non ! Jax, ce n'est pas toi, c'est... C'est Gisèle, avouai-je en soupirant.

-- Je te demande pardon ?

-- Elle m'a reprochée de te draguer et d'être trop proche de toi, alors que... Enfin, je n'ai rien fait de... Enfin, tu as trouvé que je t'avais dragué ?

-- Bien sûr !, répondit-il de but en blanc, comme si de rien était.

-- Quoi ?, paniquai-je en lui faisant face.

Il éclata de rire et rétorqua, en s'approchant encore pour poser les mains sur mes bras :

-- Je plaisante ! Tu n'as rien à te reprocher, Julie. Si tu m'avais dragué, on pourrait m'accuser d'en avoir fait autant.

Je fronçai les sourcils et répondis avec un léger sourire:

-- C'est censé me rassurer ?

-- Je veux dire que nous nous sommes comportés normalement, toi et moi. Tu n'as rien à te reprocher, et moi non plus. Je crois surtout que Gisèle se fait des idées sur la relation que j'entretiens avec elle.

-- Sans blagues ?, le taquinai-je avec un sourire en coin et un regard malicieux.

-- Ne te moques pas, je te prie.

-- Désolée, c'était trop tentant. Mais comprends-la : tu es un excellent parti et tu l'invites à une soirée où il y a tout le gratin, y compris ta plus proche famille ; sans oublier que tu l'as présentée à ta mère. En « langage de filles », ça veut dire que la femme qui t'accompagne, compte à tes yeux et que la relation est sérieuse.

-- Je sais, gémit-il en baissant la tête. Mais je ne voyais pas qui d'autre inviter.

-- Tu t'es déjà mis à dos tous les mannequins de Victoria Secrets ?

-- Ah ah, très drôle... Une partie seulement.

Cette fois, j'éclatai de rire pour de bon.

-- Tu es pire que Damon, l'accusai-je en secouant la tête.

-- Je n'ai pas le temps de me poser et de fonder une famille. Tu crois que si je le leur disais, elles accepteraient de sortir avec moi ? En ne faisant durer ces relations que quelques jours, elles n'ont pas le temps de s'attacher et au bout du compte, seul leur ego est blessé.

-- C'est bien réfléchi, le félicitai-je.

-- Tu trouves que je suis un salaud de vouloir juste m'amuser ?

-- Non, tu es juste... honnête avec toi-même : si tu veux continuer à t'amuser, c'est que tu n'es pas encore mûr pour avoir une relation durable et ce qui va avec. Ça viendra... avec le temps. Il paraît que les femmes sont plus mûres que les hommes : c'est sans doute pour cela qu'elles se projettent déjà dans une relation durable. Ton tour viendra, l'encourageai-je avant de frissonner sous une brise.

Aussitôt, Jackson retira sa veste pour la poser sur mes épaules.

-- Merci.

-- Je suis heureux que tu sois venue, ce soir. Ma famille t'adore et tout particulièrement ma mère. Elle se rappelle encore combien tu as été présente et adorable à la mort de mon père ; et je suis heureux de t'avoir à nouveau dans ma vie, comme amie, parce que je sais que je pourrais toujours compter sur toi. Et même si c'est à distance, toi aussi, tu pourras toujours compter sur moi, que ce soit pour poser ma veste sur tes épaules ou te servir de cavalier.

Tendrement, je glissai un bras autour de sa taille pour me blottir contre lui. Il fit de même en m'enlaçant avant de déposer un long baiser sur ma tempe. Je fermai les yeux, inclinant la tête vers ces lèvres, matelas de douceur où je me sentais si bien, comme à la maison. A sa bouche se substitua l'arête de son nez et sa caresse. Instinctivement, je tournai la tête et rouvris les yeux pour plonger aussitôt dans les siens tout proches.

Alors, sans trop savoir ce qui me guida, je lui tendis mes lèvres tandis qu'il se penchait davantage vers moi. Avec une infinie douceur, comme si un souffle risquait de les briser, il captura ma lèvre inférieure, la gardant prisonnière comme si le temps venait de s'arrêter. Délicatement, ses doigts effleurèrent ma joue, mais lorsque sa bouche abandonna la mienne, tel un lien rompu, je rouvris les yeux pour tomber à nouveau dans les siens. J'eus alors l'impression de recevoir un seau d'eau glacée sur la tête et m'écartai précipitamment.

-- Jul..., commença-t-il, mal à l'aise.

-- Je... je suis désolée. Je ne suis pas à ma place ici. Je ne devrais pas être là. Pardon, balbutiai-je tout en reculant. Il faut que je rentre.

Une fois encore, je partais comme une voleuse, mais cette fois, ce n'était pas contre Jackson. En l'embrassant, je m'étais rendue compte que c'était Jordan que j'aimais et avec qui je voulais être à cet instant et le reste de ma vie. Une fois dans le taxi, je laissai un message à Veronica pour lui annoncer mon départ. A l'hôtel, je préparai ma valise à la hâte et me précipitai à l'aéroport. Là-bas, j'achetai un billet pour le prochain vol à destination de Los Angeles.

Quelques minutes plus tard, j'étais dans l'avion, trépignant d'impatience à l'idée de retrouver Jordan et ses magnifiques yeux bleus, de sentir à nouveau ses lèvres sur les miennes. Je ne pensais plus qu'à lui, et Jackson, son baiser m'avaient fait réaliser que j'avais une vie, mais qu'elle se trouvait à L.A. avec « l'homme que j'aimais ». Je ne devais... Je ne voulais être nulle part ailleurs.

Au cours du voyage, j'essayai d'appeler Jordan, mais personne ne répondit. Je rugis sans pour autant laisser de messages. Alors, comme un dernier regard en arrière, je composai un autre numéro. Là encore, je tombai sur le répondeur, mais je lui devais des explications sur mon départ précipité :

-- Jackson... C'est Julie. Je suis désolée de ce qui s'est passé, ce soir, et ma façon de partir. Je n'ai rien contre toi : nous avions tous les deux un peu bu et... c'est arrivé. Je tiens à ce que tu saches que... moi aussi, je suis heureuse de t'avoir retrouvé et d'être à nouveau ton amie. J'espère que c'est toujours le cas d'ailleurs. Mais tu m'as fait prendre conscience de l'importance de Jordan dans ma vie et que ma place était avec lui, ce soir. Je suis dans l'avion pour Los Angeles et... je compte lui demander de m'épouser, avouai-je pour la première fois à voix haute, avant qu'un sourire salvateur n'apparaisse sur mes lèvres. Je ne veux pas attendre indéfiniment sa demande ; et moi aussi, je suis capable de la faire ! J'espère que tu comprends. Si oui, croise les doigts pour moi! Je t'appelle bientôt.

Un peu triste et le cœur serré sans savoir pourquoi, je raccrochai. J'aurai aimé lui parler de vive voix, échanger avec lui, entendre ses encouragements qui m'auraient rassurée. Le baiser que nous avions partagé, aussi bref fut-il, m'avait ramenée plusieurs années en arrière ; mais bizarrement, malgré la situation, le costume, la soirée, j'avais eu l'impression de retrouver Jake. C'était ridicule, juste une bribe de souvenirs qui m'avait réchauffée le cœur.

Mais le passé était le passé et la page concernant notre histoire était tournée. Mon avenir était devant moi, pas derrière.

19

Finalement apaisé, mon esprit sombra malgré moi. Une hôtesse me réveilla et dans un léger sursaut, je découvris l'avion vidé de ses passagers. Sans plus attendre, mais bien qu'un peu groggy, je sortis de l'appareil pour récupérer ma valise avant de me précipiter à la recherche d'un taxi, les idées bien claires et rangées. Une fois dans le taxi en direction de la villa de Jordan, j'eus plus que jamais l'impression d'être à deux doigts du bonheur, sur le point de le toucher.

Il était encore très tôt et le soleil n'était pas encore levé, mais je me sentais bien et surexcitée.

-- Je vais demander mon petit-ami en mariage, expliquai-je joyeusement au chauffeur qui m'observait à travers son rétro.

Il me prit sûrement pour une folle, mais peu importait. Lorsque la voiture s'arrêta devant la villa, j'eus l'impression que le temps venait de s'arrêter. Après avoir récupéré ma valise et sans faire de bruit, j'ouvris d'abord le portail, puis plus loin, la porte d'entrée, avec la clé que Jordan m’avait donné, quelques semaines plus tôt. Il devait être couché et je ne voulais pas le réveiller avant de l'avoir retrouvé et embrassé. César vint m'accueillir tranquillement dès mon entrée et après quelques caresses, il retourna sur son coussin au salon.

Je laissai ma valise dans l'entrée et retirai mes chaussures, sans prendre la peine d'allumer. Je connaissais assez la maison pour pouvoir me guider, grâce à la faible clarté de la lune. Sur la pointe des pieds, je grimpai les escaliers, soulevée par les battements de mon cœur avant d'ouvrir lentement la porte de la chambre. Nu jusqu'au torse, Jordan dormait profondément sur le dos et le sourire aux lèvres, je ne pus davantage résister à la tentation de le rejoindre. Tout doucement, je vins m'allonger à ses côtés avant d'effleurer ses lèvres des miennes jusqu'à ce qu'il commence à bouger.

-- Je t'aime, Jordan. Epouse-moi, lui chuchotai-je, lorsqu'il entrouvrit les yeux.

-- Quoi ? Qu'est-ce que tu racontes, Michelle ?, marmonna-t-il dans son demi-sommeil.

-- Michelle ?, répétai-je, étonnée, en me redressant. Qui est Michelle ?

C'est alors qu'un bruit parvint de la salle de bains attenante et pour la première fois, je remarquai le rayon de lumière passant sous la porte. Les battements de mon cœur me semblaient ralentir à mesure que je me levais et avançais lentement vers l'autre pièce. Un nœud de plus en plus serré et douloureux se formait dans mon ventre, remontant vers ma poitrine. Les doigts tremblants, je tournai la poignée et poussai le battant, rendant moins sourd le bruit du jet d'eau de la douche. En m'approchant encore, à travers la porte vitrée maculée de gouttes et de buée, je distinguai une silhouette féminine.

Malgré toutes les preuves concrètes et bien réelles, je me persuadai qu'il s'agissait d'une hallucination jusqu'à ce que l'inconnue s'exclame :

-- Ça y est ? Tu t'es décidé à venir me rejoindre ? Je t'ai connu plus endurant, Jordan. Mais rassure-toi : je sais quoi faire pour te redonner des forces.

Pour être totalement sûre de moi, il me fallut ouvrir ce battant vitré, mais dès que la femme se retourna vers moi, je relâchai la porte avec un mouvement de recul. Elle ne broncha pas, paraissant simplement surprise.

Comme si cela pouvait changer quelque chose ou arranger la situation, je demandai d'une voix blanche :

-- Depuis combien de temps... ?

-- Cela fait quelques semaines, avoua-t-elle tranquillement. Mais vous devez savoir que je ne suis pas la première.

-- Comment ça ?, parvins-je à dire, malgré ma gorge serrée.

-- Je l'ai rencontré par l'intermédiaire d'une amie pour un plan à trois. D'habitude, ce n'est pas mon truc, mais quand elle m'a dit qu'il s'agissait de Jordan Beck et qu'il payait bien...

-- « Payait » ?... Vous êtes une... ?

-- Call-girl, oui. Jordan est un homme qui ne veut pas d'attaches : il veut juste s'amuser et prendre son pied. Il est très connu dans notre milieu.

« C'est une blague ? Ce n'est pas possible ? Ce n'est pas « lui » ? Ça ne lui ressemble pas. Ce n'est pas « lui ». Cela ne peut pas être « lui » », songeai-je très vite, emprisonnée dans une tornade de sentiments, de mirages, de mensonges et de contradictions. J'avais besoin de savoir, de comprendre, mais en étais-je seulement capable ?

-- Pourquoi me dites-vous cela ?

-- Parce qu'aucune fille ne mérite d'être trompée de la sorte. Même si vous l'aimez, vous ne méritez pas de passer votre vie de la sorte, avec un homme qui vous ment et vous trompe dès que vous avez le dos tourné.

-- Michelle ! A quoi tu joues ?, retentit alors la voix plus forte et assurée de Jordan dans mon dos.

Je me retournai au moment où il fit son entrée et s'arrêta net sur le pas de la porte dès qu'il m'aperçut.

-- Jul…

Je fus incapable d'en supporter davantage venant de lui ou sortant de sa bouche. Sans plus attendre et sans un mot, je quittai de la pièce, faisant tout pour ne pas le toucher et repoussant ses tentatives pour me retenir. A présent, je n'avais plus qu'une envie : fuir. Fuir cet homme, cette maison et tous les souvenirs, les moments que nous avions partagé ; fuir cet amour et l'espoir qu'il avait semé en moi, comme un jeu pervers.

Dans le salon, je récupérai ma valise, lorsqu'il me rattrapa par un bras, puis l'autre, malgré mes efforts pour lui échapper. Je reculai encore et toujours jusqu'à être dos au mur. Là, il prit mon visage entre ses mains et m'embrassa encore et encore en me suppliant de rester, de lui pardonner, murmurant mon prénom et des pardons, des « je t'aime ». Je n'arrivai pas à le repousser, à échapper à ce que j'avais attendu depuis des jours. Le manque était là, trop présent pour rester insensible et avec une fougue mêlée à la passion, je finis par rejeter la réalité pour répondre à ses baisers et passai les bras autour de son cou. J'étais tellement amoureuse de lui, à en perdre la raison, prête à la couvrir d'illusions et de mensonges.

Ses mains parcourant mon corps me faisaient gémir et je ne rêvais plus que de lui appartenir à nouveau.

-- Fais-moi l'amour, Jordan, le suppliai-je tout bas.

Alors, il esquissa un petit sourire et s'exclama en m'hypnotisant :

-- J'en meurs d'envie moi aussi. Tellement, si tu savais.

-- C'est vrai ?

-- Bien sûr ! Tu m'as tellement manquée, Jul. J'ai cru devenir fou sans toi.

Rassurée de retrouver un peu plus l'homme que je connaissais et que j'aimais, je soupirai. Seule avec lui, je refermai notre bulle autour de nous, oubliant le reste du monde, jusqu'à...

-- Tu sais ce qui serait vraiment génial ? Ce serait que Michelle se joigne à nous...

A cet instant, ma bulle se déchira et la jeune femme rousse apparut en haut des marches, vêtue d'un peignoir, comme pour guetter la suite de l'histoire.

-- Michelle ?, répétai-je d'un air pensif en observant l'intéressée, tandis qu'il dévorait mon cou de baisers.

Finalement, il me libéra et m'observa tandis que je m'écartai de lui en observant la call-girl.

-- Alors, qu'en dis-tu ?, s'enquit-il d'une voix déjà rauque de désir.

-- J'en dis..., commençai-je lentement, avant de me retourner pour lui administrer une droite si forte qu'il recula en se couvrant le visage. J'en dis que tu peux toujours rêver ! Je ne veux plus jamais te revoir. Ne t'approche plus de moi.

Ma main blessée blottie contre ma poitrine, je récupérai ma valise et m'enfuis sans attendre mon reste. Malgré mon fardeau, je me mis à courir jusqu'à ce que ma poitrine soit sur le point d'exploser.

Et lorsque ce fut le cas, je m'arrêtai enfin pour libérer le surplus de larmes qui coulèrent en cascades. Mes jambes me lâchèrent brusquement, mais une fois à terre, je ne fis rien pour me relever. J'en étais incapable, tant ma déception, mon désespoir étaient lourds sur mes épaules, me clouant au sol. J'étais à bout de nerfs, brisée autant que l'étaient mes illusions. J'avais placé tant d'espoirs en Jordan, en notre relation, après ce que j'avais vécu avec Jackson. Il avait su m'apprivoiser et gagner peu à peu ma confiance, devenue sans failles, aveugle.

Et il en avait joué. J'avais toujours cru ne jamais pouvoir être autant blessée, après ma relation avec Jackson; pourtant, Jordan m'avait fait bien pire. Je me sentais sale, inutile, incompétente... Il était devenu mon tout, ma référence masculine. Je ne voyais plus ma vie qu'avec lui, alors que lui ne pouvait se contenter d'une femme, d'un seul amour. Mon cœur en cendres venait de s'éteindre. Il ne s'était pas seulement brisé une nouvelle fois: il avait laissé un trou glacé et béant qui ne se refermerait jamais.

Sans trop savoir comment _sans doute en marchant_ j'étais finalement arrivée dans un motel. Après avoir pris une chambre pour au moins une semaine, je partis m'y enfermer. Pendant des heures, des jours, je ne cessai de pleurer, de me demander pourquoi, ce que j'avais fait de mal, retraçant notre vie de couple pour dénicher le moindre petit grain de sable. Assise sur le lit, les genoux enveloppés dans mes bras, je gardai les yeux dans le vide, droit devant moi, déroulant le film de notre histoire apparemment si parfaite. Je ne mangeais plus, m'hydratais à peine, m'épuisant à petits feux pour des réponses que je n'aurais jamais.

Pendant plusieurs jours, il ne se passa rien. Et puis le cinquième ou sixième jour, je perçus vaguement une voix, très loin, avant qu'un visage n'apparaisse devant mes yeux vides. Mais encore plongée dans mes pensées, je ne sortis pas de ma bulle, toujours assaillie par les mêmes questions.

Je fus brusquement soulevée et sortie de mon « refuge », mais noyée dans mon mutisme et sourde au monde extérieur, je vis seulement ce qui se passa sans pour autant l'assimiler. Telle une marionnette, je me laissai manipuler jusqu'à ce qu'il commence à déboutonner mon chemisier. Aussitôt, je levai mon regard vers lui, tout en agrippant d'une main ferme et froide, le haut du vêtement. Accroupi devant moi, il soupira, visiblement un peu soulagé et esquissa un sourire plein de douceur et de compassion.

-- On s'est tous fait beaucoup de soucis, tu sais ?, fit-il doucement remarquer.

A nouveau, sans savoir pourquoi, les barrages se rompirent et je fondis en larmes. Aussitôt, il vint s'asseoir à côté de moi pour me prendre dans ses bras, caressant mes cheveux pour tenter d'apaiser mes pleurs. Presque à chaque seconde, j'imaginais qu'il s'agisse de Jordan, avant de réaliser que son « joli » portait n'avait été qu'une contrefaçon et que ces bras, cette douceur, cette présence, appartenaient à Jackson. Patiemment, il attendit après moi, encore et encore : que mes larmes cessent, que mon sommeil s'apaise, que mon appétit et mes forces reviennent, jouant les parfaits garde-malades.

De mon côté, je ne parlai toujours pas, même si mon regard s'éveillait petit à petit. Je voyais, j'entendais, je sentais tout ce qu'il faisait pour moi : les bouquets de fleurs qu'il me faisait livrer tous les jours, la nourriture qu'il me donnait comme à une enfant rebelle, le bain qu'il me donna le premier jour. Quand Jordan avait brisé mon cœur, j'avais eu l'impression qu'il avait aussi brisé ma vie, mon corps, me rendant invalide. Jackson, lui, avec la minutie d'un artisan passionné, s'employa chaque jour à reconstruire mes fondations pour me ramener à la vie.

Parfois, quand je me réveillais la nuit, je le trouvais profondément endormi dans un fauteuil, installé près de mon lit. C'est ainsi qu'il rebâtit ma confiance en les hommes. Les premières nuits, les yeux grands ouverts, je l'observai, guettant le moindre défaut, les contours du masque qui me blesserait encore en tombant. Sur mes gardes, je l'étudiai en attendant de voir surgir le « monstre » de mes cauchemars, mais les nuits passèrent et il ne resta que Jackson, toujours présent et protecteur. A partir de là, je m'étais alors aperçue des changements sur ses traits: de ses cernes, ses rides. Il avait vieilli et pourtant, il restait le même: un ami sur lequel je pourrais toujours compter.

Le lendemain matin, alors qu'il me croyait encore endormie, je l'avais entendu parler au téléphone avec l'un de ses collaborateurs :

-- Envoyez-moi les dossiers par mail... Non, je ne sais pas quand je vais pouvoir rentrer... Oui, je sais : je serai présent par visio-conférence. C'est ça...A plus tard.

Avec un soupir, il raccrocha et je sentis son regard se poser sur moi. Ses pas décrurent avant que je n'entende glisser la baie vitrée de ma chambre. A cet instant, j'ouvris les yeux sur tout : la vie ne s'était pas arrêtée à la trahison de Jordan et à notre rupture. Le monde n'avait pas cessé de tourner pour autant. Lorsque le mien avait basculé, je m'étais crue « orpheline » et abandonnée en même temps qu'isolée. Et pourtant, l'homme le plus occupé que je connaisse, avait tout arrêté pour moi, pour me retrouver et m'aider, quitte à traverser le pays.

D'autres amis, d'autres personnes plus proches auraient pu essayer ou réussir, mais seul Jackson semblait y être parvenu. Je n'en revenais toujours pas de son « sacrifice » : « Peut-être qu'avec un ami comme ça à mes côtés, la vie vaut la peine d'être vécue ? », me demandai-je.

Il avait été là pour moi, mais je ne pouvais décemment pas rester prostrée ainsi jusqu'à la fin de ma vie. Il était temps que je me « réveille » : pour lui, d'abord ; puis, le moment venu, pour moi. Doucement, avec d'infinies précautions, je parvins à me lever, toute seule. Il fallait que je réapprenne, car Jax ne pourrait pas toujours jouer les samaritains à mes côtés. Pas très sûre de mes forces, je choisis d'oublier pour l'instant la salle de bains pour rejoindre mon ami sur la terrasse.

Il me tournait le dos, lisant son journal et ignorant son petit-déjeuner déposé sur la table devant lui. Je le trouvai alors très impressionnant, et timidement, j'avalai ma salive avant de tenter mon premier mot depuis ce qui me parut être toute une vie:

-- Bonjour.

Ma voix faible était rauque et sèche, mais il sursauta et se retourna vers moi.

-- Jul… Tu aurais dû m'appeler, me gronda-t-il gentiment en se levant pour m'aider à descendre les quelques marches menant à la table.

D'un sourire, je le remerciai avant qu'il ne me serve des toasts et du jus d'orange.

-- Assieds-toi s'il te plaît, le priai-je faiblement. J'ai des choses à te dire.

Sans un mot, il obéit et attendit patiemment, sans me quitter des yeux. Après avoir retrouvé un peu de salive et rassemblé mes idées, je me lançai en affrontant son regard perçant :

-- Jackson, je te remercie pour tout ce que tu as fait pour moi, mais... il est temps que tu repartes.

-- Julie...

-- Non, s'il te plaît, laisse-moi finir. Tu t'es assez sacrifié comme ça, juste pour moi, et je n'aurai jamais assez de toute ma vie pour te remercier. Mais tu as une vie toi aussi, et des obligations. Ta vie est à New-York et...

-- Et la tienne, où est-elle ?, s'enquit-il gravement, le visage fermé et dur.

C'était la première fois que je retrouvais cette expression depuis qu'il était venu me chercher au motel. Je savais qu'il s'inquiétait pour moi, aussi n'en pris-je pas ombrage.

-- Je ne le sais pas encore. J'ai besoin de faire le point pour le découvrir.

-- Je refuse de te laisser seule ici.

-- Jax, je ne suis pas seule...

-- Ah non ? Alors où sont-ils, tes précieux amis ? Qui s'est inquiété pour toi, mis à part Veronica ? Je suis désolé de te l'annoncer, Julie, mais il n'y a eu « personne ».

« Pas même Jordan » ?, eus-je envie de demander, avant de baisser la tête avec un triste sourire. « Bien sûr que non : cela aurait été ridicule. » Mais j'étais encore trop imprégnée de lui, de son « amour », pour réaliser que c'était bel et bien terminé entre nous.

-- Jul, s'exclama mon compagnon en me prenant la main pour faire éclater ma bulle et me ramener à la réalité. S'il te plaît, reviens à New-York avec moi. Même s'il ne s'agit que de quelques jours pour que tu puisses remettre de l'ordre dans tes idées, je préfère te savoir entourée de gens de confiance. Et si tu souhaites finalement repartir en France, ou ailleurs, alors je te conduirai moi-même à l'aéroport.

Son regard rattaché au mien, me suppliait d'accepter sa proposition. Il était véritablement inquiet pour moi, je le voyais et je le sentais. Mais il était aussi déterminé, et je savais qu'il ne partirait pas sans que j'accepte ou sans être sûr de mon bien-être. Or, ce dernier n'était plus à Los Angeles : trop de souvenirs, agréables puis douloureux, y étaient désormais rattachés. Pour le moment, je ne me sentais pas assez forte pour « partager » la même ville que Jordan, aussi gigantesque et peuplée fut-elle.

-- C'est d'accord.

-- Bien, répondit-il simplement avant de se laisser aller contre le dossier de son fauteuil pour poursuivre sa lecture.

Pourtant, à ma grande surprise, il ne me lâcha pas la main. Ce n'était certes pas très pratique pour déjeuner, mais je ne fis rien pour m'en libérer. J'avais encore besoin d'être soutenue et rassurée.

Après le petit-déjeuner, il me conduisit à la salle de bains et en découvrant mon reflet, je n'en revins pas : j'étais méconnaissable. Mes traits étaient creusés et mes yeux encore un peu rougis par les larmes versées. Des cernes auréolaient encore mon regard, contrastant avec la pâleur exagérée de ma peau. On aurait dit un zombie… Jordan m'avait fait ça, en me vidant de ce que j'étais. Profondément touchée, je sentis mes larmes refaire surface jusqu'à ce que des bras m'enlacent au niveau des épaules. Debout derrière moi, Jackson me fixait à travers le miroir et qu'il puisse me voir ainsi, me bouleversa, m'obligeant à détourner et fermer les yeux.

A nouveau, il déposa un baiser sur mes cheveux et déclara avec douceur :

-- Je préfère te voir ainsi que lorsque je t'ai trouvée. Ce n'est qu'une étape : tu vas reprendre des forces, des couleurs; tu vas réapprendre à faire confiance et à aimer. Je te le promets.

Je n'eus qu'à croiser son regard dans le miroir pour savoir qu'il disait vrai et tiendrait parole. En quelques mots, il était parvenu à me rendre plus forte. Je me tournai vers lui et il prit mon visage dans ses mains en me souriant, écrasant mes larmes sous ses pouces, avant de m'embrasser longuement sur le front, comme pour me transmettre sa force. Je fermai les yeux et me laissai aller à cette douce caresse.

Lorsqu'il s'écarta et me libéra, je le vis passer derrière moi pour m'attacher les cheveux. Soudain, gênée, je l'arrêtai, lorsqu'il commença à soulever mon tee-shirt :

-- Hum, je... je vais le faire, déclarai-je en rabaissant le vêtement.

-- Tu en es sûre ?, s'enquit-il en croisant mon regard dans le miroir.

-- Ça vaut mieux.

-- Jul, je t'ai déjà vu nue, plaida-t-il avec sérieux. Tu es encore faible. Je ne voudrais pas que tu glisses ou que tu te blesses davantage.

-- S'il te plaît. Je dois apprendre à me débrouiller toute seule.

Il m'observa intensément pendant de longues secondes à travers le reflet, avant de répondre:

-- D'accord. Je serai de l'autre côté, si tu as besoin de moi.

Je le sentais contrarié et inquiet, mais je devais avancer. Je ne pouvais plus me permettre de stagner au risque de replonger dans la dépression. Même si j'étais incapable de compter les jours écoulés depuis mon retour, j'avais déjà perdu trop de temps. Non sans mal, je parvins à faire un brin de toilettes avant de mettre les sous-vêtements et la robe rose pâle déposés au préalable par Jackson.

21

En sortant de la salle de bains, je découvris nos valises déjà prêtes.

-- J'ai affrété mon jet : il pourra décoller dès notre arrivée.

Je me contentai d'acquiescer timidement, sans oser bouger. J'étais faible physiquement, mais à présent, j'avais l'impression de ne plus avoir le contrôle sur ma propre vie. Maintenant que j'étais sortie de mon mutisme, ce n'était pas si facile de laisser les autres gérer mes faits et gestes. Ça allait revenir : j'allais tout récupérer petit à petit. J'avais juste besoin de temps et d'être patiente.

Un groom vint chercher nos bagages et à contre cœur, je m'installai dans un fauteuil roulant monté à mon intention. Le trajet jusqu'à l'aéroport se déroula dans un silence presque total.

-- Tu regrettes de partir ?, s'enquit Jackson, lorsque nous fûmes dans la berline aux vitres teintées.

-- Non, avouai-je en regardant par la fenêtre. Je reviendrai sûrement un jour, mais pour l'instant, j'ai besoin de changer d'air... Tu trouves que je fuis ?

Il prit ma main, posée entre nous sur la banquette et répondit :

-- Non. Tu cherches à avancer et à tourner la page, comme tu l'as fait après notre rupture. C'est tout à fait légitime.

Malgré ses paroles rassurantes, il ne parvint pas à me rendre le sourire. Je regardais les rues de Los Angeles défiler sous mes yeux, telles des étapes de ma vie ici. J'avais l'impression de voir ma vie m'échapper, et comme pour m'y raccrocher, je serrai plus fort la main de Jackson. Malgré mes envies d'aller mieux, d'indépendance et de liberté, j'avais peur ; et de toute évidence, j'allais devoir m'en remettre totalement à mon « sauveur ».

A notre arrivée à l'aéroport, je fus sortie de mes pensées, lorsque mon bon samaritain me souleva dans ses bras, comme si je n'étais qu'une plume.

-- Jax, je peux marcher.

-- Je sais, mais je ne veux prendre aucun risque.

Tandis qu'il m'emmenait jusqu'à l'avion, je découvris l'appareil gigantesque qui allait nous transporter. J'avais beau savoir que Jackson était riche, je n'avais pas imaginé le voir voyager dans un tel avion. Il me déposa au pied de l'escalier, parce qu'il n'avait pas le choix, mais à mesure que je montais chaque marche, je le sentais prêt à me soutenir à chaque instant.

L'intérieur de l'appareil se révéla aussi luxueux que le suggérait l'extérieur : boiseries vernies, fauteuils en cuir et beaucoup d'espaces démontraient le statut du propriétaire, mais la simplicité résumait aussi son état d'esprit et sa vision des choses de la vie. « Même avec Jordan, je n'avais jamais volé dans un tel appareil », ne puis-je m'empêcher de songer avant de me le reprocher en sentant un long pincement dans la poitrine et la gorge.

-- Tout va bien ?, s'enquit Jackson derrière moi, une pointe d'amusement dans la voix.

-- Oui !, balbutiai-je avant de m'installer dans un des grands et confortables fauteuils en cuir beige.

Il s'installa dans un carré de l'autre côté de l'allée et ouvrit son attaché-case avant de poser des dossiers sur la table devant lui. Je réalisai alors combien il était occupé et à quel point il avait dû mettre ses obligations de côté pour moi.

-- Je suis désolée, déclarai-je sincèrement, mal à l'aise.

-- De quoi ?, s'enquit-il en me souriant tendrement.

-- A cause de moi, tu as du mettre ton travail de côté et ce n'est pas rien. J'espère juste que ton voyage pour m'aider n'aura pas eu trop de répercussions. Je ne veux pas te causer de problèmes.

-- Tu n'as pas à t'excuser: ce n'est pas toi qui m'as fait venir, Julie. J'ai pris cette décision tout seul, bien conscient des conséquences. Et puis, tu n'as rien mis en péril. Tu sais, depuis que tu m'as quitté l'année dernière, j'ai aussi changé ma méthode de travail : j'ai appris à déléguer, à faire confiance aux personnes qui travaillaient avec mon père et que je côtoyais depuis si longtemps. Ça n'a pas été facile de lâcher prise, mais je me suis rendu compte que, même si la compagnie ne leur appartenait pas à proprement parlé, certains y avaient consacré leurs vies et voulaient la voir prospérer. J'ai appris que je n'avais pas besoin d'être toujours là et que je pouvais gérer certains dossiers à distance. La société ne s'en porte pas plus mal et moi non plus.

Sans se départir de son sourire, il retourna à ses dossiers et se concentra sur son travail. Les moteurs de l'avion démarrèrent et j'eus un léger sursaut avant de me raidir. Je fermai les yeux pour essayer de me détendre, non sans espérer m'endormir rapidement.

-- Est-ce que ça va ?, s'enquit la voix de mon compagnon.

-- Oui. C'est juste que... je n'aime pas voler. Une sorte de claustrophobie, mêlée au vertige sans doute. D'habitude, je prends des cachets pour m'aider à me détendre.

-- Je suis désolé. Je n'ai rien de tout cela.

-- Tu n'as pas à t'excuser: tu n'y peux rien. Ce n'est qu'un mauvais moment à passer.

Lorsque l'appareil commença à rouler, mes mains se crispèrent sur les accoudoirs. Raide, je me concentrai sur ma respiration, inspirant et expirant profondément pour tenter de chasser mon stress.

C'est alors que je sentis une paume chaude recouvrir ma main sur l'accoudoir central. Aussitôt, je rouvris les yeux et découvris Jackson venu s'asseoir à côté de moi, un sourire et un regard plein de tendresse. Alors, confiante, je tournai ma main pour entrelacer mes doigts aux siens. Dans son regard, je me sentis bien, rassurée, jusqu'à ce que le steward nous rejoigne :

-- Vous pouvez détacher vos ceintures, monsieur King. Souhaitez-vous un rafraîchissement ?

-- Non, merci Roger : ça ira pour l'instant.

Etonnée, je suivis du regard l'homme qui disparut derrière une petite porte à côté du cockpit.

-- Tu as un steward ?, ne puis-je m'empêcher de m'exclamer.

-- Oui, mais c'est plutôt normal dans ce genre d'appareil.

-- A vrai dire, je t'aurais plus imaginé engager une hôtesse de l'air qu'un steward.

Il baissa les yeux et son sourire s'élargit avant qu'il réponde :

-- Pour être honnête, j'ai eu une hôtesse de l'air ; plusieurs, même.

Etonnée et intriguée, je fronçai les sourcils et demanda:

-- Que s'est-il passé ?

Sans ciller, il affronta mon regard, un léger sourire au coin des lèvres, et me laissa deviner :

-- Tu t'envoyais en l'air avec les hôtesses ? T'es pas croyable, l'accusai-je gentiment avec un rire contenu.

-- Ce n'est pas pour m'excuser, mais à cette époque, je n'étais pas très bien dans ma tête. Quand j'ai réussi à mettre un peu d'ordre, j'ai engagé Roger et je suis tout aussi satisfait de ses services.

-- Le petit « plus » des hôtesses ne te manque pas ?, le taquinai-je, amusée.

-- Non. Mes priorités ont changé et j'ai retrouvé ce « petit plus » avec d'autres qui ne travaillaient pas pour moi.

La notion du paiement pour « service » mit du temps à s'installer dans mon esprit, mais comme il s'agissait de sexe, l'association me sauta presque à la figure avec mes derniers souvenirs de Jordan. Mon sourire s'effaça, tandis que mon regard se voilait d'une profonde tristesse et que ma plaie se rouvrait.

-- Jul ? Est-ce que ça va ?, s'inquiéta Jackson.

Je ne le regardais plus. Je me perdais peu à peu dans mes pensées, voyant les deux visages de celui que j'avais aimé.

-- Tu me mets dans le même panier que Jordan, n'est-ce-pas ?, s'enquit-il d'une voix grave qui me sortit de ma bulle.

Troublée, je le regardai à nouveau. Son visage était fermé, grave, blessé et il m'observait intensément, attendant une réponse qui ne venait pas.

-- Je ne sais pas ce qu'il t'a fait, même si je peux imaginer comment il t'a déçue pour que tu en arrives là.

-- Tu n'es pas lui, Jackson. Même si je t'ai aimé, tu ne t'es jamais engagé en retour: tu ne m'as fait aucune promesse. Je me sens tellement bête maintenant. J'étais revenue pour lui demander de m'épouser. Je n'ose imaginer ce qui se serait passé s'il avait dit « oui » sans que je découvre...

L'image de Michelle et de lui, sa suggestion avant mon départ, me revinrent en mémoire et m'empêchèrent de finir ma phrase. Les yeux baissés, je me sentis blessée et humiliée, parce que je n'avais pas suffi au bonheur et au plaisir de Jordan. Lisant dans mon cœur, Jackson glissa un doigt sous mon menton pour m'obliger à relever la tête.

-- Regarde-moi, me pria-t-il doucement, avant que je n'obéisse. Ce n'est pas arrivé : tu as découvert la vérité sur lui. Tu n'es plus avec lui, mais c'est pour ton bien. Ça ne va pas être facile, mais tu vas aller de l'avant et en ressortir plus forte. Tu n'es pas seule, Julie. Je serai toujours là pour toi.

-- Tu ne peux pas... être toujours là pour moi.

-- Si... Je le serai... tant que tu en auras besoin, répondit-il en me souriant doucement et en me caressant tendrement la joue.

A nouveau, il m'embrassa sur le front pour me transmettre sa force. Avec lui, j'avais l'impression d'être avec plus qu'un ami, un grand frère refermant ses ailes protectrices autour de moi. Je me sentais en sécurité, même dans un avion perçant les nuages. Je n'étais pas encore prête à lui avouer ce qui s'était passé avec Jordan ; et je ne savais pas encore de quoi mon avenir était fait, mais avec lui à mes côtés pour me soutenir, je me sentais capable d'avancer pas à pas.

-- Je vais essayer de dormir un peu maintenant, annonçai-je en m'écartant.

-- Tu as raison : nous ne serons pas à New-York avant plusieurs heures.

En me laissant aller contre mon dossier, je fermai les yeux, un peu plus sereine. Mon sommeil fut léger, sans rêves, parfois agité, mais quelque chose me gardait toujours en sécurité, éloignant les cauchemars.

Lorsque je me réveillai, reposée, mais avec l'impression d'avoir juste cligné des yeux, je me découvris blottie contre Jackson, lui aussi endormi à présent. Il avait passé un bras autour de mes épaules pour me serrer doucement contre lui et son autre main tenait l'une des miennes. Ses dossiers étaient ouverts sur la table devant nous, mais il les avait mis de côté et avait construit ce cocon autour de moi. Je levai légèrement la tête vers lui, mais il ne broncha pas, visiblement épuisé. Je me reprochai encore d'avoir autant accaparé son temps et troublé son sommeil. Lui aussi devait être éreinté. Sans me rendormir, je profitai de cette douce étreinte. Je ne me faisais aucune idée concernant Jackson ou ses intentions. Il était juste un très bon ami incapable d'aimer, tout comme moi. L'un comme l'autre, nous n'étions pas mûrs pour tomber amoureux, ni pour avoir une relation sérieuse, si ce n'était de façon amicale. C'était parfait ainsi, car nous n'attendions rien l'un de l'autre. Je savais qu'il était mon ami, mon « grand frère », juste là pour moi. Cela n'engageait à rien.

22

Jackson se réveilla quelques heures avant l'atterrissage et demanda à Roger de nous servir à manger. Nous ne parlâmes pas beaucoup jusqu'à notre arrivée à New-York, mais cela ne créa aucun malaise. Nous profitions seulement du moment présent.

Alors que nous amorcions notre descente vers New-York, l'appareil se mit à bouger un peu plus que la normale, bousculé par la pluie s'abattant sur la ville. Je n'étais pas forcément rassurée, mais j'essayais de donner le change. Toutefois, lorsque l'avion passa dans un trou d'air, je ne pus retenir un léger cri d'effroi avant de m'accrocher de toutes mes forces aux accoudoirs.

-- Jul, détends-toi, me conseilla tranquillement mon compagnon. Respire profondément.

-- Je n'y arrive pas, avouai-je nerveusement.

-- Tout va bien se passer. Je te le promets.

-- Tu ne peux pas, Jax: tu ne peux pas intervenir sur le temps ou la nature.

-- C'est vrai. Mais je peux t'aider à te détendre et à respirer.

J'eus un rire nerveux avant de répondre :

-- Tu ne peux pas. Tu auras beau dire ou faire...

-- On parie ?, s'enquit-il avant de tourner mon visage vers lui.

L'instant suivant, il capturait ma bouche, y insinuait sa langue pour entraîner la mienne dans une valse sensuelle de plus en plus fougueuse. J'essayais de ne pas penser à ce que cela représentait, à ceux que j'avais échangé avec Jordan ou Jackson par le passé. Je devais me concentrer sur le présent et pour m'y rattacher, je pris le visage de mon compagnon dans la coupe de mes mains tout en répondant intensément à son baiser. Ce n'est qu'en entendant un faible raclement de gorge que nous réalisâmes avoir atterri. Lentement, nous nous écartâmes l'un de l'autre, gardant le savoureux contact de nos lèvres aussi longtemps que possible. Celles de Jackson s'étirèrent en un sourire doux et amusé, avant qu'il ne murmure en me caressant la joue du pouce :

-- On dirait que j'ai gagné.

-- Quoi ?, eus-je quelques difficultés à «atterrir » tant j'étais dans le brouillard.

-- J'ai réussi à t'aider à te détendre et à respirer.

Un peu désarçonnée par sa réponse, je m'écartai en m'exclamant :

-- Rappelle-moi d'embrasser longuement mon voisin de siège, la prochaine fois que je prendrais l'avion sans mes médicaments.

Il dut deviner mon malaise à peine voilé par mes propos, car son visage se ferma.

-- Je suis désolé, Julie : je ne voulais pas te blesser.

Ses regrets me firent tellement me sentir coupable que j'essayai de rectifier le tir en le rassurant avec un sourire en coin :

-- Ce n'est pas le cas. Ça m'a vraiment aidée... sinon je ne t'aurais pas laissé faire aussi longtemps.

Très timidement, son sourire refit son apparition. Sans un mot, il se leva et rassembla ses dossiers avant de m'aider à me lever et à me déplacer. Je le laissai faire jusqu'en bas des escaliers, avant d'insister pour rejoindre la voiture toute seule.

-- J'ai repris des forces avec notre dernier repas et je dois vraiment réapprendre à ne compter que sur moi. Tu comprends ?

A contre cœur, et le visage fermé, il avait accepté de me lâcher, restant cependant à mes côtés pour prévenir une possible chute qui n'arriva finalement pas. Pendant notre voyage en voiture, Jackson ne parla pas: je le sentais contrarié. Il s'était refermé et son visage s'était durci. Alors, en signe de « réconciliation », je lui pris la main. Aussitôt, il se tourna vers moi, intrigué :

-- Tu sais que je te suis infiniment reconnaissante de tout ce que tu as fait pour moi, n'est-ce-pas ? Je sais que je ne l'ai pas vraiment exprimé ou démontré jusque-là...

-- Je sais... Et je comprends.

-- Jax, tu es... A vrai dire, je ne sais même pas comment te définir, car tu as fait pour moi beaucoup plus que ce qu'un ami ferait. Ça n'a pas de prix et c'est... totalement insensé.

-- Tu comptes beaucoup pour moi, Jul, et tu ne me dois rien. Tu as été là pour moi avant le décès de mon père et après : tu as changé ma vie et ma vision des choses. T'aider à mon tour n'est qu'un juste retour des choses.

-- Je suis heureuse d'avoir pu t'aider à ce point, mais malgré tout, ma dette me semble encore bien plus énorme que la tienne. Alors, je compte faire tout mon possible pour remettre les compteurs à zéro, quite à y passer le reste de ma vie.

-- Sois là pour moi comme tu l'as fait par le passé et nos comptes seront réglés, répondit-il gravement.

-- Promis, lui assurai-je avec un doux sourire qui ne lui rendit pas pour autant le sien.

Alors, je pris nos mains entrelacées et portai le dessus de la sienne à mes lèvres, sans le quitter des yeux. Il m'étudia un bref instant, avant de détourner les yeux vers la vitre de son côté. Malgré notre discussion, l'atmosphère entre nous ne s'était pas réchauffée totalement. Même si ce n'était pas physique, Jackson prenait ses distances. « Ce n'est sans doute pas une mauvaise chose », songeai-je en regardant à mon tour par la vitre de mon côté. Bien que je me sente encore plus liée à lui dorénavant, il avait sa vie, et moi, la mienne. Il avait déjà fait tout ce qu'il pouvait pour m'aider, mais ne pouvait pas décemment retracer ou réparer chaque fausse note de ma vie. Aujourd'hui, j'allais devoir reprendre les rênes et mon indépendance, après m'être trop longtemps reposée sur Jordan, et maintenant Jax.

Une fois qu'il m'aurait déposé dans un hôtel, j'allais recontacter Veronica pour m'excuser et espérer qu'elle continue à s'occuper de ma carrière. Plus vite je me remettrai, plus vite je reprendrai le travail et le cours de ma vie, même si pour l'instant, je ne savais pas quelle direction lui donner.

La voiture commença à ralentir, mais il faisait trop sombre à l'extérieure pour que je puisse distinguer quoi que ce fut. Et puis, sortie de l'obscurité apparut une grande maison, et je compris en partie.

-- Qu'est-ce que cela veut dire ?, demandai-je en me tournant vers mon ami.

-- Je me suis dit que tu avais encore besoin d'un peu de temps pour te remettre totalement. Du temps et du calme pour faire le point.

-- C'est trop ! Je ne peux pas...

-- Si, tu le peux, et ma mère est ravie d'avoir quelqu'un avec elle. Elle s'ennuie beaucoup depuis la mort de mon père et malgré mes efforts, je ne peux pas lui consacrer autant de temps que je le voudrais.

-- Jackson..., rechignai-je avec une légère grimace.

-- S'il te plaît. Je te le demande comme un service. Ma mère est mon plus cher trésor et la personne qui compte le plus à mes yeux.

Je savais déjà à quel point il aimait sa mère, et bien que ce soit à double sens, je ne pouvais lui refuser quoi que ce fut, et encore moins ce « service ».

La voiture s'arrêta enfin et Jackson s'empressa de sortir pour rejoindre Sophia venue nous accueillir. Après l'avoir pris dans ses bras, il m'aida à sortir à mon tour avant que sa mère ne m'enlace à mon tour.

-- Ma chère enfant. Nous allons bien prendre soin de vous, promit-elle à demi-mots en m'entraînant lentement dans la maison.

23

Et Sophia tint parole. Je ne m'étais pas fait dorloter ainsi, depuis des années. Tout en gardant une certaine distance, la mère de Jackson m'accueillit comme une mère, faisant tout son possible pour me mettre à l'aise. Je reconnus aussitôt les qualités dont son fils avait hérité.

Cela me fit du bien de ne pas me retrouver seule trop vite, même si on m'accordait les moments de solitude que j'affectionnais tant. Parfois, je restais dans la grande chambre d'amis qui m'avait été attribuée. L'atmosphère chaleureuse et paisible me faisait du bien : je m'asseyais sur les coussins devant les fenêtres et je réfléchissais à mon avenir.

Au lendemain de mon retour, j'avais appelé Veronica pour m'excuser, et à ma grande surprise, elle s'était montrée très compréhensive, m'accordant tout le temps qu'il me fallait pour me remettre. Ce n'était pas sans m'arranger, car la photo ne me manquait pas : je n'arrivais plus à voir la beauté dans le monde, ou je ne ressentais plus l'envie de la capturer. J'avais avant tout besoin de me reconstruire, retrouver mes bases et celle que j'étais : mon humanité.

Au bout de quelques jours, je repris des forces et redevins un peu plus autonome. Jackson ne me proposa plus de me soutenir et peu à peu, il reprit physiquement ses distances, se contentant de me surveiller du regard.

Après mon arrivée chez sa mère, il avait disparu, non sans m'embrasser sur la joue en me priant de veiller sur Sophia et de me ménager. Ainsi, nous étions restées toutes les deux et avions appris à nous connaître, même si son fils revenait souvent dans la conversation.

Quelques jours après mon arrivée, alors que nous nous promenions bras dessus, bras dessous dans le parc, elle s'exclama :

-- Je suis heureux que mon fils ait une amie telle que vous.

-- Et moi, je suis heureuse et fière d'être son amie. Ce n'est pas quelqu'un que l'on approche facilement.

-- C'est vrai. Depuis sa plus tendre enfance, il est resté fermé aux autres. J'ai essayé de l'ouvrir au monde, aux gens, mais son père refermait cette porte en gardant une certaine froideur avec lui. Mon cher mari pensait qu'en tant qu'unique héritier, Jackson devait apprendre le plus tôt possible à contrôler ses sentiments et à ne pas s'attacher aux gens pour se protéger, lui, et la compagnie, par la même occasion, raconta-telle avant de soupirer. Il a connu des déceptions pendant son enfance, réalisant peu à peu que son statut d'héritier pesait souvent dans la balance pour ses interlocuteurs. Alors, quand il s'est « rebellé » et à demander à aller dans une école publique de New-York, j'ai cru qu'il allait aussi se rebeller contre la « philosophie » de mon époux. Mais cela n'a duré qu'un temps: même s'il se plaisait dans cette nouvelle identité d'adolescent « normal », son esprit était déjà bien trop imprégné par les convictions de Richard. Il ne s'est jamais attaché à qui que ce soit, sauf à moi qui bataillait pour lui démontrer mon amour et je crois qu'il déversa tout le sien sur moi. Oh, certes il s'est fait des amis, garçons uniquement... jusqu'à ce que vous entriez dans sa vie.

Etonnée, je haussai les sourcils, ce qui fit sourire Sophia :

-- Et oui ! Vous êtes sa première et seule véritable amie-femme. Alors, je me dis qu'il y a peut-être de l'espoir pour lui. Et le plus beau jour de ma vie sera sûrement celui où il me dira pour la première fois : « Maman, je suis amoureux ».

Dans sa voix, je perçus beaucoup d'amour, d'espoir, mais aussi de tristesse. Derrière son sourire affectueux, Sophia avait des blessures de mère. Emue, je serrai son bras plus fort et l'embrassai affectueusement sur la tempe comme Jackson l'avait fait avec moi, quelques jours plus tôt.

Un bruit de moteur nous interrompit et Sophia se reprit, essuyant les larmes qui perlaient à ses yeux. D'un coup d'œil, je reconnus la voiture de Damon, avant qu'il ne descende de son véhicule.

-- Bien !, s'exclama mon hôtesse. Je vais nous préparer un encas pendant que vous discutez un peu.

Avant de me laisser, elle m'embrassa sur la joue et me la caressa, ce qui me toucha profondément. « La quitter ne va pas être très facile », songeai-je en l'observant quelques secondes, tandis qu'elle s'éloignait. Serrant le châle sur mes épaules, j'attendis que Damon me rejoigne. Il semblait tout penaud et garda une distance entre nous, avant de murmurer :

-- Bonjour.

-- Bonjour, répondis-je, avant qu'il ne m'étudie avec minutie.

Malgré mes forces retrouvées, mon visage et mon corps conservaient encore une certaine maigreur inhabituelle, alors que mes yeux restaient marqués par le chagrin.

-- Alors, Jackson avait raison..., déclara-t-il simplement, me faisant froncer les sourcils. Quand il disait qu'il t'avait retrouvée en piteux état.

-- J'ai connu des jours meilleurs, en effet. Mais ta tante prend soin de moi comme une seconde mère.

-- Ça ne m'étonne pas d'elle...

Un malaise s'installait peu à peu entre nous, alors que nos regards s'évitaient. Nous ne savions pas quoi nous dire. La dernière fois où nous nous étions vus, remontait à la soirée caritative où je l'avais quitté sans prévenir...

-- Je suis désolé de...

-- Je m'excuse pour..., commençai-je en même temps que lui, ce qui nous fit sourire. Je suis désolée d'être partie du bal sans te prévenir. Ça n'avait rien à voir avec toi...

-- Je sais. Jackson m'a tout raconté et je ne t'en veux pas, répondit-il avec un léger sourire.

-- Il t'a « tout » raconté ?

-- Je sais que vous vous êtes embrassés et que tu as alors réalisé à quel point tu aimais Jordan, d'où ton départ précipité pour aller le retrouver.

-- Nous avions un peu trop bu, je crois...

-- Probablement, répondit-il d'un ton étrange. De mon côté, je te dois aussi des excuses pour ne pas être venu te voir plus tôt. Pour ma défense, je ne suivais que les consignes de Jackson.

-- Quoi ? Il t'a ordonné de ne pas venir me voir ?

-- Il m'a dit qu'il t'avait retrouvée dans un état d'extrême fatigue et en état de choc. En te voyant maintenant, je comprends qu'il n'a pas dû exagérer.

-- Merci du compliment, le taquinai-je. Mais il n'aurait pas dû t'empêcher de me voir.

-- Il a fait ça pour ton bien. Cet épisode l'a énormément touché, plus que tu ne peux l'imaginer.

-- Que veux-tu dire ?

-- J'étais avec lui, quand Veronica l'a appelé pour lui demander s'il t'avait revue ou s'il avait eu de tes nouvelles depuis ton départ. Elle était très inquiète, car elle n'avait pas réussi à te joindre malgré de multiples appels sur ton portable. Elle avait même appelé Jordan qui affirmait ne pas t'avoir revue depuis la nuit de ton arrivée où vous aviez rompu. Jackson a dit à Veronica qu'il s'en occupait et qu'il la recontacterait dès qu'il en saurait plus. Malgré son calme apparent, je sentais qu'il était vraiment inquiet. Il a décidé de partir immédiatement pour Los Angeles et j'ai insisté pour l'accompagner. Nous avons pris l'avion presque dans la foulée et on a filé chez Jordan dont nous avions eu l'adresse par ton agent. Quand il a ouvert la porte, j'ai cru que Jax allait exploser. Il l'a pris par le col et lui a ordonné de lui raconter ce qui s'était passé entre vous. Evidemment, l'autre n'est pas rentré dans les détails, disant seulement qu'il avait « merdé » et que tu avais rompu avant de le quitter. Sans que je comprenne comment, Jax a réussi à conserver son calme avant de lui demander où tu aurais pu aller. Quand il a eu les réponses qu'il voulait, Jackson et moi allions partir, mais Jordan a eu le malheur de dire quelque chose et Jax lui a collé une droite.

-- Que lui avait-il dit ?

-- Que Jax pouvait le comprendre, parce qu'ils étaient pareils tous les deux. Après ça, j'ai réussi à l'entraîner avant qu'il ne le massacre. Il a ensuite contacté un détective privé qui n'a pas mis de temps à te trouver. Jackson m'a alors demandé de rassembler et récupérer toutes tes affaires avant de les rapatrier à New-York.

-- Il savait déjà qu'il allait me ramener ici, murmurai-je pour moi, gagnée par la colère.

-- Non, mais il avait deviné que tu ne voudrais sûrement pas rester à Los Angeles et que New-York serait un bon point de chute pour tes affaires, quoi que tu décides. Quand il m'a appelé après t'avoir trouvée, j'ai compris qu'il était dévasté et qu'il avait eu très peur pour toi. Je crois d'ailleurs que c'est encore le cas: c'est pour ça qu'il est autant protecteur avec toi. Alors, ne lui en tiens pas trop rigueur.

Avec son récit et ses lumières, Damon réussit à m'apaiser et à me faire comprendre beaucoup de choses.

-- Merci Damon, déclarai-je en le rejoignant pour le prendre dans mes bras.

Il referma les siens autour de moi, mais quelque chose différait de l'étreinte « fraternelle » de Jackson. Celle de Damon était plus amicale, distante, « moins » démonstrative. « Peut-être parce que Damon n'est pas mon ex », essaye-je de comprendre. Après avoir passé plusieurs jours à s'occuper de moi, son cousin avait laissé une empreinte unique sur mon corps et mon existence.

-- Je me doute que tu ne veuilles pas en parler, mais je suis désolé de ce que Jordan t'a fait. Si Jax m'en avait laissé l'occasion, je lui aurais volontiers cassé la figure moi aussi.

-- Je te remercie, mais cela n'aurait servi à rien. Jackson a eu de la chance qu'il ne porte pas plainte contre lui.

-- Il a dû comprendre à qui il avait à faire.

Bras dessus, bras dessous, nous avions encore fait quelques pas avant de rejoindre Sophia pour une collation. Là, Damon et elle avaient abordé le sujet de la fête du 4 Juillet qu'ils organisaient depuis plusieurs années déjà.

-- Avant, nous restions en famille et entre amis ; mais l'année dernière, Jax a agrandi le cercle à ses amis les plus proches et aux locataires de son immeuble, expliqua Damon. On fait un grand pique-nique avec des jeux dans le parc, un petit orchestre pour danser et quand la nuit tombe, on fait tirer un feu d'artifice.

Le simple résumé de cette journée m'impressionna et m'enthousiasma beaucoup, même s'il fit aussi naître de nouvelles interrogations dans mon esprit. Cependant, je les repoussai rapidement pour profiter de notre visiteur. Damon resta dîner avec nous, égayant le repas de ses facéties et de ses anecdotes, avant de s'éclipser après le café. Sophia alla se coucher peu de temps après, tandis que je choisis de profiter du silence de la maison pour lire dans la bibliothèque.

Après avoir choisi un vieux livre, je me calai dans le canapé, le dos à la lampe pour plonger dans les pages de « Orgueil et préjugés ». J'avais beau connaître l'histoire par cœur, je ne pouvais m'empêcher de la relire encore et encore, et de me laisser séduire par le ténébreux monsieur Darcy. Au fil du temps et des pages, la fatigue me fit glisser sur le canapé jusqu'à ce que ma tête repose sur un des accoudoirs. Ainsi installée, je finis par m'endormir malgré moi.

24

Dans mon demi-sommeil, je sentis finalement quelque chose de léger et chaud sur moi, puis une douce caresse sur mon visage avant de recevoir un baiser sur la tempe. J'entrouvris les yeux au moment où on éteignit la lumière, mais des traits légèrement éclairés par la nuit me rassurèrent.

-- Jackson ?

-- Pardon. Je ne voulais pas te réveiller, s'exclama-t-il d'une voix douce avant de rallumer.

Son beau visage penché au-dessus de moi, il me sourit et s'assit sur le bord du canapé.

-- Que fais-tu là, en plein milieu de la nuit ?, demandai-je tout bas.

-- Je m'inquiétais et je n'arrivais pas à dormir, alors j'ai décidé de vous faire une surprise à votre réveil demain matin. J'ai vu qu'il y avait encore de la lumière ici, alors je suis venu voir... Pourquoi n'es-tu pas monté lire dans ta chambre ?

-- J'avais besoin d'en sortir un peu et j'aime beaucoup cette pièce.

-- Moi aussi... Elle me rappelle mon père et malgré le ménage qui y est fait régulièrement, j'arrive à y retrouver son odeur. C'est stupide.

-- Non, répondis-je en secouant doucement la tête, avant de me redresser pour m'asseoir face à lui. A vrai dire, c'est ici que j'ai rencontré ton père.

-- Vraiment ?

-- Oui, pendant ta soirée de fiançailles. Il m'a d'abord pris pour une voleuse, avouai-je avec un sourire amusé. Je me suis présentée et il m'a demandé qui j'étais pour toi. Il a tout de suite deviné que nous avions eu une liaison. Il était suspicieux et m'a demandée ce que je voulais. Quand je lui ai expliqué que je ne voulais que ton bonheur, il m'a posée des questions sur toi, sur l'homme que tu étais. C'était un de ses regrets : ne pas avoir passé assez de temps avec toi pour apprendre à te connaître.

Emu, Jackson me sourit avant de baisser la tête. Touchée, je lui pris la main et posai l'autre sur sa joue pour le réconforter. Il couvrit ma paume de la sienne et embrassa le creux de ma main en me fixant intensément.

-- Je sais qu'il ne te l'a jamais dit ou démontré, mais ton père t'aimait vraiment et il était très fier de toi, de ton parcours, de l'homme que tu étais devenu.

-- Tu te trompes, confia-t-il calmement, avec une pointe de joie contenue.

-- Comment ça ?

-- Il me l'a dit. Quelques heures avant sa mort, il a demandé à me voir, seul. Là, il m'a dit qu'il m'aimait et il m'a fait part de ses regrets. Il m'a dit que j'étais sa plus grande fierté, bien plus que tout ce qu'il avait engrangé avec la compagnie.

-- Je suis tellement heureuse pour toi, murmurai-je en le prenant dans mes bras.

Il referma les siens autour de moi et je retrouvai enfin l'étreinte qui me manquait tant. Il soupira si fort contre moi que j'eus l'impression qu'il portait tout le poids du monde sur ses épaules.

-- Tu as pu te reposer un peu, ces derniers jours ? Tu as mangé ?, l'interrogeai-je, sincèrement inquiète.

Il s'écarta en riant doucement et tout en me couvant du regard, il répondit :

-- On dirait ma mère.

-- Et elle aurait tout à fait raison. Il doit rester du gâteau au chocolat, déclarai-je en me levant.

-- Arrête, je n'en ai pas besoin, s'exclama-t-il en me retenant doucement par le poignet.

-- Tu en es sûr ?, m'inquiétai-je en l'étudiant tout en lui passant la main dans les cheveux. Tu as l'air vidé.

-- Je vais bien, Julie. J'ai juste besoin d'une bonne nuit de sommeil, ici, avec toi pour être totalement rassuré.

Doucement, il me prit par la main, éteignit la lumière et tout en s'allongeant sur le canapé, il m'attira avec lui. Blottie entre le dossier et lui, je rabattis la couverture sur nous avant de m'installer au creux de son épaule.

-- « Dormir », hein ?, insistai-je malgré tout.

-- Ne t'inquiète pas, je suis trop fatigué pour faire quoi que ce soit d'autre, répondit-il déjà d'une voix faible.

Je n'avais pas protesté et en sentant sa respiration devenir régulière, je souris même. Moi aussi, je voulais partager cette nuit avec lui, parce qu'il me manquait tout simplement.

Toutefois, je n'avais pas vraiment songé aux conséquences. Lorsque j'entrouvris les yeux, quelques heures plus tard, le jour était levé et Jackson dormait toujours sous moi. Il avait tenu promesse et n'avait pas bougé. Un silence quasi religieux régnait dans la maison. Un peu courbaturée et toujours un peu dans le monde des rêves, je m'étirai comme une chatte avant de rouler sur le ventre. En remontant la jambe, je sentis un renflement avant qu'un léger grognement ne résonne tout près.

-- J'ai connu des réveils plus délicats, murmura mon « compagnon de chambre » avant de tourner la tête vers moi.

-- Désolée, mais j'étais toute engourdie. Je ne voulais pas te réveiller.

-- Menteuse, m'accusa-t-il en riant.

-- C'est de ta faute : tu as pris toute la place.

-- Tu n'avais qu'à t'imposer, me défia-t-il avec un sourire en coin.

-- « M'imposer » ? Face à un colosse comme toi ?

-- David y est bien parvenu face à Goliath.

-- Oh ! Dommage que je n'ai pas de lance-pierres alors!, ironisai-je, ce qui le fit rire.

-- Non, mais tu as tes propres armes et elles sont redoutables, déclara-t-il tout bas en étudiant mon visage tout en le caressant du bout des doigts.

Prenant cela comme une invitation, je me penchai vers lui, quand on s'exclama :

-- Bonjour ! Oh pardon !

J'eus à peine le temps de voir Sophia apparaître, puis disparaître, avant que la porte ne se referme derrière elle :

-- Oh non !, paniquai-je en m'écartant brusquement avant de me lever. Maintenant, ta mère va croire qu'on couche ensemble.

-- Jul, ce n'est rien : calme-toi.

-- Mais tu ne te rends pas compte ! Elle va croire qu'on a couché ensemble sous son toit, dans une des pièces préférées de ton père ! Elle va me prendre pour une traînée.

A ces mots, Jackson éclata de rire, ce qui ne me plut pas vraiment :

-- Je suis ravie que tu trouves cela drôle.

-- Jul..., intervint-il en se levant à son tour pour me prendre par les bras. Ma mère serait ravie qu'on couche ensemble : elle t'encense dès qu'elle le peut et tu es en tête de sa liste de belles-filles favorites. C'est à moi qu'elle s'en prendrait si je te rendais malheureuse, fils unique ou pas.

-- Mais tu ne te rends pas compte ! Elle... elle va penser...

Alors que je continuai à paniquer, il prit mon visage à deux mains et en une fraction de seconde, ses lèvres emprisonnèrent les miennes. La surprise et le plaisir me coupèrent le souffle un instant avant que je ne soupire profondément, la tête vidée en un clin d'œil. En sentant la tension s'évacuer en moi, Jackson s'écarta lentement et je rouvris les yeux pour demander d'une voix rauque :

-- Tu vas faire ça, chaque fois que je vais commencer à paniquer ?

-- Pourquoi pas ?, s'enquit-il tout bas avec un sourire amusé. Puisque ça a l'air de marcher.

-- Ta mère..., commençai-je, gênée.

-- Elle t'adore, répondit-il, alors que son sourire s'élargissait. Mais je vais quand-même la rejoindre pour l'empêcher de faire déjà publier les bancs.

Sans plus attendre, il me libéra et tourna les talons. Dès qu'il fut parti, mon malaise refit surface. Je craignais vraiment la réaction de Sophia, malgré les paroles encourageantes de son fils. Je ne voulais pas la décevoir, car elle était devenue plus que la mère de Jackson. Inquiète, je choisis de les rejoindre. Timidement, je pénétrai dans la cuisine et Jax remit les pendules à l'heure :

-- N'aie pas peur : je lui ai expliqué. Il n'y a plus aucun malentendu.

-- Parfaitement !, renchérit Sophia King avec entrain.

De toute évidence, j'étais la seule à me poser des questions et à craindre les répercutions d'une telle situation. Alors, bien qu'un peu nerveuse, je repoussai mes craintes et tentai de faire comme si de rien n'était.

Le petit-déjeuner rapidement passé par manque d'appétit, je montai me changer dans ma chambre. J'étais un peu perturbée par le nouveau tournant de ma relation avec Jax. J'essayais de me reconstruire, et en même temps, j'accueillais ses baisers sans rechigner, ni ressentir quoi que ce soit de péjoratif. Il y avait du désir, de l'excitation, mais plus d'inquiétude. Je n'avais plus besoin de lutter contre ça, comme si c'était naturel et autorisé. Evidemment, il ne s'agissait que de baisers fugaces, échangés à la va-vite. Ils ne voulaient rien dire, sauf ce à quoi ils avaient servi : me vider la tête, me changer les idées, me calmer. De toute façon, je savais que je n'avais rien à craindre de Jackson, car aucun de nous n'étions prêts pour une nouvelle relation sentimentale.

25

Au cours des jours qui suivirent, Jackson se fit plus ou moins présent, alors que se préparait la fête du 4 Juillet. Elle devait avoir lieu deux jours plus tard et Sophia requit ma présence pour l'aider à cuisiner et décorer, alors que tout se montait à l'extérieur. J'avais de plus en plus l'impression de faire partie de la famille, suivant les conseils de la maîtresse de maison et me chamaillant avec Jackson, tandis qu'ils continuaient tous à veiller sur moi. C'était un cocon où j'aurais aimé vivre indéfiniment, mais je savais que je ne pouvais continuer à me voiler la face. Le temps ne s'était pas arrêté et la vie continuait : il allait bientôt falloir que je retrouve une activité et mon indépendance.

« Bientôt », m'assurai-je tristement en regardant par la fenêtre, au matin de la fête nationale. De grandes tables se montaient dans le jardin, alors que les premiers invités arrivaient, accueillis par Sophia. Sans plus attendre, en short en jean et débardeur rose, j'étais partie la rejoindre pour la soutenir et l'aider. Jax n'était pas encore là, aussi devais-je servir au mieux la cause des King.

A partir du moment où je me joignis à la fête, je ne vis plus le temps passer. Il y eut toujours quelque chose à faire entre accueillir les nouveaux arrivants, commencer à les servir, dresser les couvertures sur l'herbe...

Je discutai avec deux locataires de l'immeuble de Jackson, lorsque je sentis la pression invisible d'un regard sur mon dos. Intriguée, je me retournai et plongeai aussitôt dans ses yeux qui me caressaient doucement. Je lui souris et il fit lentement de même sans me lâcher du regard. Je m'excusai auprès de mes interlocutrices et le rejoignis tranquillement, alors qu'il venait à ma rencontre, simplement vêtu d'un jean et d'un tee-shirt gris dévoilant les muscles de ses bras :

-- Te voilà enfin, fis-je semblant de lui reprocher. Je commençais à m'inquiéter.

-- T'aurais-je manquée par hasard ?, s'enquit-il avec son petit sourire en coin.

-- Oh non, pas à moi. A ta mère sûrement, mais à moi..., mentis-je honteusement, ce qui ne lui échappa pas.

-- Quelle adorable menteuse : rappelle-moi de te le faire payer dès que possible.

-- Serait-ce une menace ?, demandai-je avec un sourire amusé.

-- Oh non !, s'exclama-t-il avant de se pencher vers moi d'un air faussement inquiétant. C'est une promesse.

-- Ouh... J'en tremble déjà, le provoquai-je sans me démonter.

-- Dans ce cas, ça promet d'être très intéressant, murmurai-t-il d'une voix rauque.

Les yeux baissés vers moi, un léger sourire étirant ses lèvres, il semblait déjà se délecter de la suite. Mais il ne me faisait pas peur. Finalement, je ne pus m'empêcher d'éclater de rire et son sourire s'élargit.

-- Je vais aller prévenir ma mère pour qu'elle sache que je suis là. Tu me gardes une place sur ta couverture ?

-- Hum... Je ne sais pas. Ça se mérite, tu sais ?

-- Ma grande, tu es en train d'alourdir ta dette et tu risques de payer le prix fort, me menaça-t-il toujours avec son sourire en coin.

A nouveau, j'éclatai de rire et d'une voix plus douce, je déclarai :

-- Va retrouver ta mère : je verrais ensuite ce que je peux faire pour toi.

-- C'est trop généreux de ta part, ironisa-t-il avant de s'écarter.

Je le suivis des yeux pendant plusieurs secondes avant de me détourner pour entendre Damon s'exclamer :

-- Prise en flag !

-- De quoi ?

-- Tu reluquais mon cousin comme s'il s'agissait d'un énorme gâteau au chocolat.

-- N'importe quoi, le contredis-je en détournant les yeux, sans pouvoir m'empêcher de rougir.

-- Ah oui ? Pourtant, j'ai eu très chaud rien qu'à vous regarder discuter.

-- C'est ridicule.

-- Pas tant que ça, en fait. Il est presque de notoriété publique que vous êtes attirés l'un par l'autre.

-- Dans ce cas, tout le monde se trompe : Jax est juste un très bon ami ; une sorte de grand frère que je taquine et avec qui je m'amuse.

-- Jul, ce n'est pas ton frère et tu as le droit d'être attirée par lui. Ce n'est pas interdit.

-- Qu'est-ce que tu racontes ?

-- La vérité. La tension sexuelle entre vous est plus qu'évidente et rien ne vous empêche de la concrétiser. Vous êtes tous les deux célibataires et sans attaches. Je suis sûr que vous pouvez trouver autre chose que vos « trucs de frères et sœurs » pour vous amuser, si tu vois ce que je veux dire ?

-- N'importe quoi. Il est trop précieux à ma vie pour que je gâche tout en couchant avec lui.

-- On verra...

-- C'est tout vu !

Agacée, je tournai les talons pour assister au début des jeux préparés pour l'occasion. Pour me changer les idées, je participai à une partie de football américain et après quelques points, j'eus la surprise de voir apparaître Jackson dans l'équipe adverse.

-- C'est toi qui dois me contrer ?, me moquai-je en haussant les sourcils, faussement sceptique.

-- Que veux-tu ? Mon équipe met toutes les chances de son côté.

-- Tu peux toujours essayer de me rattraper, le provoquai-je, élargissant son sourire.

Mon équipe engagea et sans perdre une seconde, je me précipitai en avant, dépassant mon « adversaire ». Mais en me retournant pour attraper la balle, Jackson me « captura » avant de me faire tomber au sol. Un peu sonnée par la chute, je le découvris allongé sur moi.

-- Est-ce que ça va ?, s'enquit-il sérieusement avant que je n'acquiesce au bout de quelques secondes.

Un sourire amusé remplaça alors son masque soucieux.

-- On dirait que je t'ai rattrapée ?, plaisanta-t-il tout bas d'une voix légèrement rauque, son visage au-dessus du mien.

-- Un coup de chance, répondis-je en sentant les pointes de mes seins durcir malgré moi.

-- C'est ce qu'on va voir.

Il m'observa en marquant une hésitation avant de se redresser et de me tendre les mains pour m'aider à me relever à mon tour. Côte à côte, nous retournâmes au centre du terrain pour un nouvel engagement.

-- Je ne t'ai pas fait mal?, s'inquiéta-t-il comme je gardais le silence.

-- Oh non, il m'en faut plus.

-- Attends : tu as de l'herbe sur..., fit-il remarquer avant que je ne sente sa main balayer mon postérieur sur mon short en jean. Voilà...

Il avait ce petit sourire en coin et un ton trop innocent pour être honnête. Rapidement, je compris ce qu'il en était et je repris le match, bien décidée à ne plus me laisser faire. Au fil des points, Jackson et moi luttions l'un contre l'autre oubliant presque totalement nos équipes. J'eus ma revanche en utilisant la même excuse que lui pour lui mettre la main aux fesses, ce qui eut le don de le faire rire.

Finalement, repus et assoiffés, il me tendit une bière fraîche pour célébrer la victoire de son équipe.

-- En guise de réconciliation.

Amusée, avec un sourire en coin, je trinquai avec lui. Paisiblement, nous nous assîmes sur une couverture pour observer la course en sac qui suivit. Légèrement courbaturée après les multiples attaques de Jackson et mes efforts pour le contrer, j'essayai d'étirer ma colonne tout en me massant la nuque.

-- Tu t'es fait mal ?, s'enquit mon compagnon dont j'avais fini par oublier la présence.

-- Non, je... Il s'agit juste de courbatures.

-- Attends, je vais te masser le dos, s'exclama-t-il en s'installant déjà derrière moi.

-- Quoi ? Non, ce...

Mais la fin de ma phrase fut remplacée par un soupir de bien-être, alors qu'il œuvrait de main de maître. La tête relâchée en avant, je fermai les yeux savourant les pressions de ses doigts.

-- J'avais oublié à quel point tu étais doué, murmurai-je dans un souffle.

-- Dommage que je ne puisse employer pleinement tous mes talents alors, répondit-il tout bas, alors qu'il se penchait derrière moi.

-- Dommage en effet, chuchotai-je sans savoir s'il avait pu m'entendre.

Il ne répondit pas de vive voix, mais après une légère pause, il posa ses mains de chaque côté de mes côtes et les descendit lentement, ses pouces massant mon dos alors que ses doigts effleuraient mes seins. Tout en me sentant rougir, je voyais ma respiration s'accélérer. Sans pour autant repousser ses mains, je murmurai :

-- Il vaut mieux s'arrêter là avant de provoquer un incendie et de se donner en spectacle.

-- Je crois qu'il est déjà trop tard pour ça.

Tendue, je pris les devants et répliquai en m'écartant avant de me lever :

-- Tu devrais te méfier : à force de jouer avec des allumettes, tu risques de te brûler.

-- Ouh... S'agirait-il de menaces ?

-- Non : c'est une promesse, répliquai-je avant de tourner les talons, le visage et le corps en feu.

26

Dans l'espoir de me rafraîchir, je partis me chercher une autre bière. Face aux provocations de Jackson, je n'avais trouvé d'autre moyen que d'avaler la mienne un peu trop vite, sans grand résultat. Le tenir à distance et discuter avec d'autres personnes me firent plus de bien. Mais alors que je me servais au buffet, je l'entendis s'exclamer derrière moi :

-- Je suis désolé. Je ne voulais pas t'allumer, et encore moins te mettre à mal à l'aise, ajouta-t-il, lorsque je lui fis face.

-- Menteur, l'accusai-je avec un sourire en coin qui le soulagea et lui rendit le sien.

-- Je sais que tu es encore fragilisée par ta rupture et...

-- Jackson, je vais bien et il n'y a pas de problèmes. Nous sommes adultes, toi et moi, et à force de jouer, il était évident qu'on en arrive à des « jeux d'adultes ».

-- Tu ne m'en veux pas ?

-- Je n'ai aucune raison de t'en vouloir : je n'ai rien fait pour t'empêcher de continuer. Disons que nous sommes fautifs tous les deux.

Pour conclure cette tirade, je l'embrassai sur la joue comme j'avais déjà eu l'habitude de le faire. Soulagé, il me sourit. C'est alors que je sentis quelque chose autour de ma cuisse.

-- Qu'est-ce que...? Damon, qu'est-ce que tu fais ?

-- Il nous manque des concurrents pour la course, répondit-il accroupi devant nous. Jax, rapproche-toi de Jul.

-- Quoi ? Mais...

Avant que j'aie compris, ma jambe fut attachée à celle de Jackson et nous devions accorder nos déplacements.

-- Bien ! Dépêchez-vous maintenant : ils n'attendent plus que vous, s'exclama-t-il en se relevant. Je vous garde vos assiettes.

Agacée, je le fusillai du regard avant de sentir la main de mon coéquipier dans la mienne.

-- Viens, Jul. Plus vite nous serons partis, plus vite nous serons revenus.

Encore incrédule, je me laissai entraîner, non sans difficultés. Patiemment, Jackson enroula un bras autour de ma taille avant de me donner un rythme. Il me fallut un peu de temps et toute ma concentration sur sa voix pour pouvoir me synchroniser. Dans un même élan, dans notre bulle, nous avançâmes côte à côte avant de toucher au but en bons derniers. Mais ravie d'y être parvenue malgré tout, je sautai dans les bras de mon partenaire avant de nous faire tomber.

-- Pardon, m'excusai-je en riant.

-- Ce n'est pas grave, répondit-il doucement en me caressant les cheveux. Je vais juste ajouter cela à ta dette.

-- Trop généreux de ta part, le remerciai-je avant de vouloir me redresser.

Le lien entre nos jambes m'en empêchant, je voulus défaire le nœud sur ma cuisse. Mais au lieu de ça, mes doigts se trouvèrent noués à ceux de Jackson. Aussitôt, nos regards se rivèrent l'un à l'autre et le temps s'arrêta pendant quelques secondes avant qu'il ne murmure :

-- Attends, je vais...

Ses doigts glissèrent sous les miens et il s'employa à dénouer le lien sur ma cuisse, frôlant au passage ma peau. Je repoussai ma main et ma cuisse à peine libérée, je me redressai brusquement. En quête d'un baiser, Jackson se redressa lui aussi, mais trop tard. Encore retenue à lui au genou et à la cheville, je restai assise face à lui, en silence. Un à un, il défit les nœuds sans me quitter des yeux.

-- Voilà. Tu peux y aller maintenant, déclara-t-il doucement, comme pour ne pas m'effrayer.

-- Merci.

La gorge nouée, c'est tout ce que j'avais pu répondre avant de me relever, mais je ne pouvais aller bien loin sans lui. Il se releva et glissa délicatement sa main dans la mienne, me laissant le choix de la repousser. Evidemment, cela n'engageait à rien, mais quelque chose m'empêcha de m'en séparer. Il me ramena au buffet où Damon nous attendait comme promis, un large sourire aux lèvres :

-- Ça va, les amoureux ?, s'exclama-t-il d'un air narquois.

Aussitôt, d'un geste commun qui nous surprit tous les deux, nous lâchâmes la main de l'autre.

-- Vous étiez trop mignons, unis contre l'adversité ; par contre, pour les parties de jambes en l'air , vous allez devoir vous entraîner.

-- Damon, arrête, le prévint son cousin, visiblement las.

-- Oui, si tu ne veux pas finir la tête noyée dans le punch, arrête.

-- Ah, les hormones..., s'amusa-t-il avant de s'éclipser à mon grand soulagement.

-- Jul, nous n'avons rien à nous reprocher, affirma Jackson pour me rassurer. Nous n'avons rien fait de mal. Tu sais comment est Damon.

-- Je sais, mais ça me fait peur. Je ne veux pas que ta famille me prenne pour une traînée, en pensant qu'on couche ensemble. En plus, ce n'est même pas le cas !

-- Très bien ! Couchons ensemble pour régler le problème !, s'exclama-t-il joyeusement.

-- Je n'ai pas envie de rire. Ta famille compte beaucoup pour moi.

-- Je sais, répondit-il presque tristement. Je suis désolé, je voulais juste essayer de te rendre le sourire. Julie, ma famille te connaît et sait comment tu es. Je suis sûr qu'ils sauteraient de joie, si on couchait ensemble.

-- Oh oui, c'est sûr !, ironisai-je en me détournant avec mon assiette.

-- Jul, m'appela-t-il en m'attrapant par le bras pour m'arrêter avant de me tourner vers lui. Je ne dis pas ça pour qu'on couche ensemble ; je veux juste que tu réalises qu'ils ne te compareront jamais aux autres filles avec qui je suis sorti, ces derniers mois. Ils savent que tu n'es pas une histoire d'un soir pour moi ; tu es ma meilleure amie et pour rien au monde, je ne prendrais le risque de te perdre.

Il était sincère et inquiet. Du regard, il me demandait si je comprenais et je lui répondis d'un hochement de tête avant de le laisser là. J'agissais à contre cœur, alors que je voulais rester avec lui : il était mon meilleur ami et j'aurai dû pouvoir passer du temps en sa compagnie. Au lieu de cela, par crainte de ce que les autres pouvaient penser, je faisais tout le contraire.

Pendant un temps, il me laissa dans mon coin avant de venir me retrouver sur mon bout de couverture.

-- Cette place est prise ?

Je levai la tête vers lui avant de la secouer. Il me tendit alors une bière et je ne pus retenir un sourire avant de l'accepter.

-- C'est toujours comme ça que tu t'excuses ?

-- Seulement les 4 Juillet, avoua-t-il avec malice en s'asseyant à côté de moi. Sommes-nous encore fâchés ?

-- Nous ne sommes pas fâchés, tu le sais.

-- Alors quoi ? On va devoir rester éloignés l'un de l'autre à cause de ce qui pourrait être dit ?

-- Non, soupirai-je. Je suis désolée d'avoir réagi de la sorte, mais j'ai eu peur... qu'on me colle une étiquette. Nous sommes amis et parce que nous sommes très proches, on nous croit déjà ensemble, amoureux...

-- Jul…Tu ne dois pas t'arrêter là-dessus, sinon tu vas devoir t'arrêter de vivre.

-- Je sais, mais c'est facile pour toi : tu as le beau rôle.

-- Comment ça ?

-- Tu es le fils de la maison, l'héritier, le play-boy, alors qu'on me colle déjà le rôle de conquête. Mais je ne veux pas retomber dans une relation amoureuse, ni avec toi, ni avec personne ! J'en ai marre de toujours devoir me justifier. Pourquoi ne peut-on pas faire les choses comme on veut, juste parce... qu'on en a envie ?

-- C'est faisable : tu dois juste apprendre à te moquer de l'avis des autres.

-- Plus facile à dire qu'à faire.

-- C'est vrai, mais ça s'apprend... tout simplement.

Tendrement, il me caressa les cheveux, avant de me proposer de trinquer. La bière me fit du bien, rafraîchissant mon moral, mon esprit et mon corps. Je n'avais pas beaucoup mangé et l'alcool me monta facilement à la tête. J'avais encore conscience de ce que je faisais ; je me fixais juste moins de limites.

Lorsque l'orchestre commença à jouer peu avant la tombée de la nuit, Jackson m'invita à danser et je ne fis aucune objection, riant et prenant enfin plaisir à être avec lui sans me poser de questions. Après cette première danse, les partenaires se succédèrent, des plus jeunes aux plus âgés, mais j'étais bien, heureuse et détendue.

Finalement, épuisée, je rendis les armes et rejoignis Jackson, nonchalamment allongé sur une couverture, occupé à siroter sa bière tout en m'observant, un sourire en coin.

-- Eh bien, tu n'as pas l'air en forme? Je t'ai connu plus résistant, me moquai-je en me mettant à genou devant lui avant de lui voler sa bière pour la finir.

Il haussa un sourcil moqueur en me regardant faire.

-- Désolée. Tu en voulais ?

Il sourit et baissa les yeux, alors que je continuai à le fixer. Amusée, je m'allongeai sur le ventre devant lui pour capter son regard.

-- Qu'est-ce qu'il y a ? Tu boudes ?

Il releva les yeux pour plonger dans les miens quelques secondes avant de détourner à nouveau la tête.

-- Jax, qu'est-ce que tu as?, insistai-je en glissant la main sur sa joue pour l'obliger à me faire face.

Il ne répondit pas, se contentant de me fixer avant de baisser les yeux sur moi. Suivant son regard, je découvris la vue plongeante sur mon décolleté que je lui offrais. Mes joues s'empourprèrent avant que je ne l'affronte à nouveau pour l'accuser avec un sourire en coin :

-- Obsédé.

-- Je ne suis qu'un homme, répondit-il, amusé.

-- Ben voyons!, me moquai-je avec un large sourire.

Le regard pétillant, il caressa l'ovale de mon visage jusqu'au menton, avant d'effleurer mes lèvres du pouce. Attachée à son regard brûlant dans la nuit, je pris son doigt dans ma bouche pour le caresser de ma langue. Lentement, alors qu'il tenait mon visage dans sa main, je me redressai en me tendant vers lui avec pour seul but, ses lèvres si proches. Son nez effleura le mien et je sentis son souffle se mêler au mien.

-- Hey ! Le feu d'artifice va bientôt commencer !

-- Dégage, Damon, répondit Jackson sans se détourner de moi.

Aucun de nous n'avait bougé ou renoncé, mais l'évidence était là :

-- Je crois que ce n'est pas ce soir que l'on pourra être tranquille, déclarai-je tout bas avant de m'écarter, résolue.

Je l'entendis soupirer, déçu, tandis que je me relevais et avec un sourire amusé, je renchéris :

-- Ce n'est que partie remise.

-- Attends !, me pria-t-il, alors que je me détournai.

Il me retint par le poignet, le temps de se lever et une fois face à face, il demanda :

-- Est-ce que... tu voudrais bien m'accompagner ? Je voudrais t'emmener quelque part pour voir le feu d'artifices.

Il semblait nerveux, intimidé, dans l'attente de ma réponse, et toute guillerette, je déclarai avec enthousiasme :

-- D'accord !

-- Super, souffla-t-il, soulagé comme un adolescent. Allons-y.

27

Il me prit par la main et sans perdre une seconde, m'entraîna vers le fond du parc. Je n'avais pas la moindre idée de l'endroit où il m'emmenait, mais j'avais une confiance infinie en lui et peu m'importait si je pouvais être avec lui. Je ne voyais rien autour de moi, alors que nous passions dans un petit bois. Les premières explosions retentirent sans que l'on puisse voir quoi que ce soit. Tout à coup, il s'arrêta devant un tronc énorme dans lequel était encastrée une échelle en bois faite main, mais visiblement encore en bon état. En levant les yeux, j'aperçus au sommet une grande cabane en bois bâtie dans les branches.

-- Wow ! Est-ce que c'est toi qui as construit tout ça ?, demandai-je en me tournant vers lui, incrédule.

-- Non, ce sont mon père et ses frères, quand ils étaient enfants. Avec l'aide de mon grand-père, évidemment. Moi, je l'ai juste retapée pendant ma préadolescence. N'aie pas peur : c'est encore en bon état et ça ne risque pas de s'effondrer.

-- Je n'ai pas peur, répondis-je en lui souriant.

Il me conduisit jusqu'à l'échelle et me laissa grimper la première, restant en bas pour protéger ma chute potentielle.

Une fois en sécurité sur la plate-forme de la maison, il me rejoignit rapidement avant de me reprendre la main pour me mener jusqu'à la « terrasse ». De là, la forêt s'effeuillait, laissant largement transparaître le ciel. Dans la voûte céleste, juste au-dessus de nous, des étoiles de toutes les couleurs explosaient avant de retomber en scintillant.

-- C'est magnifique, déclarai-je, alors qu'il partait chercher quelque chose dans la cabane.

-- Enfant, je venais ici pour jouer les gardiens de la citadelle, le jour ; et la nuit, ça devenait mon observatoire pour admirer les étoiles, confia-t-il avant de déposer des tapis légèrement matelassés sur le sol. C'est moins fatiguant si on s'allonge, ajouta-t-il en s'asseyant.

Amusée et touchée qu'il partage cet endroit avec moi, je l'imitai et m'allongeai à côté de lui pour admirer le ciel aux multiples couleurs. Instinctivement, nos mains se cherchèrent avant de se lier. Comme des enfants, nous jouâmes à deviner quelle couleur serait la suivante à exploser. Finalement, après un enchevêtrement de fusées qui illuminèrent le ciel, la nuit et les étoiles reprirent leurs rôles.

-- On dirait que c'est fini, déclarai-je avant de le regarder.

Ses yeux étaient si intenses qu'ils semblaient percer l'obscurité, comme ceux d'un loup. Hypnotisée et consentante, je ne bougeai pas, lorsqu'il approcha son visage du mien pour m'embrasser :

-- Joyeux 4 Juillet, me souhaita-t-il tout bas, comme pour se donner une excuse.

Mais à mon tour, je lui donnai un baiser avant de lui souhaiter la même chose, non sans un sourire mutin. Dans un même mouvement, nous revînmes l'un vers l'autre pour échanger de nouveaux baisers de plus en plus fougueux, alors que nous nous enlacions. Les yeux clos, je me sentais bien, comme si un barrage se rompait en moi. Je ne réfléchissais même plus, savourant juste ces lèvres et cette langue sur les miennes, ces mains et ces bras sur et autour de moi. Doucement, il se rallongea sur le dos tout en m'attirant dans sa chute.

C'est alors que je rouvris les yeux et en voyant son visage, je ne pus retenir un mouvement de recul :

-- Attends, Jackson, murmurai-je en me redressant légèrement, alors qu'il m'observait.

Le désir que je discernai dans ses pupilles me mit presque mal à l'aise et coupable de ressentir la même chose :

-- Je ne veux pas coucher avec toi, m'exclamai-je avant d'affronter son air persuadé du contraire. Ok, c'est vrai : j'en ai envie, avouai-je, élargissant son sourire. Mais je ne veux pas... te perdre. Tu es devenu mon meilleur ami, la personne la plus proche de moi, mon confident et je tiens énormément à toi et à cette relation. Si on couchait ensemble...

-- Tu crains que d'autres sentiments n'interviennent par la suite ?, s'enquit-il calmement.

-- Je ne sais pas ! Je sais que nous ne sommes prêts ni l'un ni l'autre à entretenir une relation amoureuse sérieuse et j'ai peur qu'en devenant amants, même une seule nuit, quelque chose se brise. Je ne suis pas du tout prête pour une relation instable, que ce soit avec toi ou n'importe qui. Tu es ma seule base masculine constante et solide, comme un grand frère qui me protège et sur lequel je peux toujours compter. Tu comprends ce que je veux dire ?, m'inquiétai-je avec l'impression de m'être embourbée au fil des mots.

-- Tu ne veux pas gâcher notre amitié. J'ai très bien compris, ne t'en fait pas, répondit-il posément en continuant à m'observer. J'aurai juste besoin d'une précision sur un point.

-- Lequel ?, demandai-je, quelque peu soucieuse.

-- Tu as toujours envie de moi, n'est-ce-pas ?

A ces mots, j'éclatai de rire avant de rétorquer :

-- Bien sûr ! Comment pourrait-il en être autrement ?

-- Ah, tu me rassures.

Je l'étudiai en souriant pendant quelques secondes, avant que l'envie de l'embrasser ne me reprenne.

-- Je crois qu'on devrait retourner avec les autres, déclarai-je en pensant tout le contraire.

-- Tu dis ça parce que tu meurs d'envie de m'embrasser ?, suggéra-t-il, mi sérieux, mi malicieux.

La justesse de ses propos me fit rougir et rire à nouveau :

-- Oui, avouai-je, un peu mal à l'aise.

-- Tu sais, on pourrait rester là et continuer à s'embrasser. On ne ferait rien de mal.

-- Ce serait peut-être un peu trop « dangereux », tu ne crois pas ?

-- Pas plus que si on ne le faisait pas et qu'on se frustrait jusqu'à exploser. Qu'y a-t-il de mal à s'embrasser, si on en a envie ? Des amis peuvent s'embrasser, non ? Je ne dis pas non plus qu'on doit le faire à longueur de journée ; juste qu'on doit le faire quand on en a envie. Après tout, si on..., commença-t-il avant que je ne vienne capturer ses lèvres.

Aussitôt, Jackson referma ses bras autour de moi, tendrement, tout en répondant à mon baiser. Combien de temps s'écoula ? Impossible à dire. Entre notre état alcoolisé et l'ivresse de nos baisers qui ne semblait pas vouloir s'estomper, je n'étais plus en mesure de réfléchir.

Finalement, pendant quelques secondes, je parvins à faire une pause pour murmurer contre sa bouche :

-- Tu n'avais qu'à le dire, si tu voulais m'embrasser.

Il ne me laissa pas le temps d'en dire plus et je ne lui fis aucun reproche. Voilà à quoi devait ressembler l'adolescence, lorsqu'on avait un petit-ami et les hormones en éruption. Evidemment, notre relation était bien différente, mais à cet instant, je n'avais aucune envie de me poser des questions.

Cette nuit-là, nous voulions juste passer un bon moment ensemble.

-- J'avais oublié à quel point tu savais embrasser, lui fis-je remarquer, penchée au-dessus de lui.

-- Et ce n'est pas mon seul talent, renchérit-il d'un air coquin qui me fit rire.

-- C'est vrai... Tu es aussi un très bon danseur, le taquinai-je avec malice.

-- Ce n'est pas faux. Mais il y a encore autre chose. Réfléchis bien : je suis sûr que tu vas trouver rapidement.

-- Vraiment ? Tu es sûr ?, demandai-je en fronçant les sourcils avant de faire semblant de réfléchir quelques instants. Non, vraiment, je ne vois pas.

Aussitôt, il se mit à me chatouiller, prenant le dessus sur moi et me faisant basculer sur le dos pour se pencher sur moi.

-- Et maintenant, tu te souviens ?, s'enquit-il en souriant, alors que je riais aux éclats.

-- Pitié, arrête !, le suppliai-je en m'étouffant presque de rire. D'accord, je me souviens, avouai-je avant qu'il ne s'interrompe.

-- Alors ?

-- Parce que je dois le dire, en plus ?, plaisantai-je, alors qu'il restait penché au-dessus de moi, son regard et son sourire brillant de tendresse et de malice.

-- Sauf si tu veux que je recommence, me menaça-t-il en faisant courir lentement ses doigts comme les pattes d'une araignée.

-- Tu as, tant que cela, besoin d'être rassuré sur tes prouesses au lit ?, le taquinai-je, amusée.

-- Non, je sais que je suis génial, mais c'est toujours bon de se l'entendre dire, répliqua-t-il d'un air faussement pompeux. Alors ? J'attends. Tu sais ce qui t'arrivera si tu ne le dis pas, renchérit-il avant de me chatouiller rapidement.

-- Ok, je me rends ! Tu es un véritable dieu du sexe, un magicien aux doigts de fées. Le meilleur amant que j'aie jamais connu... Ça te va comme ça ?, demandai-je en riant.

-- Ça devrait aller, répondit-il, son sourire élargi avant de rire à son tour.

-- T'es pas croyable. Quel frimeur, ma parole !

-- Ça m'est égal : tu as dit que je suis le meilleur amant que tu n'aies jamais connu, répliqua-t-il fièrement.

-- Oui, en me basant sur un vague souvenir, le taquinai-je d'un air innocent.

La « punition » ne se fit pas attendre. Jackson me chatouilla à nouveau, mais il s'arrêta lorsque je me cambrai contre lui. Ma bouche à portée de la sienne, il s'en empara après une brève hésitation avant de basculer avec moi. Les choses semblaient si faciles alors, car seule comptait le moment présent et le bien-être émergeant de cette étreinte, même si je savais que ce n'était pas le genre de choses qu'on faisait entre amis. J'aurais dû l'interrompre, le repousser, mais je n'y arrivais pas : je ne le voulais pas. J'étais bien contre lui et avec lui. Je me sentais en confiance et en paix, malgré la tempête balayant mes hormones. Jackson, lui aussi, sembla le ressentir, car il soupira profondément avant de se redresser, faisant glisser ses lèvres pour échapper aux miennes.

Il posa son front contre le mien et sa main dans mon cou, il me caressa la joue. Comme il gardait le silence, je rouvris les yeux et surpris son regard figé sur mon visage.

-- Est-ce que ça va ?, m'inquiétai-je tout bas.

-- Je pourrais faire ça toute la nuit, s'exclama-t-il doucement.

-- Quoi ?, demandai-je, intriguée, en étudiant son visage.

Pendant quelques secondes, il m'observa avant de se pencher à nouveau vers moi pour emprisonner ma bouche. Je ne fis rien pour l'en empêcher, accueillant simplement son baiser avant d'y répondre. Malheureusement, nos corps ne réagirent pas de la même façon. Ils voulurent plus de contacts, de caresses, de pressions, choses que nous ne pûmes leur donner. En comprenant que nos efforts pour nous retenir seraient vains si nous continuions à nous embrasser, Jackson se redressa à nouveau et le souffle court, il s'exclama :

-- Je crois qu'on devrait s'arrêter là, si tu veux que nous restions juste des amis.

-- Je croyais que c'était aussi ce que tu voulais.

-- C'était le cas... jusqu'à ce qu'on commence à s'embrasser, ajouta-t-il avec un air malicieux. Mais nous sommes d'accord sur un point : je ne veux pas te perdre, ajouta-t-il plus doucement en repoussant quelques mèches pour effleurer l'ovale de mon visage du bout des doigts.

-- Ce serait un trop gros sacrifice pour quelques heures de plaisir. J'ai trop besoin de toi et je suis encore trop fragile émotionnellement.

-- Je sais, répliqua-t-il avant de m'embrasser rapidement.

La seconde suivante, il roula à côté de moi, tandis que je le regardai faire, mi rassurée, mi déçue. Mais il était encore là, avec moi, et c'était l'essentiel. Soulagée, je levai les yeux vers le ciel étoilé au-dessus de nous.

-- C'est tellement beau, murmurai-je pour ne pas briser la quiétude de cet instant.

-- Je me souviens qu'un soir, alors que j'étais resté ici un peu trop tard pour admirer les étoiles, mon père était venu me chercher. Il m'avait un peu grondé, avant de lever les yeux au ciel et après un long silence, il m'avait montré des constellations, des étoiles, des planètes, m'apprenant leurs noms. Ça reste l'un des meilleurs moments de ma vie. Comme quoi, mon père n'était pas complètement fermé. Le lendemain, quand je suis rentré de l'école, j'ai découvert un télescope tout neuf dans ma chambre. Je me rappelle que j'avais hâte de l'essayer avec lui, de revivre encore un moment « seul avec mon père », histoire de partager quelque chose, comme les autres enfants pouvaient le faire. Malheureusement, mon père était parti en voyage d'affaires pendant une semaine et à son retour, il n'avait jamais pu m'accorder un peu de son temps si précieux. Maintenant, je me dis qu'il avait peut-être pris ce moment comme une faille, une faiblesse qu'il fallait refermer et classer pour que cela ne se reproduise plus.

-- Tu n'as jamais pu revenir admirer les étoiles avec ton père ?, demandai-jc, étonnée que cela soit possible.

-- Non. C'était un homme toujours très occupé et qui n'avait pas de temps à m'accorder, que ce soit pour m'aider à faire mes leçons ou m'apprendre à lancer au base-ball.

Il marqua une courte pause avant de s'exclamer d'une voix blessée malgré l'ironie dont il usa pour se couvrir :

-- Tu dois te dire que le petit prince de la maison se plaint un peu trop.

-- Non, répondis-je, la gorge nouée, profondément blessée par ces révélations.

Poussée par un besoin, une envie, autant que par un élan, je roulai vers lui pour me blottir contre son corps et le prendre dans mes bras en posant la tête au creux de son cou.

-- Non, je me dis que... moi, j'adorerais passer une autre nuit avec toi sous les étoiles pour les admirer avec ton télescope et que tu m'apprennes tout ce que tu as appris avec le temps. Et... même si je ne sais pas jouer au base-ball, j'adorerais que tu m'apprennes pour pouvoir jouer avec toi.

-- C'est gentil, Jul, mais c'est loin tout ça : tu n'as pas à...

-- Je ne dis pas ça par pitié, espèce d'idiot, le coupai-je, blessée qu'il puisse douter de moi. Je le dis parce que c'est vrai.

Comme pour m'apaiser, il me caressa les cheveux, alors que ses lèvres frôlaient mon front.

-- Je sais, déclara-t-il doucement.

Je reniflai et essuyai rapidement les larmes qui avaient coulé sur mon visage avant de fermer mes yeux fatigués.

-- C'est ce que les amis font, non ? Admirer les étoiles et jouer au base-ball.

-- Entre autre, murmura-t-il paisiblement en entrelaçant ses doigts aux miens posés sur son torse.

Etait-ce la chaleur du corps de Jackson, ses bras, qui semblaient former un cocon protecteur autour de moi et me déposer dans une douce torpeur ? J'avais de plus en plus de mal à garder les yeux ouverts, et malgré mes efforts pour lutter, je me sentis basculer. La fatigue de la journée et les excès de la fête s'effondraient en même temps sur moi, mais je refusais de voir s'achever cette nuit et ce tête-à-tête intime avec Jackson.

-- Tu n'es pas ton père, Jake. Tu es capable d'aimer et de te rendre compte de tes erreurs avant qu'il ne soit trop tard. Tu seras un bon père et comme pour la compagnie, tu ne commettras pas les mêmes erreurs que lui.

Les mots n'arrivaient plus à sortir de ma bouche correctement. Je fronçai les sourcils et rouvris la bouche pour parler, lorsque je sentis le long baiser de mon ami sur mon front. Apaisée au fil des secondes, je finis par soupirer d'aise.

-- Merci Jul.

Comme s'il s'agissait juste de ce à quoi j'aspirais, je renonçai à me battre et sans un mot de plus, je m'endormis paisiblement. J'étais aux portes du paradis, dans les bras de mon ange-gardien. Rien ne pouvait m'arriver.

28

A mon réveil, le lendemain matin, je sentis d'abord la fraîcheur dans mon cou avant la douceur et la chaleur d'une couverture déposée sur moi. Allongée sur le dos, j'avais perdu mon « oreiller » et mon ange-gardien semblait s'être envolé. Les yeux encore clos, je m'étirai avant de les ouvrir et de me redresser. Encore ensommeillée, je regardai autour de moi, cherchant mon compagnon qui avait déserté les lieux. Un peu déçue, j'essayai de ne pas trop réfléchir et me levai en respirant à pleins poumons, la paix et le silence régnant aux alentours. Je n'entendais que le bruit du vent et le chant des oiseaux, mais après quelques minutes d'étirements physiques et «cérébraux», je me décidai à redescendre sur terre.

D'un pas un peu hésitant, j'empruntai l'échelle accrochée au tronc de l'arbre avant de découvrir, une fois sur la terre ferme, un ruban de couleur accroché à la branche d'un arbuste. Finalement, Jackson semblait ne pas m'avoir totalement oubliée. Un peu plus sereine, les bras autour de mon buste pour tenter de me réchauffer, je suivis le chemin qu'il m'avait «tracé».

Quelques minutes plus tard, je sortis enfin du bois pour arriver dans le grand parc encore marqué des vestiges de la fête. Je remontais tranquillement vers la maison, lorsque je vis Sophia en sortir et me rejoindre.

-- J'étais tellement inquiète !, s'exclama-t-elle en me prenant dans ses bras.

-- Vous n'auriez pas dû. Je me porte comme un charme, répondis-je, touchée malgré tout.

-- Tu vois ! Je t'avais dit que nous n'arriverions pas à nous en débarrasser aussi facilement, retentit une voix gentiment moqueuse.

En levant les yeux, je découvris Jackson sirotant son café, debout sur les marches menant à la cuisine.

-- Quel accueil !, lui reprochai-je faussement avec un léger sourire.

-- Ne faites pas attention à ce gros bêta : je l'ai sermonné de vous avoir laissée toute seule là-bas, rétorqua Sophia en m'entraînant vers la cuisinc.

-- Ce n'est pas ma faute : elle ronflait trop fort. Même les animaux de la forêt ont pris la fuite, me taquina-t-il avec espièglerie.

-- Jackson Ferguson King !, rugit sa mère en passant à côté de lui. Je ne t'ai pas élevé comme ça !

-- Non, mais il a mal tourné, renchéris-je, alors qu'elle disparaissait dans la cuisine.

-- Trop aimable, répondit-il sans se formaliser en me suivant toujours des yeux, alors que j'arrivai sur la même marche que lui. Je vois que tu as trouvé mon petit jeu de pistes.

-- En effet. Merci de m'avoir évitée un entraînement pour participer à « Survivor », plaisantai-je avec malice.

-- Oh, mais je t'en prie. Je suis un vrai gentleman, quand je le veux.

-- Vraiment ? Dans ce cas, je demande à voir, le provoquai-je en approchant mon visage du sien.

-- Touché !, concéda-t-il, alors que son sourire s'étirait un peu plus. Mais tu devrais te méfier : tu sais de quoi je suis capable quand on me provoque un peu trop.

-- Oh, je suis désolé. Je devrais sans doute te faire des excuses.

-- Un baiser devrait suffire, déclara-t-il plus bas.

-- C'est vrai ? Alors, approche, l'invitai-je avec un sourire en coin.

Mais au dernier moment, je collai ma paume sur son visage pour le repousser avant de reprendre mon chemin en m'exclamant :

-- Bien essayé !

Grisée par ce petit jeu, je rejoignis Sophia et m'excusai auprès d'elle avant de disparaître quelques instants. Après une nuit au grand air, j'avais besoin de me rafraîchir un peu avant de prendre un petit déjeuner. A la base, je ne comptais pas prendre de douche, mais une fois dans la salle de bains, l'appel fut trop fort et en quelques secondes, je fus nue sous le jet. Après une nuit quasiment à même le sol, mes muscles reconnaissants se détendirent presque en un instant et je soupirai en fermant les yeux.

Après de longues minutes, je me résignai à sortir. Tendant la main hors de la cabine, je cherchai à tâtons ma serviette normalement suspendue à portée de main, sans résultats. Je passai alors la tête à l'extérieure pour découvrir Jackson, nonchalamment adossé à la porte, et évidemment, ma serviette pendant au bout de son doigt.

-- C'est ça que tu cherches ?, s'enquit-il d'un air mutin.

-- Ça t'amuse, je parie.

-- Beaucoup.

-- Très bien. Que dois-je faire pour la récupérer ?

-- Je pense que tu vas être obligée de sortir, répondit-il après avoir fait semblant de réfléchir.

-- Ah ah, très drôle. Je ne te savais pas aussi pervers.

-- Pervers ? Moi ? Tu m'offenses. Je crois que je vais devoir te rejoindre pour me venger.

-- Fais ça et je t'arrose à coup de jet d'eau, le menaçai-je, incrédule.

-- Et tu crois que ça m'arrêterait ?

-- Même un tank en serait incapable, répondis-je, amusée. S'il te plaît : ta mère va nous attendre.

-- D'accord. Si tu joues la corde sensible..., répondit-il en se retournant, prêt à partir.

-- D'accord, je sors, mais garde le dos tourné, s'il te plaît, insistai-je avec davantage de sérieux.

-- Promis, répondit-il de la même façon, me donnant assez confiance pour que je me décide à sortir.

Sur la pointe des pieds, je le rejoignis et pris la serviette qu'il tenait dans son dos. Rapidement, je l'enroulai autour de moi et une fois certaine qu'elle tienne, j'annonçai.

-- C'est bon. Maintenant, dis-moi ce que tu me voulais.

A ces mots, il se retourna et prit mon visage dans ses mains, murmura juste « ça » dans un souffle avant de capturer ma bouche. Une fois la surprise passée, je soupirai en fermant les yeux et répondis à son baiser, tout en m'accrochant au nœud de ma serviette pour ne pas passer les bras autour de lui. Enfin, lorsqu'il s'écarta en caressant légèrement mon visage, je rouvris les yeux et plongeai aussitôt dans son regard, le cœur battant à toute vitesse, comme à chaque fois.

-- Jax... Il faut qu'on arrête : des amis ne s'embrassent pas comme ça.

-- Ça dépend quel genre d'amis, fit-il remarquer avec malice.

Mais cela n'amusa qu'une partie de moi ; l'autre, bien plus importante, était plus déçue par cette réponse. Avec un autre soupir, plus triste, je reculai, échappant à la douce prison de ses mains.

-- Nous en avons déjà parlé. Je ne peux pas coucher avec toi. Je ne peux pas faire l'amour sans y mettre un peu de sentiments ou d'attachement, et ni toi, ni moi ne sommes prêts pour une relation sérieuse. Et puis, ça n'a pas marché entre nous, les deux fois précédentes, alors pourquoi insister ?

Il ne souriait plus du tout, mais le masque sévère et la tension qui s'étaient posés sur son visage pendant quelques secondes, furent rapidement remplacés par la résignation. Je l'observai en silence, attendant une réponse, son avis, son consentement, mais finalement, les mains dans les poches de son pantalon, il tourna simplement les talons et sortit de ma chambre en refermant la porte derrière lui.

Aussitôt, je me sentis mal et je m'en voulus comme si je venais de perdre un ami. Pourtant, j'avais fait mon possible pour obtenir le contraire et le garder. Je savais que j'avais raison, que j'étais dans mon bon droit si je voulais conserver son amitié et le garder avec moi aussi longtemps que possible. Je ne croyais plus en une possible histoire d'amour entre nous.

Nous avions déjà essayé à plusieurs reprises et rien de bon n'en était ressorti au bout du compte. Et puis, nous n'avions jamais été aussi complices que depuis mon retour à New-York. C'était tellement plus facile de l'avoir « juste » comme ami : je n'avais pas à me soucier de ce qu'il faisait de ses nuits, avec qui il les passait, s'il ne m'appelait pas ou s'il travaillait trop pour m'accorder du temps. « Oui, c'est plus facile, pour lui comme pour moi ! », affirmai-je mentalement avec véhémence. Alors, pourquoi ne comprenait-il pas que c'était plus raisonnable ? Ne comptais-je pas assez pour lui pour qu'il fasse l'effort de mettre nos désirs de côté ?

29

Fatiguée d'y réfléchir, je me dépêchai de me sécher et d'enfiler un jean et un tee-shirt propre. A mon retour dans la cuisine, Sophia était toute seule et sirotait pensivement une tasse de thé, assise à la table de la cuisine.

-- Pardon pour mon retard, m'excusai-je en la rejoignant. Je ne voulais pas vous faire attendre. Je croyais que Jackson vous tenait compagnie, mais si j'avais su, je me serais dépêchée.

-- Ne vous en faites pas, ma chère. C'était tout à fait légitime de votre part. Quand à mon fils, il est allé aider à démonter la scène et les tables.

« Pour ne pas me voir », compris-je tristement en me servant des toasts. Il devait vraiment m'en vouloir. Sa réaction m'attrista avant de m'exaspérer. Quel âge avait-il pour bouder ainsi dans son coin ?

-- Ne vous en faites pas : il ne boude jamais bien longtemps. Il lui faut juste un peu de temps au calme pour l'aider à réfléchir et faire le point.

-- Ce qu'il peut être borné ! Quand il a une idée en tête...

-- Pour ça, il n'a pas eu de chance : il tient ça de ses deux parents.

-- Pardon, je ne voulais pas vous manquer de respect, m'excusai-je sincèrement.

-- Ce n'est pas le cas, rassurez-vous. Parfois, moi aussi, je maudis ce trait de caractère. Mais vous devez aussi comprendre que Jackson ne fait rien par égoïsme ou par caprice. S'il campe sur ses positions et bloque sur certaines idées, c'est que ces « choses » lui tiennent vraiment à cœur.

-- Je sais, soupirai-je simplement.

-- Ne vous en faites pas, m'encouragea-t-elle en me prenant la main. Je suis sûre que tout s'arrangera bientôt entre vous.

Je soupçonnai Sophia de croire que son fils et moi entretenions à présent une liaison, surtout après avoir passé la nuit rien que tous les deux, mais pour l'instant, je n'avais pas l'énergie, ni les mots pour la détromper.

Après avoir pris un rapide petit-déjeuner en lançant la conversation sur la fête de la veille, le téléphone sonna et Sophia alla décrocher. Me sentant alors de trop, je décidai de sortir dans le parc. J'avais aussi dans l'idée de parler à Jackson pour rétablir la situation, mais je le connaissais assez pour savoir qu'il était encore trop tôt pour ça.

Tout en marchant dans le parc, je vis quelques hommes autour de la petite scène où l'orchestre avait joué, la veille au soir, et parmi eux, Jax et Damon. Je voulais aussi parler à ce dernier, mais la présence de son cousin me fit hésiter quelques secondes. C'est alors que quelqu'un requit l'attention de Jackson, le poussant à s'éloigner quelque peu. D'un pas décidé, je rejoignis alors mon meilleur ami.

-- Je suis rassuré de voir que mon cousin ne t'a pas dévorée, après t'avoir emmenée dans les bois, plaisanta-t-il avec un sourire, alors que j'arrivai à lui.

-- Ce n'est pas ce que tu crois, répliquai-je après l'avoir pris dans mes bras pour le saluer.

-- Sans doute, sinon il ne serait pas d'une humeur massacrante. Que s'est-il passé ?, s'inquiéta-t-il sincèrement.

-- Rien, soupirai-je en détournant les yeux, mal à l'aise.

-- Bien sûr. Tu penses vraiment que je vais te croire ?, s'enquit-il en haussant les sourcils.

-- S'il te plaît, Damon.

-- D'accord, je n'insiste pas pour l'instant.

-- Merci. Est-ce qu'on pourrait se voir un peu plus tard? Je voudrais te demander quelque chose.

-- Bien sûr, mais tu es sûre que ça va ?

-- Qu'est-ce que tu veux ?, nous interrompit alors la voix grave et dure de Jackson, qui nous rejoignit.

-- Dire « bonjour » et me rendre utile, répondis-je en prenant sur moi avant de lever les yeux vers lui.

-- Pas ici : tu vas plutôt nous gêner. Va plutôt t'occuper des tables, ordonna-t-il, glacial.

-- Jax..., voulut intervenir Damon.

-- Laisse, l'arrêtai-je en fusillant l'intéressé du regard. Je ne suis pas ton employé, Jackson et je n'ai que faire de tes ordres. Il faudrait peut-être que tu arrives à faire la différence avec tes amis, s'il te reste encore. Mais après avoir vu de quelle façon tu les traites, je comprendrais que tu n'en aies plus. Peut-être devrais-tu être un peu moins « gentil », si cela pouvait te permettre d'être ensuite un peu moins con.

Sans plus attendre, je tournai les talons, regrettant déjà une partie de mes paroles. Evidemment, j'étais furieuse contre lui pour la façon dont il me faisait payer ma décision et son comportement. Mais je savais aussi que les mots avaient dépassé ma pensée : il était un ami merveilleux, quand il n'était pas contrarié.

Au moins, le travail à distance me permit de me dépenser et de déverser ma colère sur autre chose que lui. Toute seule dans mon coin, je rassemblai les nappes pour les mettre à laver, avant de démonter les tables. J'avais besoin de m'activer pour me vider la tête et le cœur, et personne ne vint briser ma bulle.

Après l'extérieur, je m'occupai dans la cuisine, lorsque Damon me rejoignit :

-- Sophia distribue de la citronnade bien fraîche dans le jardin. Tu veux venir prendre un verre ?

-- C'est gentil, mais j'ai à faire.

-- Dis plutôt que tu es encore trop en colère contre Jax pour te retrouver en face lui, s'exclama-t-il dans mon dos.

La justesse de ses propos me fit esquisser un sourire avant que je ne réponde plus doucement :

-- Si tu veux.

-- Je suis désolé, Jul. Je ne sais pas ce qui lui a pris : tu es bien placée pour savoir que ça ne lui ressemble pas.

-- Ne t'en fait pas : je sais tout cela. Mais nous avons un désaccord et il ne se résoudra pas comme ça autour d'un verre de citronnade. On a besoin de retourner chacun dans notre coin pour nous calmer, avant d'avoir une conversation posée.

-- A propos de la nuit dernière ?, s'enquit-il d'un air innocent.

Son insistance m'amusa et me fit lever les yeux au ciel avant que je n'expire finalement :

-- Ça et autre chose.

-- Je pourrais peut-être t'aider, si tu voulais bien m'en parler, suggéra-t-il avec sérieux. Est-ce qu'il s'est passé quelque chose, la nuit dernière ? Vous avez couché ensemble ?

-- Damon !, m'insurgeai-je en lui faisant face.

-- Quoi ? Tu ne me dis rien, alors il faut bien que je procède par élimination. Alors... ? Avez-vous couché ensemble?

-- Non !... Nous avons juste... dormi ensemble.

-- « Juste » ça ? Vraiment ? Il ne s'est rien passé d'autre ?

Son regard inquisiteur finit par me mettre mal à l'aise et me poussa à détourner les yeux en rougissant.

-- Ah ! Je le savais !, s'exclama-t-il aussitôt. Alors, vous vous êtes embrassés ?

-- Qui s'est embrassé ?, surgit alors tranquillement Anna.

-- Devine, lui répondit son frère sans me lâcher du regard. Et quoi ? Tu l'as repoussé ?

-- Non ! Enfin... Ce n'est pas le moment d'en parler, m'insurgeai-je à nouveau en le foudroyant du regard. Et tu n'es pas la personne à qui je devrais en parler.

-- Tu préfères affronter un mur ? Parce que pour l'instant, vous êtes aussi fermés l'un que l'autre. Et puis, je croyais que tu voulais me demander quelque chose ?

-- Oui, mais... pas ici. Viens avec moi, m'exclamai-je en lui prenant la main avant de l'entraîner à ma suite.

Sans protester, il se laissa faire et ne prononça pas le moindre mot jusqu'à ce que l'on se retrouve dans ma chambre dont je pris soin de bien fermer la porte.

-- Intéressant. Il fallait le dire dès le début, que c'était sur moi que tu craquais, plaisanta-t-il avant je ne vienne me placer devant lui.

-- Damon, s'il te plaît, sois sérieux.

-- Je l'étais, mais tant pis... D'accord, dis-moi ce que tu veux.

-- Je voudrais que tu m'aides à trouver un appartement en ville, annonçai-je de but en blanc, non sans me triturer les mains. En évitant qu'il se trouve sur le même palier que celui de Jackson ou dans son immeuble, ou son quartier.

-- Ça réduit le champ d'action, répondit-il en fronçant les sourcils. Tu veux vraiment partir d'ici ?

-- Je ne peux pas me permettre de rester ici indéfiniment. C'est vrai que c'est une sublime maison et que Sophia est adorable, mais... je dois retrouver ma vie, mon intimité, mon travail. Je ne peux pas me couper de la réalité plus longtemps et si je ne le fais pas maintenant, je risque de le regretter.

-- J'ai l'impression que ton dilemme avec Jackson te pousse à décamper d'ici. J'ai vu juste, n'est-ce-pas ?, insista-t-il, comme j'hésitais à répondre.

-- En partie, je dois l'avouer. Mais je me sens surtout plus solide, plus forte : j'ai besoin de retrouver mon indépendance, même si j'adore vivre ici.

-- Je comprends. Est-ce que tu en as déjà parlé à Jackson ou à sa mère ? Est-ce pour cette raison qu'il est fâché ?

-- Non, il ne sait encore rien. J'ai pris ma décision ce matin : son comportement m'a ouvert les yeux. Ici, je suis comme dans une cage dorée, mais je ne suis pas quelqu'un qu'on peut dresser ou diriger à sa guise. J'ai besoin de retrouver ma liberté. Est-ce que tu vas pouvoir m'aider ? Je voudrais partir rapidement.

-- Pas de problème : je vais contacter quelques amis dans l'immobilier et je te redis ça dans l'après-midi, répondit-il en prenant déjà son portable dans la poche arrière de son pantalon, tout en tournant les talons.

-- Merci Damon, lui lançai-je avant qu'il n'ouvre la porte.

Aussitôt, il se retrouva face à face avec son cousin, surpris, avant que son visage ne se teinte d'un masque froid, comme pour se protéger.

-- Je vous dérange ?, s'enquit Jackson d'un ton légèrement voilé de reproches.

-- Je vous laisse : vous avez à parler, je crois, s'exclama Damon.

Avant de quitter la pièce, il s'était tourné vers moi comme pour me souhaiter « bonne chance». Bien qu'il eut disparu depuis quelques secondes, Jackson ne bougea pas pour autant du seuil, comme s'il voulait garder ses distances.

-- Entre, s'il te plaît, l'invitai-je doucement.

Après une légère hésitation, il obtempéra et avança vers moi, tout en s'arrêtant à une distance « respectueuse ». La conversation promettait d'être difficile, mais résolue à ne pas me laisser influencer, je pris mon courage à deux mains et me lançai en le regardant droit dans les yeux :

-- Même si je n'ai aucune raison de me justifier, j'ai amené Damon ici pour lui demander quelque chose : je voudrais qu'il m'aide à trouver rapidement un appartement.

-- Julie..., commença-t-il en fronçant les sourcils.

-- S'il te plaît, laisse-moi finir. Je sais que je suis la bienvenue ici, et je vous remercie encore énormément ta mère et toi de m'avoir aussi bien accueillie et d'avoir pris soin de moi. Je ne pourrais jamais vous le rendre et je le regrette. Mais je ne peux pas rester ici jusqu'à la fin de mes jours et être dépendante de vous. Grâce à vous et à vos bons soins, j'ai pu reprendre des forces et me reconstruire. Mais à présent, j'ai besoin de retrouver ma liberté et mon indépendance. J'ai besoin d'avancer, Jackson.

-- C'est à cause de cette nuit et de ce matin ?, s'enquit-il froidement.

-- En partie, mais principalement, parce que je dois retrouver ma place, ma vie. Je te suis redevable de beaucoup de choses, Jackson, mais je ne veux pas te « rembourser » en me laissant faire, quand tu m'écrases comme ce matin, ou en couchant avec toi, au risque de perdre ton amitié. Tu peux avoir toutes les filles que tu veux dans ton lit ou dans tes bras, mais des amis... Les vrais ne se gagnent pas aussi facilement, tu le sais bien. Nous sommes des ex et il serait vraiment facile de retomber dans ce que nous avons déjà connu.

-- Où veux-tu en venir ?

-- Je crois que je dois déménager pour qu'on ne s'ait pas sous le nez à longueur de journée ; et je crois que tu dois sortir avec d'autres femmes. Pour ma part, je ne suis pas encore prête pour rencontrer à nouveau quelqu'un. J'ai juste envie de me retrouver seule avec moi-même.

-- Et qu'en est-il de « nous » ?

-- « Nous » ? Eh bien, « nous » sommes toujours amis, je crois, et j'espère que cela continuera encore longtemps.

Il ne bougeait pas, ne disait rien, ne laissant rien paraître. Il se contentait de me regarder intensément au fond des yeux, me troublant assez pour m'empêcher de lire dans ses pensées. J'avais l'impression qu'il voulait jouer avec moi, mais je n'étais pas décidée à me laisser faire comme une marionnette.

Fatiguée, je détournai les yeux et m'élançai vers la porte, le dépassant sans qu'il fasse quoi que ce soit. Il ne chercha pas à me retenir et j'en fus blessée autant que par son silence. Pourquoi agissait-il ainsi ? Pourquoi était-il aussi buté? Ne comprenait-il pas que j'agissais aussi comme cela pour protéger notre amitié ? M'étais-je trompée en croyant qu'elle comptait autant pour lui que pour moi ? Les doutes m'envahissaient au fil des secondes et je n'arrivai plus à savoir ce qu'il voulait, ce qu'il attendait de moi.

J'arrivais en bas des escaliers, lorsque Damon me rejoignit en s'exclamant :

-- Bonne nouvelle ! J'ai contacté une amie agent immobilier et elle a des appartements qui pourraient t'intéresser. On a rendez-vous dans une heure avec elle.

-- Déjà ?, m'étonnai-je.

-- Tu as dit que tu voulais trouver quelque chose « rapidement ». Tu avais quelque chose de prévu ?

-- Non, non ! Je prends mon sac et je te suis.

Dans la cuisine, je croisai Sophia et la prévins seulement de mon départ avec Damon, sans lui en dire davantage. Je voulais faire les choses bien et lui annoncer à mon retour, mon « déménagement ».

En attendant, je rejoignis mon ami et sans perdre une seconde, nous nous mîmes en route. Il essaya bien de savoir comment s'était déroulée mon entrevue avec son cousin, mais je n'étais pas décidée à en parler. Je voulais garder certaines choses pour moi, que cela reste entre Jackson et moi tout simplement.

Celia, l'agent que Damon me présenta, me parut très compétente. Malheureusement, les biens qu'elle me proposa ne me convinrent pas : trop grands, trop chers, manquant de personnalité. J'étais certes pressée, mais je ne voulais pas pour autant précipiter mon choix et le regretter par la suite.

Un peu déçue de revenir bredouille, je ne parlai pas beaucoup sur le trajet du retour. Celia m'avait promis de se remettre au travail dès son retour à l'agence, mais en passant les grilles de la propriété, je ne pus m'empêcher de ressentir un pincement au cœur.

Je craignais de me retrouver une nouvelle fois en face de Jackson et de devoir affronter son silence qui me blessait. Sophia m'annonça alors qu'il s'était absenté à son tour, non sans emporter ses quelques affaires. Cette nouvelle m'acheva pour le reste de la journée et après m'être excusée auprès de la maîtresse de maison, je montai me reposer dans ma chambre.

Une fois au pied de mon lit, je m'effondrai sur le matelas et fermai les yeux en proie à une intense fatigue.

Depuis ma rupture avec Jordan, ma vie tournait tellement autour de mon amitié avec Jackson, qu'en vingt-quatre heures, elle avait basculé et moi avec. Il m'en voulait de mon départ, de mon refus de lui céder… « Et quoi d'autre encore ? »

Sans m'en rendre compte, je m'endormis profondément pour ne me réveiller qu'au cours de la nuit. Quelqu'un avait rabattu une couverture sur moi et je ne pus m'empêcher de songer qu'il s'agit de lui. C'était évidemment ridicule, puisqu'il était parti, mais ce sentiment était aussi fort qu'une certitude. Je n'arrivais pas à penser à autre chose, si ce n'était à « lui » ; je n'arrivais même pas à l'oublier. Sa présence, ses bras, sa voix, son souffle me manquaient... J'aurai voulu revenir à la nuit précédente pour revivre notre sage étreinte et nos baisers qui l'étaient un peu moins.

Malgré mes efforts pour m'en détourner, je ne pensais pas à l'ami, mais à l'homme. Il avait fait rejaillir un désir que je sentais couver dans mon cœur et mes veines. Je savais parfaitement qu'il n'était pas pour moi, mais entre nous, il y avait toujours eu une attraction presque surnaturelle à laquelle je ne pouvais échapper. Lors de mon échappée et de l'épisode avec Jordan, j'étais parvenue à l'enterrer. Et aujourd'hui, à cause de ce dernier, je ne me sentais plus capable de tomber amoureuse. « Mais le désir... » Il était toujours là et aujourd'hui, il vibrait à nouveau pour Jackson, m'appelant à lui céder sans me soucier des conséquences.

Fatiguée de ne rien faire à part penser, je décidai de me lever et repoussai la couverture. On m'avait aussi retiré mes chaussures. D'un bond, je sautai hors du lit et sur la pointe des pieds, je sortis de ma chambre pour gagner celle de Jackson, non sans espérer.

Doucement, j'ouvris sans frapper, mais aussitôt, je fus frapper par le lit vide et non défait. En étudiant la pièce, je dus me rendre à l'évidence : rien ne traînait ou n'était dérangé, comme si elle n'avait pas été occupée depuis des mois, voire des années. Il était parti. Mais à quoi pouvais-je m'attendre ? Il avait aussi une vie. Peut-être même avait-il déjà suivi mon conseil et passait-il la nuit avec une autre femme ? « Une chanceuse », rêvai-je aussitôt avant de me le reprocher. Allais-je enfin savoir ce que je voulais vraiment ? Quelle place donner à Jackson ? L'ami ou l'amant ? « Les deux ensemble, c'est aussi possible », me souffla une petite voix sarcastique.

Avec un soupir, je me rendis sur le lit de Jax où je me couchai. Avec soulagement, son odeur me vint en tête et en fermant les yeux, je rêvai déjà qu'il me serrait dans ses bras.

Les jours qui suivirent me parurent de plus en plus sombres. Jackson ne donna aucune nouvelle et ne fit aucune incursion dans ma vie, si ce ne fut dans mes pensées, mes espoirs et mes désirs. J'essayai de me focaliser sur ma recherche d'appartement, mais malheureusement, malgré les nombreuses visites proposées par Celia, rien ne me plut.

Je commençai à désespérer aussi pour cela, aussi passai-je à autre chose en essayant de me remettre à la photographie. Je convins de plusieurs rendez-vous avec Veronica, mais après mon départ précipité et ma trop longue absence « injustifiée », on ne me proposait plus autant de contrats. Mon agent m'encourageait à positiver, m'assurant qu'ils reviendraient tôt ou tard. Je n'eus plus qu'à reprendre mon appareil photo pour me lancer dans de nouvelles photos artistiques. Comme aucune idée ne me venait à l'esprit, je pris maints et maints clichés de la propriété, de la maison, du grand parc sous presque toutes ses coutures, ainsi que de la cabane de Jackson. Mais cela ne me poussa pas bien loin.

Je commençais sérieusement à tourner en rond comme un lion en cage. Il fallait que je parte, maintenant, tant que je n'avais encore aucune attache.

Un matin, alors que je prenais le petit-déjeuner avec Sophia, je m'exclamai :

-- Que diriez-vous de partir une dizaine de jours avec moi à Hawaï ?

Les yeux écarquillés, elle m'étudia, d'abord bouche-bée, avant de balbutier :

-- Vous... vous voulez dire « en vacances » ?

-- Oui ! Je crois que nous avons toutes les deux besoin de nous aérer et de changer d'air. Alors, qu'en dites-vous ?

-- Je... Je ne sais pas... Je ne peux pas laisser ma maison...

-- Vous pourriez demander à Damon, à Jackson ou à quelqu'un de la famille de loger ici pendant votre absence ? Ou juste de la surveiller ? Sophia, je vous soupçonne de ne pas avoir quitté cette maison depuis le décès de votre époux, et même bien avant cela. Je sais que vous adorez cette propriété et je le comprends, mais votre mari est le seul à être décédé. Vous êtes encore là et vous avez le droit de profiter un peu de la vie. Ce ne sera l'affaire que de quelques jours. S'il vous plaît, faites-moi plaisir, et laissez-moi vous offrir ce voyage.

A force de discussion, je parvins à la convaincre de partir une semaine avec moi. De peur qu'elle ne change d'avis, je pris nos billets dans la journée et à partir de cet instant, j'eus l'impression de la voir revivre. Jackson étant débordé, elle convint avec les parents de Damon de venir occuper la maison pendant notre absence. Rassurée et surexcitée, je la découvris sous un nouveau jour, beaucoup plus enjouée. Cela devint un vrai spectacle auquel j'adorais assister et que je capturais parfois avec mon appareil photo. Les premiers clichés dont je fus vraiment fière depuis des mois. Les vacances promettaient d'être fantastiques.

La veille de notre départ, j'étais surexcitée, mais aussi nerveuse à l'idée de prendre l'avion pendant plusieurs heures. Depuis son départ, je dormais dans le lit de Jackson, mais pour la première fois, je ne parvins pas à trouver le sommeil. Je commençai à regretter de ne pas avoir fait comme Sophia, qui avait avalé un somnifère pour être sûre de passer une bonne nuit.

Agacée, je décidai de me lever et de descendre me préparer une tisane. Pas un bruit ne régnait dans la maison, et dans la cuisine, seul le faible ronronnement du réfrigérateur troublait la quiétude de la nuit. Je n'avais pas allumé, car la lumière de la lune éclairait suffisamment la pièce pour me faire éviter les « pièges ».

Ces jours-ci, une majeure partie du pays connaissait la canicule, aussi décidai-je de sortir prendre l'air et me balader un peu dans le parc. La nuit était claire et je ne comptais pas aller bien loin. D'un pas tranquille, je rejoignis la balançoire sous le grand chêne et m'y assis, mes doigts de pieds jouant dans l'herbe tandis que je me balançai légèrement, pensive.

-- Aurais-tu perdu l'esprit, ces derniers jours ? Tu cherches à te faire violer, ma parole !, retentit alors la voix furieuse de Jackson, bien qu'il chuchotait.

31

En tournant la tête, je le vis me rejoindre d'un pas vigoureux et mon cœur s'en réjouit. Je ne pus m'empêcher de lui sourire, alors que ses yeux lançaient des éclairs.

-- Tu ne te rends pas compte ! C'est dangereux de traîner ici.

-- Jackson, nous ne sommes pas à Central Park.

-- Mais ce n'est pas parce qu'on est sur une propriété privée qu'il ne peut pas y avoir de rôdeurs ou de cambrioleurs. Tu ne peux pas te promener comme ça en pleine nuit, à peine vêtue.

Son reproche me fit encore plus sourire, amusée et touchée. Assise devant lui, alors qu'il se tenait debout devant moi, j'avais l'impression d'être une petite fille qui se faisait gronder.

-- Je suis désolée de t'offusquer, mais au cas où tu ne l'aurais pas remarqué, il fait chaud, ces jours-ci. Très chaud. Alors, je suis sortie prendre l'air, parce que je n'arrivais pas à dormir.

-- A cause de l'avion ou de la chaleur ?, s'enquit-il plus doucement.

-- Un peu des deux, avouai-je en le regardant avec un sourire en coin. Et...

« Et à cause de toi qui me donne encore plus chaud maintenant », eus-je envie de lui dire. Mais quelque chose m'arrêta et je détournai les yeux pour poser ma tasse vide sur le sol avant de demander :

-- Et toi, pourquoi es-tu là, si tard ?

-- Je... J'ai beaucoup travaillé ces derniers jours et... je me suis finalement souvenu que vous partiez demain pour Hawaï, ma mère et toi.

Il éclata d'un rire bref, comme si cette dernière phrase lui semblait improbable.

-- Quelle idée tu as eu là ! Qu'est-ce qui t'est passé par la tête ?, s'enquit-il en me souriant, amusé.

-- Je ne sais pas... Je me suis dit que j'avais besoin de vacances, de changer d'air, et comme je ne voulais pas abandonner ta mère, je l'ai invitée à se joindre à moi.

-- C'était une excellente idée : je regrette juste de ne pas l'avoir eu avant toi.

-- Tu avais autre chose à penser. C'est normal.

Son regard penché sur moi, il soupira et glissa doucement sa main sur ma joue. Nous nous observions sans faillir, et après quelques secondes de silence, il déclara :

-- Tu n'aurais vraiment pas dû sortir toute seule en pleine nuit.

Accrochée aux cordages de la balançoire, je me remis debout pour m'approcher légèrement de lui :

-- Je ne suis pas seule, puisque tu es là, essayai-je de le rassurer. Et je vais bien : tu le vois.

Je lui souris doucement et après m'avoir étudié encore un peu, il laissa retomber sa main, me pinçant le cœur au passage.

-- A vrai dire, j'étais aussi venu pour t'annoncer que je t'avais trouvé un loft.

Aussitôt, je déchantai et fis malgré moi un pas en arrière en m'exclamant :

-- Oh non, s'il te plaît, ne me parle pas de l'appartement à côté du tien...

-- Je ne le ferai pas. Celui-là se trouve à Soho et il a l'air de contenir tous les critères qui te tenaient à cœur.

-- Damon a vendu la mèche ?

-- Comme toujours. Mais il a eu raison : j'avais connaissance de cet endroit, car il appartient à un ami photographe qui part s'installer en Europe. Tu auras ton studio photo et ta chambre noire, juste à côté de ton appartement. Je t'emmènerai le visiter demain matin, si tu veux.

-- C'est vrai ? Oh merci, Jax !, m'écriai-je en lui sautant au cou.

Nous fûmes aussi surpris l'un que l'autre, mais au bout de quelques secondes seulement, lorsque ses mains glissèrent sur mes hanches, je sentis que quelque chose différait. S'agissait-il de moi, de lui ou de nous deux? Ses bras me réconfortaient, m'apaisaient, mais je n'osais me pencher sur la réalité de mes sentiments pour lui. Alors, à contre cœur, je me détachai de lui non sans baisser les yeux, intimidée, alors qu'il était mon meilleur ami.

-- Tu n'aurais pas dû te déplacer si tard juste pour ça.

-- Ce n'était pas « juste » pour ça, révéla-t-il en glissant un doigt sous mon menton pour m'obliger à relever la tête et à l'affronter.

-- Jax..., commençai-je avant de plonger dans son regard profond.

Je me sentais sombrer, dangereusement. La raison m'aida à m'échapper brusquement et à me détourner, mais je ne pus aller bien loin. J'avais juste besoin de distance entre nous pour me remettre les idées en place, mais Jackson ne me laissa aucun répit. D'abord, il posa les mains sur mes bras. Aussitôt, je me tendis. Je savais que j'aurais dû m'écarter, m'éloigner encore, mais l'envie d'être avec lui et « à lui » était plus forte.

Sans attendre, il m'emprisonna dans ses bras, me pressant légèrement contre lui, mon dos contre son torse, puis ses paumes glissèrent derrière les bretelles de ma nuisette pour se refermer sur mes seins. Je ne pus alors retenir un gémissement de plaisir, lorsqu'il commença à les malaxer lentement, mais sans douceur. Le souffle court, je tournai la tête et aussitôt, il captura ma bouche sans interrompre ses délicieuses caresses. Le symbole de son désir pour moi se pressait contre mes fesses et j'entrepris de le caresser à mon tour.

Lorsque Jackson abandonna ma bouche pour glisser la sienne dans mon cou offert, je retrouvai un peu de raison et déclarai d'une voix haletante :

-- Jax... On ne peut pas faire ça...

-- Nous en avons tous les deux envie. Ose dire le contraire, souffla-t-il en pinçant les pointes tendues de mes seins, m'arrachant un nouveau gémissement.

-- Tu triches, l'accusai-je dans un souffle, ce qui le fit rire doucement.

Il retira l'une de ses mains de l'échancrure de ma nuisette, et je ne pus m'empêcher d'être déçue, surtout quand il s'enquit :

-- Je peux arrêter, si tu veux ?

Mais au même moment, il glissa sa main sur ma féminité, m'arrachant alors un léger cri de plaisir, tandis qu'il commençait à la caresser « sagement ».

-- Alors, quel est ton verdict ?

Pour se faire plus convaincant, il remonta le bas de ma nuisette et introduisit lentement ses doigts sous mon léger slip, me torturant encore plus.

-- Jax..., soupirai-je.

-- Oui, mon cœur...

-- On ne... on ne peut pas faire ça...

-- Mais si. Rien ne nous en empêche...

-- Pas ici... Ta mère pourrait nous voir ou nous entendre...

Aussitôt, ses caresses et ses baisers s'interrompirent et il ne bougea plus pendant quelques secondes avant de retirer ses mains.

-- Tu as le don de refroidir les ardeurs d'un homme, m'accusa-t-il sombrement en me relâchant.

Libérée de son emprise, mais pas du désir flamboyant qu'il m'inspirait, je lui fis face et affrontai son regard à la fois dur et brûlant :

-- J'ai trop de respect pour elle pour faire quoi que ce soit dans sa maison ou quelque part où elle pourrait nous surprendre... Mais cela ne veut pas dire que je ne veux rien faire, ajoutai-je avec un sourire en coin.

Il prit alors la mesure de mes paroles et prit une profonde respiration, avant de rétorquer, gonflé d'un nouvel espoir :

-- Je ne suis pas certain d'être capable de conduire dans mon « état ».

Pour preuve, il posa à nouveau les mains sur mes hanches qu'il attira contre les siennes pour me faire sentir la force de son désir.

-- Ce sera inutile. Si tu es capable de marcher un peu, je connais un endroit.

Et pour le convaincre un peu plus, je me dressai contre lui sur la pointe des pieds pour atteindre ses lèvres que je me contentai d'effleurer à plusieurs reprises avant d'y introduire légèrement la langue. Aussitôt, ses mains glissèrent sur mes fesses pour les plaquer solidement contre lui.

-- J'espère pour toi que cet endroit n'est pas très loin, car d'ici peu, convenance ou pas, je te ferai l'amour quel que soit l'endroit, promit-il d'une voix brûlante avant de m'embrasser avec ardeur.

Pendant quelques secondes, ma raison s'effaça totalement. J'aurai même accepté qu'il me prenne là. Mais heureusement, la pression de ses mains sur mes fesses disparut avant qu'il n'interrompt notre baiser. Sur un soupir et sans rompre le lien entre nos regards, je reculai et lui pris la main avant de l'entraîner vers le bois. En un instant, nous disparûmes sous les feuillages, éclairés par la lune et les étoiles. Jackson ayant deviné où nous allions, il prit les devants. Mais alors que nous marchions depuis à peine quelques minutes, je m'arrêtai et le retins par la main. Aussitôt, il se retourna, intrigué :

-- Jul, nous ne sommes pas encore arrivés.

-- Je sais, répondis-je avec un sourire mutin. Mais je me suis dit que nous pourrions faire une pause ici pendant quelques instants.

Et avant qu'il ait pu répondre quoi que ce fut, je soulevai ma nuisette et la passai par-dessus ma tête avant de la laisser tomber sur le sol.

-- Nous ne sommes pas obligés d'arriver à bon port pour en profiter. Maintenant que nous sommes à l'abri des regards, nous pouvons faire l'amour où bon nous semble..., déclarai-je sans le lâcher des yeux en reculant légèrement avant de m'allonger sur un tapis d'herbe et de terre battue. Et il se trouve que j'ai toujours eu envie de faire l'amour dans la nature, de sentir la terre se mêler au corps et aux caresses de mon amant.

Les yeux dans les siens, je passai les bras au-dessus de ma tête, m'offrant à son regard et à tout ce qu'il voudrait bien me donner.

-- Et si ça ne m'intéressait pas ?, me provoqua-t-il en croisant les bras sur son torse.

Mon sourire s'étira avant que je ne prenne un air contrarié en détournant les yeux.

-- Eh bien, tu pourrais m'attendre à notre dernière étape où je te rejoindrai dès que je me serai contentée toute seule.

-- Je demande à voir.

Amusée et mon regard à nouveau dans le sien, je creusai le sol de chaque côté de mon corps avant de ramener mes mains couvertes de terre humide et fraîche sur mon buste non sans émettre un léger cri de surprise. Tout en me caressant d'une main, l'autre creusa à nouveau avant de maculer mon ventre, puis de descendre jusqu'à mon slip pour le retirer. Enfin, mes doigts commencèrent à caresser mon intimité sous le regard intense de mon amant. Au bout de quelques secondes, je m'arrêtai pourtant car quelque chose manquait à mon plaisir.

-- Un problème ?, s'enquit-il, moqueur, alors que je me levai pour le rejoindre.

-- C'est toi que je veux sentir en moi et me donner du plaisir : pas mes mains ou mes doigts.

Son sourire s'élargit comme s'il venait de remporter une victoire, et blessée par son ego, je me détournai pour récupérer ma nuisette. Aussitôt, il me retint par le poignet avant de m'enlacer pour m'embrasser tout en me faisant reculer vers ma « couchette » où nous nous allongeâmes finalement. Tandis qu'il parcourait mon buste sali de ses mains, je déboutonnai son pantalon et libérai son membre. Je pus enfin gémir sans retenue, lorsqu'il effleura ma féminité et sans plus attendre, il me pénétra. Ses mouvements de hanches tantôt lents, tantôt rapides faisaient naître des frissons dans tout mon corps. A mesure qu'il accéléra, nos doigts s'entrelacèrent au - dessus de ma tête, nos souffles et nos gémissements devinrent eux aussi plus rapides jusqu'au dernier relâchement célébré dans un cri presque uni. Il nous fallut quelques secondes pour nous remettre du choc et en rouvrant les yeux, je tournai la tête vers lui pour lui voler un baiser.

-- Merci, murmurai-je tout bas.

Il me couva de son regard et répondis :

-- Ce n'était pas vraiment comme ça que j'imaginais notre nouvelle « première » fois.

-- Je suis désolée, répondis-je avec un fond secret de sincérité.

-- Pas moi, rétorqua-t-il avec un sourire en coin. Je ne suis pas certain que j'aurai pu me contenir bien longtemps, de toute façon.

Il m'embrassa à nouveau, plus profondément, et je ne pus empêcher mon cœur de ressentir un bien-être, sans rapport avec le sexe. Cependant, Jackson ne me laissa pas le temps de m'appesantir, car il se retira avant de se relever. Après avoir reboutonné son pantalon, il me tendit la main et m'aida à me remettre debout.

-- Je suis toute sale, fis-je remarquer, ce qui l'amusa. Il faudra que j'évite de rencontrer ta mère à notre retour.

-- Ne t'en fait pas pour cela : je connais un endroit où tu pourras te « laver ».

Sans lâcher sa main, je récupérai mes vêtements sans pour autant les remettre.

-- Tu ne te rhabilles pas ?, s'enquit-il avec un sourire en coin.

-- Pour quoi faire ?, demandai-je, amusée à mon tour. A moins que cela ne te dérange ?

-- Pas du tout. Je risque juste d'être un peu distrait et de faire plus de pauses que prévues.

-- Tu m'en vois navrée..., le plaignis-je d'un air faussement innocent.

Sur ce, nous nous remîmes en route et sans faire de pause, nous arrivâmes quelques minutes plus tard sur une petite plage de sable au bord d'un lac appartenant à la propriété. La lune se reflétait sur l'onde calme et je me sentis aussitôt attirée par sa fraîcheur en cette nuit brûlante. L'eau se révéla délicieusement froide, tandis que j'y entrai jusqu'au ventre avant de disparaître quelques instants. En revenant à la surface, je soupirai en repoussant mes cheveux en arrière, les yeux fermés.

En me retournant vers la plage où j'avais abandonné mon amant, je ne le revis pas et malgré moi, je ne pus m'empêcher d'avoir peur. Après tout, nous n'étions pas à l'abri d'accidents. Je m'apprêtai à revenir vers la terre ferme, lorsqu'il jaillit hors de l'eau juste derrière moi. Tel Poséidon, il m'emprisonna aussitôt d'un bras autour de ma taille, me pressant contre lui, tandis que son autre main se refermait sur mon sein gauche, le caressant déjà. Je tournai la tête et il en profita pour capturer ma bouche.

-- Où comptais-tu aller comme ça ?, chuchota-t-il d'une voix rauque contre mes lèvres.

-- J'ai eu peur. Je ne te voyais plus.

-- Je suis désolé. Te regarder te baigner m'a donné envie d'en faire autant.

-- Parce qu'il fait chaud ?

-- Oui, mais surtout parce que tu es nue et que j'ai très envie de toi.

-- Vraiment ?, demandai-je avec un sourire.

Ma main vint alors chercher son membre derrière moi pour le caresser et en réponse, il grogna légèrement tout en me volant un baiser sauvage et « rugueux ».

-- Laisse-moi t'aider à te laver un peu, murmura-t-il contre ma bouche avant de la reprendre.

Toujours en lui tournant le dos, je lui passai une main sur la nuque et me cambrai contre ses caresses ralenties par l'eau. Tandis que son bras autour de ma taille me plaquait toujours contre lui, son autre main s'aventura d'un sein à l'autre, nettoyant mon buste avec plus de minutie qu'il n'en fallut pour me rendre folle de désir. Mais ensuite, alors que je pensais connaître un répit plus ou moins souhaité, je sentis sa main sur mon intimité avant que ses doigts ne viennent jouer sur ma corde sensible, m'arrachant toujours plus de gémissements et de suppliques. Son prénom semblait devenir une litanie. Finalement, il me tourna vers lui et aussitôt, j'encerclai ses hanches de mes jambes pour sentir son membre tendu entre mes cuisses, alors que ses lèvres happaient les miennes. Combien de temps restâmes-nous ainsi à nous embrasser, solidement enlacés ? Une éternité me parut-il, sans pour autant que je me lasse.

Pourtant, lorsqu'il nous ramena vers la plage, le désir se révéla toujours aussi présent et virulent. Doucement, au bord de l'eau, Jackson m'allongea et me recouvrit, mais sans perdre une seconde de plus, il me pénétra. Penché au-dessus de moi de toute sa taille, ses coups de hanches appelaient les miennes à se redresser pour le rejoindre. Cambrée en arrière, il cueillit de ses mains et de sa bouche, mes seins tendus vers lui. Dominée de toute sa taille et sa puissance, je ne voulais plus que me soumettre à la moindre de ses volontés. De plus en plus rapide et fort, il fit jaillir en nous un feu qui nous dévora jusqu'à une explosion qui nous dévasta l'un après l'autre.

Penché au-dessus de moi, se retenant sur ses avant-bras pour ne pas m'écraser, il m'embrassa avec fougue et douceur en même temps, bougeant encore en moi pour m'offrir du plaisir jusqu'au bout. Malgré la fatigue, je le retins en moi, car je voulais toujours garder cette union, le plus longtemps possible. Evidemment, ici, cela signifiait simplement la communion et le partage de deux amants, mais Jackson comptait assez dans ma vie pour que je ne veuille pas voir nos étreintes s'arrêter trop tôt.

A contre cœur pourtant, mes jambes et mes bras le libérèrent et il se retira avant de rouler à côté de moi pour reprendre son souffle. Le silence avait pris la majorité, régnant en seigneur et maître pendant de longues minutes. Les yeux d'abord ouverts sur le ciel étoilé, j'avais fini par les fermer pour tenter d'apaiser les battements de mon cœur qui ne semblaient pas vouloir ralentir.

-- Tu es fatiguée ?, entendis-je avant de tourner la tête, les yeux à nouveau ouverts sur lui.

Tendrement, je lui souris alors qu'il m'étudiait en me prenant la main. Aussitôt, je me sentis coupable de cela, de ce geste tendre et dangereux. Je savais que mon cœur et tout mon être risquaient de se laisser attendrir et conquérir par de telles attentions ; je savais aussi que Jax n'était pas homme à se caser _ pas encore, en tout cas_ et que malgré cette certitude, je risquais de tomber amoureuse de lui, si je ne me rentrais pas dans la tête que nous n'étions là qu'à cause de notre désir violent et réciproque.

Gênée, je me levai aussitôt pour détourner son attention.

-- Pas du tout ! Je n'ai qu'une hâte : atteindre notre but pour remettre ça.

-- Nous ne sommes pas obligés d'aller jusque là-bas. Nous pouvons aussi rester ici et continuer ce que nous faisions, il y a quelques minutes, fit-il remarquer avec un sourire et un regard ensorcelants. Après tout, ce n'est pas si mal ici : nous avons la lune, une plage, un lac...

-- Oui, mais nous pourrions aussi rencontrer des promeneurs nocturnes, alors que dans la cabane, nous serions en hauteur et on ne risquerait pas d'être surpris..., répliquai-je, nerveuse, en évitant de le regarder en face.

-- Et c'est toi qui dis ça ? Alors que quelques minutes plus tôt, tu me demandais de te faire l'amour sur un sentier où des rôdeurs auraient pu nous trouver ? Serais-tu en train de t'assagir brusquement ?, se moqua-t-il gentiment avec un sourire malicieux.

-- Surtout pas ! Je suis peut-être juste un peu plus...

-- Raisonnable ?, suggéra-t-il comme je cherchais toujours le terme adéquat.

-- Si tu veux !, m'impatientai-je, brusquement agacée. Pouvons-nous y aller, à présent ?

Je vis son sourire s'atténuer et son regard devint intrigué.

-- Vos désirs vont des ordres, ma Reine !, s'exclama-t-il cependant en se levant.

L'atmosphère s'étant légèrement refroidie, je remis ma nuisette, non sans sentir le regard toujours curieux de mon amant, qui remit son pantalon, avant de me suivre. Nous ne marchions plus côte à côte. Il me laissait le guider, mais tandis qu'il m'observait en silence, je devinai qu'il se posait maintes questions à mon sujet. Il commença d'ailleurs à les semer en chemin :

-- Qu'est-ce qui t'a fait changer d'avis ? Pourquoi as-tu finalement accepté ?

Il n'eut pas besoin de s'étaler pour que je comprenne de quoi il parlait et je savais très bien que l'honnêteté était la seule chose qu'il attendait de moi.

-- Tu m'as manquée, ces derniers jours. J'ai beaucoup repensé à la soirée du 4 Juillet, et j'en arrivai à éprouver des regrets.

-- A cause de ce qui s'était passé ?

-- Non... A cause de ce qui ne s'était « pas » passé. Nous avons beau être amis, nous avons très envie l'un de l'autre et ce n'était pas en retenant ce désir qu'il allait pouvoir s'atténuer.

Brusquement, je ne perçus plus ses pas derrière moi, aussi me retournai-je, au moment où il s'exclama d'une voix où couvait la colère :

-- Alors c'est pour ça ? C'est pour te débarrasser de ton désir pour moi que tu y cèdes ?

-- Non !... Enfin... Je ne sais pas ! Jax, tout ce que je sais, c'est que j'ai toujours envie de toi et que cela m'était tout simplement insoutenable d'y résister, surtout en sachant que tu le voulais toi aussi. Je ne pouvais plus lutter, même si je sais que cela ne nous mènera nulle part.

-- Pourquoi serait-ce le cas ?

-- Tu es mon meilleur ami !

-- Et alors ?

-- Doit-on vraiment parler de cela ? Ne sommes-nous pas censés « juste » nous envoyer en l'air ?, rugis-je avant de tourner les talons pour reprendre notre route.

Quelques minutes plus tard, j'atteignis l'arbre à cabane, mais Jackson ne se trouvait plus derrière moi. Etais-je parvenue à tout gâcher une fois encore ? « Mais pourquoi a-t-il fallut qu'il pose des questions ? »

33

Tout à coup, je ressentis la fatigue comme une chape de plomb sur mes épaules. Lasse, je m'appuyai au tronc tout en me tenant au barreau de l'échelle juste au-dessus de ma tête et fermai les yeux. Combien de temps ? M'assoupis-je ? Impossible à dire, si ce n'est qu'une présence juste derrière moi et un souffle chaud sur mes cheveux me sortirent de ma torpeur. En rouvrant les yeux, je reconnus les grandes mains de Jackson de part et d'autre des miennes qui retombèrent avant que je ne lui fasse face. Une expression à la fois sérieuse et douce, reposait sur ses traits et il s'exclama :

-- Je suis désolé de t'avoir poussée là où tu n'es pas encore prête à aller.

-- Jax... Je veux juste ne pas compliquer la situation. C'est ce qui me faisait peur, lorsque je refusais encore de coucher avec toi ; et maintenant que c'est fait...

-- Tu regrettes ?

-- Non ! Je te l'ai dit : cela n'aurait servi à rien d'aller contre ça. C'est juste que... je ne sais pas encore où cela va nous mener et que je n'ai pas envie de me poser la question pour l'instant. J'ai juste envie de profiter et de faire l'amour avec toi sans penser aux conséquences, parce que j'adore ça. Mais je ne veux pas pour autant risquer de te perdre en tant qu'ami.

-- Tu veux que je t'avoue une chose ?

-- Quelle chose ?

-- Pourquoi je te désire autant.

-- Parce que je suis audacieuse et créative?, suggérai-je d'un air innocent.

Il éclata d'un rire qui désamorça un peu plus la situation et me réchauffa le cœur et le corps.

-- Pas seulement, répondit-il.

-- Il faut dire que j'ai un talent inné pour le sexe, me vantai-je avec malice.

-- C'est vrai, convint-il en repoussant doucement une mèche de ma joue, qu'il caressa ensuite. Mais je te désire « toi» , parce que nous sommes amis.

-- Je ne comprends pas, répondis-je en fronçant les sourcils, non sans craindre la suite.

-- Tu es mon amie : tu me connais bien et je te connais assez pour te faire entièrement confiance. Avec toi, je sais que je peux me livrer aussi bien dans une discussion que dans une étreinte. Tu me donneras tout ce que tu as et j'aurais envie de te le rendre. Je te désire aussi fort, parce que la force de ton désir répond au mien. Tu vas me rendre heureux, me faire plaisir et cela me donne d'autant plus envie de te faire plaisir. Je sais que nos étreintes seront toujours géniales, et en même temps, je sais que je dois continuer à te séduire pour attiser le désir entre nous. C'est d'autant plus le cas, car je sais que le fait que nous soyons amants te freine, mais je te respecte assez pour vouloir ton bonheur autant que ton plaisir ; et si un jour, tu décides de changer d'avis, de mettre fin à notre liaison, je l'accepterai. Je ne dis pas que je ne bataillerai pas pour t'avoir à nouveau dans mon lit, mais désir ou pas, tu es mon amie avant tout. Je voulais que tu le saches.

Touchée par ses aveux, je vins cueillir un long baiser sur ses lèvres tout en déboutonnant son pantalon pour laisser apparaître son sexe que je commençai à masser.

-- Je n'ai pas dit cela pour que tu..., murmura-t-il contre mes lèvres avant que je ne le fasse taire d'un nouveau baiser.

Ma main poursuivit ses caresses avant que je ne me détache de lui, le temps de retirer ma nuisette.

-- Je sais, mais j'en ai très envie... Et nous sommes là pour ça, non ?, ajoutai-je d'un air mutin.

Tout en m'accroupissant lentement devant lui, je tins son sexe pour me caresser au fil de ma descente : d'abord ma féminité effleura sa verge, puis mon ventre, avant de faire le tour de mes seins dont il caressa la pointe. Enfin, je pris son sexe dans ma bouche pour le caresser encore et encore de ma langue, tout en imprimant un mouvement de va-et-vient avec ma main. Parfois, je me redressai pour le frotter contre mes seins que je malaxai. Jackson, lui, se retenait toujours des deux mains sur l'échelle, gémissant, soupirant, grognant à mesure que le plaisir montait en lui. Lorsque son sexe devint vraiment dur, je me relevai tout en continuant de le masser de plus en plus vite.

Avec un sourire, je levai les bras au-dessus de ma tête pour m'accrocher à l'échelle et m'offrir à lui. Mon amant emprisonna mes seins, les embrassa, les mordilla avec la même passion que j'avais massé et embrassé son sexe. Ses mains me semblèrent être partout jusque dans mon intimité qu'il prépara avant de céder la place à son membre tendu et dur, tandis que je gémis de satisfaction. Rugissant, comme fou de désir, il me plaqua contre l'échelle et me pénétra vigoureusement, tout en maintenant mes fesses et mes hanches contre lui. Enfin, il me fit atteindre les cimes du plaisir avant d'exploser en moi.

Aussi épuisés l'un que l'autre, nous nous accrochâmes tous deux aux barreaux de l'échelle en échangeant un long regard surpris. De peur de ce qui pourrait être dit autant que par le silence, je lui volai un profond baiser auquel il répondit tout en me reposant doucement sur le sol avant de m'enlacer. Les yeux clos, je me laissai aller à cette « simple » étreinte.

Finalement, il se redressa et suggéra:

-- Nous devrions y aller avant de ne plus avoir assez de forces pour grimper.

Sa remarque me fit doucement sourire et j'acquiesçai. Il s'écarta et dans un geste pudique, je remis ma nuisette sous son regard brûlant. Une fois prête, il me prit la main pour me ramener jusqu'à l'échelle. Protecteur, il me laissa monter la première, tout en me suivant de près. Une fois sur le plancher, je me précipitai dans la petite cabane en bois pour en ressortir avec deux grands sacs de couchages, non sans surprendre le sourire amusé de mon amant en passant devant lui.

-- Je vois que tu avais déjà tout prémédité. Si j'avais su que tu étais déjà prête à céder, je n'aurai pas attendu tout ce temps pour revenir.

-- Ne te fais pas d'idées: c'était juste en prévision d'une nouvelle nuit d'observation des étoiles, rétorquai-je en ouvrant les sacs l'un sur l'autre.

A quatre pattes sur ce « matelas », je sentis rapidement sa présence juste au-dessus de moi, son membre sous son pantalon effleurant déjà mes fesses que Jackson dévoilait lentement en remontant le bas de ma nuisette.

-- Qu'est-ce que tu fais?, demandai-je, amusée et déjà excitée, alors qu'il m'embrassait dans le cou.

-- Je maintiens le feu allumé, murmura-t-il, tandis que sa main plongeait sur mon intimité, m'arrachant un nouveau gémissement. Est-ce que cela t'ennuie?

Pour lui répondre, je tournai la tête et capturai sa bouche avec une fougue qui le fit abandonner ma féminité pour m'enlacer. Aussitôt, je me tournai vers lui et nous tombâmes ensemble sur le « lit ».

Enfin, la situation parut un peu plus normale et entre mes jambes, Jackson se fit à la fois doux et puissant, tendre et fougueux. Epuisée mais comblée par toutes ces étreintes, je finis par m'endormir avant lui pour me réveiller finalement la première au lever du jour.

La vue sur son visage me fit sourire automatiquement, me ramenant des mois en arrière, lorsque nous étions encore un couple. Je le trouvai magnifiquement beau et séduisant, et mon cœur s'attendrit. Aussitôt, je compris mon erreur et mon sourire s'effaça.

Inquiète, je défis l'étreinte de son bras refermé sur moi et me redressai en essayant de ne pas le réveiller avant de courir récupérer ma nuisette que j'enfilai à la hâte. D'un coup d'œil nerveux, je vis qu'il dormait toujours et mi rassurée, mi déçue, je quittai la cabane dans les arbres pour revenir au manoir.

Sur le chemin du retour, je ne pouvais m'empêcher d'être nerveuse à l'idée qu'il puisse se réveiller et m'en vouloir. Mais en restant avec lui jusqu'à son réveil, je risquai « d'aggraver » la situation et de lui donner une toute autre tournure que je ne voulais pas. Les vrais couples se réveillaient ensemble, passaient des nuits « normales », se tenaient par la main ou ressentait de la tendresse en regardant l'autre. Or,

Jackson avait beau être mon meilleur ami, je ne voulais pas que cela nous arrive. Nous étions ensemble pour le sexe ; pas pour que notre amitié devienne une histoire d'amour qui ne durerait pas.

A mon retour, la maison était encore endormie et sans faire de bruits, je rejoignis ma chambre, puis ma salle de bains où je ne pus m'empêcher de m'enfermer. De quoi avais-je peur? Même si je savais qu'il ne me ferait aucun mal, je craignais de me retrouver face à Jackson. Je le connaissais assez pour deviner sa réaction et le fait qu'il n'apprécie pas mon départ précipité. Je m'en voulais de lui avoir fait cela, mais si j'étais restée, la situation serait devenue plus compliquée entre nous. Nous ne pouvions pas sortir ensemble ou faire « comme si ». Il était mon meilleur ami: il ne pouvait pas devenir aussi mon petit-ami, surtout en sachant que notre relation ne tiendrait pas sur la durée. « Je ne veux pas le perdre. Plus jamais. »

34

J'étais partagée entre les regrets et la satisfaction. Je n'avais plus autant le poids de ce désir, de cette retenue sur mes épaules ; mais au lieu de cela, je culpabilisai et j'étais perdue. Cette douche n'était qu'une stupide cachette d'où j'allais devoir sortir tôt ou tard, ce que je fis après quelques minutes d'hésitation. Ma chambre était encore vide et le silence régnait toujours dans la maison.

Rapidement, j'enfilai une robe jaune à bretelles, longue, légère et fleurie. Si j'avais à le revoir avant notre départ _ce qui serait sans doute le cas_, je ne voulais pas être « tentante ». Avant tout, je voulais rester sa meilleure amie. « Aussi agréable soit-il, le sexe avec lui n'est pas une nécessité », tentai-je de me convaincre. Je pouvais trouver le même bien-être en étant simplement avec lui, en tant qu'amie.

Prête, je descendis à la cuisine où Sophia prenait tranquillement son petit-déjeuner.

-- Bonjour. Vous avez bien dormi ?, s'enquit-elle en m'étudiant tout en me suivant des yeux.

Je lui tournai le dos, mais la douce pression de son regard sur mes épaules me rendait nerveuse, « comme si elle savait ». Je voulus prendre une tasse, mais celle-ci m'échappa avant que je ne la rattrape de justesse.

-- Je... je crois que je suis un peu trop surexcitée par notre voyage, répondis-je en lui adressant un sourire nerveux.

-- Il semblerait en effet, répliqua-t-elle avec un sourire en coin. Avez-vous vu Jackson, ce matin? Sa voiture est garée devant la maison, mais je ne l'ai pas encore vu.

-- Je... Non, je ne l'ai pas encore vu. Je ne savais même pas qu'il était là, mentis-je en me détournant.

Je sentais mon visage s'empourprer et me trahir, aussi avalai-je une gorgée avant de rejoindre la maîtresse de maison. Heureusement pour moi, j'engageai le sujet sur nos vacances et elle mordit à l'hameçon. Tout au long de notre discussion, je craignis de voir apparaître son fils, mais il ne donna aucun signe de vie.

Finalement, Sophia m'abandonna pour finir de préparer ses affaires et après une longue hésitation, je sortis dans le jardin avant de m'engouffrer dans la forêt. Après tout, il était préférable de provoquer la confrontation avec Jackson, plutôt que de l'attendre, la peur au ventre. Mon angoisse était belle et bien là, mais je savais qu'elle finirait par disparaître d'ici peu.

En arrivant à la cabane, mes pas ralentirent et ma respiration s'arrêta presque pour tenter de percevoir la présence de mon ami ; mais à part le chant des oiseaux et le vent sifflant dans les arbres, rien n'indiqua qu'il fut encore là. Prenant mon courage à deux mains, je fis un nœud avec le bas de ma robe avant d'escalader l'échelle pieds-nus jusqu'à la cabane désertée. Les sacs de couchage avaient été repliés et rangés, et plus rien n'indiquait que nous avions passé la nuit ici à faire l'amour.

A cette pensée, des images me revinrent en mémoire et me firent rougir. Je dus me concentrer pour ne pas sourire et revenir à la réalité. Sans grands espoirs, j'appelai Jackson à plusieurs reprises, mais il n'apparut pas pour autant. « Peut-être est-il parti au lac ? », songeai-je en me redirigeant vers l'échelle. Avec encore plus d'appréhension que lors de la montée, je commençai à redescendre en prenant tout mon temps. J'étais presque arrivée en bas, lorsque j'entendis dans mon dos :

-- Tu me cherchais ?

La surprise me fit lâcher prise, mais avant même que j'ai pu hurler, j'avais atterri dans ses bras solides. Les yeux écarquillés, j'étudiai Jackson qui s'exclama avec un sourire amusé :

-- Appelle-moi Superman.

Après m'avoir gardé quelques secondes dans ses bras, il me posa délicatement sur le sol. Une fois sur la terre ferme, je ne pus m'empêcher de reculer et je m'en voulus aussitôt.

-- Merci, balbutiai-je en détournant les yeux, incapable de le regarder en face.

-- Est-ce qu'il y a un problème ?

-- Non, mentis-je d'une voix qui me trahit tant elle sonnait faux.

-- Alors pourquoi me fuis-tu ?

-- Je ne..., voulus-je protester en continuant à éviter son regard.

-- Jul, m'arrêta-t-il en me retenant par le bras avant de me tourner vers lui.

Délicatement, du bout des doigts, il prit mon visage et le leva vers lui pour m'embrasser jusqu'à ce que je lui réponde enfin. Lorsqu'il s'écarta, je rouvris les yeux et sans perdre une seconde, il s'enquit :

-- Tu regrettes déjà ?

-- Je..., commençai-je avant de baisser les yeux en soupirant.

Aussitôt, il releva mon visage vers lui et je me sentis obligée de poursuivre :

-- Je ne sais pas... comment réagir. Je ne regrette pas ce que nous avons fait, mais certaines choses... sont difficiles à interpréter.

-- Dans ce cas, ne les interprète pas, se moqua-t-il gentiment.

-- Je ne peux pas m'en empêcher !, lui fis-je remarquer avec fougue en l'affrontant enfin directement.

-- Julie, tout n'a pas besoin d'être analysé.

-- J'aimerais pouvoir le faire, mais... En couchant avec toi, j'ai l'impression de marcher en équilibre sur un fil et j'ai peur de basculer.

-- Tu as peur de retomber amoureuse de moi et de souffrir ?, devina-t-il, soudain plus grave.

-- Oui, répondis-je de but en blanc.

Après tout, si je ne pouvais pas me confier à mon meilleur ami, à qui pouvais-je le faire ? Ma franchise ne l'étonna pas, mais sembla le faire réfléchir. Au fil des secondes, son silence devint trop lourd, aussi repris-je :

-- Je ne sais pas si nous avons raison de poursuivre, mais j'en ai très envie. J'ai juste peur des petits gestes tendres qui pourraient me faire douter.

-- Ça risque d'être compliqué, mais je ferai tout mon possible pour y remédier, rétorqua-t-il avec un sourire en coin tout en m'attirant à lui.

Encore anxieuse, il parvint à me faire tout oublier lorsqu'il m'embrassa. Il suffisait qu'il me touche une seconde pour m'avoir à sa merci. La paix venait à peine de m'approcher que ses mains glissèrent sur mes épaules, puis le long de mes bras entraînant les bretelles de ma robe et dévoilant mon buste à ses caresses.

-- Jackson, qu'est-ce que tu fais ?, demandai-je dans un souffle, alors qu'il dévorait mon cou de baisers.

-- Je dois encore te l'expliquer, même après ce qui s'est passé la nuit dernière ?, plaisanta-t-il avant de m'arracher un gémissement.

Mes bras autour de son cou l'attiraient déjà à moi et avec un sourire, je le sentis relever le bas de ma robe avant de s'attaquer à mon slip.

-- Tu es vraiment obligée d'en mettre ?

Son reproche me fit rire doucement. Le sentant perdre patience, je le retirai rapidement. Le temps de me redresser et de relever mes jupes, Jackson me souleva et me pénétra d'une poussée avant d'entamer un délicieux va-et-vient qui nous amena en quelques minutes au paroxysme du plaisir. Accrochés l'un à l'autre contre le tronc de l'arbre à cabane, nous essayions tous deux de reprendre nos souffles.

-- On devrait y aller, avant que ta mère n'appelle les secours pour nous retrouver, déclarai-je sur un nouveau baiser avant de réussir à m'esquiver.

Jackson me laissa partir, mais son regard resta sur moi, alors que je remontais ma robe. Rajusté lui aussi, il me suivit lentement, comme un félin affamé, et une fois revenu à ma hauteur, il ne fit aucun geste pour me prendre la main ou par les épaules. Sa présence rallumait mon désir et sur des charbons ardents, pour ne pas devoir affronter un nouveau silence nerveux, je lançai la conversation sur n'importe quel sujet :

-- Ta mère se demandait où tu étais; elle a vu ta voiture devant la maison et commençait à s'inquiéter. Que vas-tu lui dire ?

-- La vérité.

-- Quoi ?, m'exclamai-je en sursautant tout en le regardant.

Il esquissa un sourire en coin et répondit comme si de rien n'était :

-- Que je suis arrivé de bonne heure et que je suis allé faire un tour en forêt, en attendant votre réveil.

Mi amusée, mi furieuse d'avoir été son jouet pendant quelques secondes, je voulus le bousculer, mais trop faible face à lui, il me souleva et me fit basculer sur son épaule avant de reprendre son chemin en riant, alors que je lui tambourinais les fesses. Enfin, nous atteignîmes le parc, mais ce n'est qu'au pied de la maison qu'il daigna me reposer. Le rouge aux joues, je le repoussai avant de lui sourire. Mon cœur coupable se mit à battre plus vite, lorsqu'il me répondit. Un peu gênée, je détournai les yeux avant de rentrer par la cuisine.

Sophia était tranquillement au salon, et après quelques mots échangés avec elle, Jackson s'esquiva pour se doucher et se changer. Mais rester seule avec sa mère me mit mal à l'aise, aussi choisis-je la fuite. « Pour changer. »

En tout cas, j'avais bien conscience que les vacances risquaient d'être compliquées, si je ne réussissais pas à passer du temps avec elle, sans penser automatiquement à son fils et notre relation ambiguë. De retour dans ma chambre, j'entrepris de trouver une solution. Debout devant ma fenêtre, je me perdis dans mes pensées jusqu'à ce que j'entende derrière moi :

-- Je suis désolé.

Surprise et intriguée, je me tournai vers lui en fronçant les sourcils :

-- Pourquoi ?

Il marqua une hésitation et me scruta de son regard sans failles avant d'avouer :

-- Je ne connais pas la raison exacte, mais j'ai le sentiment que tu n'es pas bien et que c'est en partie ma faute.

Sa franchise me rendit le sourire, ce qui sembla le rassurer, et finalement, je répondis :

-- En fait, c'est à cause de ta mère. La situation me rend mal à l'aise vis-à-vis d'elle et je ne sais plus comment me comporter en sa présence.

-- Pardonne-moi. Je n'avais pas réfléchi à cet aspect des choses. Je sais que tu as beaucoup de respect pour elle.

-- C'est vrai et vu qu'on ne fait que coucher ensemble, j'ai peur qu'elle me prenne pour une traînée ou une obsédée.

Cette fois, il éclata de rire et rétorqua :

-- Tu dis n'importe quoi. Elle ne te verra jamais ainsi, ou alors elle sera obligée de me voir de la même façon.

-- Ce n'est pas une excuse, déclarai-je en me détournant.

-- Si tu préfères, on peut aussi officialiser notre relation et la rendre un peu plus sérieuse ?, suggéra-t-il d'une voix différente.

-- Ce serait ridicule.

-- En quoi ? Tu peux me le dire ?, demanda-t-il un peu plus fougueusement en me rejoignant.

-- Ça ne marcherait pas ! On tiendrait quoi ? Une semaine ou deux ?

-- Quel optimisme !, marmonna-t-il.

Ne voulant pas me fâcher avec lui, je lui fis face, même si sa proximité n'était pas sans me troubler.

-- Jackson, on en a déjà parlé. Nous ne sommes pas prêts, ni toi, ni moi, pour entretenir une relation sérieuse.

-- Qu'est-ce que tu en sais ?, me défia-t-il, ses traits contrariés

-- Je le sais, parce que je te connais. Tu es un bourreau de travail et tu ne tiens pas à t'engager dans une relation.

-- Sauf si la bonne personne se présente.

A la façon dont il me fixait, intensément et avec une volonté de fer, je compris qu'il parlait de moi. Son assurance me fit peur et je balbutiai :

-- C'est... C'est...

-- Vraiment ? Tu ne trouves pas logique et censé que je veuille m'engager dans une relation amoureuse avec une des femmes qui me connaît le mieux au monde et que je connais aussi bien, moi aussi ? Une femme qui me comprend et que je comprends ? Une femme que je désire et qui ressent la même chose que moi ? Une femme avec qui j'aime passer du temps et que je ne voudrais plus jamais blesser ? Julie, tu es la mieux placée pour me rendre heureux et faire que cette relation dure. Pourquoi ne veux-tu pas le comprendre ?

35

Sa déclaration et la fougue qu'il avait employée en parlant, m'avaient profondément troublé, me coupant le souffle au passage. Malgré cela, il avait manqué quelque chose, une promesse qui aurait tout changé, mais qu'il n'avait pas encore su me faire.

Et puis, il y avait « moi », mes peurs, mon manque d'assurance malgré la confiance aveugle que je lui portais « en tant qu'ami ».

-- Julie, murmura-t-il doucement en prenant mon visage dans ses mains.

-- Je ne suis pas encore prête, avouai-je timidement.

-- Quoi ?

-- Je suis désolée, renchéris-je en m'écartant, échappant à son emprise.

-- C'est encore une excuse...

-- Non ! Jackson, je viens de sortir de ma relation avec Jordan...

-- Cela fait plus d'un mois maintenant !, s'exclama-t-il.

-- Mais c'est encore frais pour moi !, m'écriai-je à mon tour en lui faisant face. Nous avons été ensemble pendant plus d'un an et j'ai presque épousé cet homme. Je me suis totalement engagée avec lui et voilà où nous en sommes !

-- Jul, je ne suis pas Jordan, rugit-il en me rejoignant avec un regard noir, menaçant.

-- Je sais, et ce n'est pas non plus ce que je dis. Mais je commence tout juste à me remettre de cette relation, à me sentir capable de faire confiance à un homme, de me laisser toucher, embrasser et..., énumérai-je avant d'hésiter.

-- Quelle était la bonne réponse dans notre situation ? « Baiser » ?

-- Nous avons fait l'amour, Jul. C'est si difficile à dire?, s'enquit-il visiblement furieux.

-- Non ! Mais... Je te demande de me comprendre. Je sais que je te dois ma reconstruction, mais... j'ai encore besoin de temps.

-- Je sais ! Mais tu pourras te reconstruire d'autant mieux, si cela devient un peu plus sérieux entre nous.

-- Tu ne comprends pas : ce n'est pas que pour moi que je refuse. Je suis encore fragile et peu sûre de moi, et je peux encore faire des erreurs, comme avec Jordan. Tu es mon meilleur ami, Jax...

-- S'il te plaît, arrête de te servir de cette excuse.

-- Ça n'en est pas une ! Je peux encore me tromper, faire des erreurs et je ne veux pas que tu en payes le prix.

-- Jul, que tu le veuilles ou non, nous avons déjà amorcé un début de relation en étant amis, puis en couchant ensemble. La prochaine étape est de me faire assez confiance pour accepter de franchir ce cap avec moi et d'officialiser les choses. S'il te plaît... Je te le demande. Sors avec moi... « Officiellement ».

-- Tu dis cela uniquement pour m'aider vis-à-vis de ta mère, l'accusai-je avant de regretter mes propos.

-- Non, je te le demande, parce que je n'ai aucune envie de me cacher quand je suis avec toi. Mais si tu ne le comprends pas, c'est que je me suis trompé et que tu ne me connais pas si bien que cela.

Profondément blessé, il s'écarta, le visage fermé, avant de tourner les talons.

-- Je t'en prie, Jackson, comprends-moi.

-- Finalement, ton voyage à Hawaï est une bonne chose : un peu de distance ne nous fera pas de mal. Peut-être que cela nous aidera à y voir plus clair.

-- Jax, attends..., l'appelai-je alors qu'il se dirigeait vers la porte.

-- Il vaut mieux que j'y aille.

-- Quoi ? Mais... je croyais que tu devais m'emmener visiter le loft ?, demandai-je pour tenter de le retenir, tout en le suivant dans le couloir.

-- Je vais appeler Damon pour qu'il s'en occupe.

-- Jackson... Jax ! Mais attends !

Sans décrocher un mot, ni se retourner, il descendit les escaliers et sortit de la maison en m'ayant sur ses talons, ce qui ne l'arrêta pas pour autant. Une fois dehors, il regagna sa voiture dans laquelle il monta sans un regard vers moi. Agacée, je m'arrêtai à côté de sa portière que je voulus ouvrir, avant de voir qu'il l'avait déjà verrouillé.

-- Jackson ! Arrête de faire ta tête de mule et parle-moi ! La fuite ne résoudra rien !

« C'est moi qui dis ça ? », ironisai-je aussitôt avec un sentiment de culpabilité.

-- Jackson, s'il te plaît. Jackson !, m'écriai-je encore, alors que la voiture s'éloignait dans l'allée.

Désespérée autant que dépitée, je ne pouvais que le regarder partir. Il était en colère, vexé et blessé. Même si je savais qu'une pause était préférable, j'aurai préféré lui avoir arrangé les choses avant de partir. Au lieu de cela, j'allais devoir espérer que dix jours suffiraient pour apaiser les esprits et lui faire comprendre mon point de vue.

En me retournant vers la maison, je découvris Sophia sur le perron. Allais-je devoir m'expliquer ? Sans doute, car après avoir assisté à la scène, elle devait avoir un bon nombre de questions. Un peu nerveuse, je la rejoignis, mais contre toute attente, elle s'exclama :

-- Ne vous en faites pas : il reviendra. Mon fils a juste besoin de temps pour se calmer avant d'assimiler les choses. Vous le connaissez : il prend les choses aussi mal parce qu'il tient énormément à vous.

-- Je sais... Mais il peut être tellement têtu !

Avec un tendre sourire, elle passa un bras maternel autour de mes épaules et m'entraîna dans la maison. Finalement, Sophia ne me posa aucune question sur le sujet, respectant mon silence et ma relation avec son fils, quelle qu'elle fut.

Environ une heure plus tard, Damon passa me chercher, et lui ne se priva pas de m'interroger. A mon grand soulagement, il attendit que nous fumes dans la voiture pour ouvrir le feu de questions.

-- Alors, dois-je employer la manière « forte » ou...?

-- Damon, ne commence pas, s'il te plaît.

-- Excuse-moi, mais quand mon cousin m'ordonne _plus qu'il ne me demande_ de venir le remplacer à tes côtés, j'ai le droit de savoir ce qui se passe.

-- Encore moins que lorsqu'il te le demande simplement, rétorquai-je en tournant la tête pour dissimuler mon petit sourire.

-- Bien essayé, mais je l'ai vu, répliqua-t-il sans quitter la route des yeux. Maintenant, crache le morceau.

-- Ça ne te regarde pas !

-- Si, ça me regarde ! Jackson et toi faites partie de mes meilleurs amis, alors c'est un peu grâce à moi, si vous en êtes là où vous en êtes.

Sa remarque et son implication me firent à nouveau sourire. Mais pour autant, je n'étais pas prête à me confier davantage.

-- S'il te plaît, n'insiste pas. Je n'ai vraiment pas envie d'en parler. S'il te plaît.

Il soupira sans ajouter un mot de plus, visiblement déçu, mais je le connaissais assez pour savoir qu'il s'inquiétait autant qu'il était curieux. Comme son cousin, Damon cachait souvent sa personnalité et son cœur derrière de nombreuses façades.

La visite de l'appartement se déroula au mieux et la décision fut rapidement prise. A plusieurs occasions, je concertai mon compagnon, mais chaque fois que je me tournai vers lui, je ne pus m'empêcher d'espérer me retrouver face à Jackson. Il me manquait déjà, alors que je n'avais pas encore quitté la ville. Pendant le voyage du retour, voyant mon air maussade, Damon avait tenté de m'arracher quelques mots sur la future décoration de l'appartement ou sur mes projets, mais malheureusement pour lui, je ne fus pas très loquace.

En arrivant au manoir cependant, il me retint par le poignet, avant même d'avoir coupé le moteur. Intriguée, je le laissai faire en silence.

-- Jul, je sais que Jackson compte énormément pour toi et je devine que votre dernière dispute te touche beaucoup. Mais je voudrais que tu me fasses une promesse.

-- Laquelle ?

-- Pendant ton voyage à Hawaï, profites-en et amuse-toi. C'est le moment idéal pour te vider la tête, y compris pour t'enlever mon cher cousin de l'esprit. De toute façon, là où tu seras, tu ne pourras rien faire pour arranger les choses et je le connais assez pour savoir qu'il a besoin de cet éloignement pour réfléchir sereinement.

Son regard profondément bleu me sondait et sachant qu'il avait raison, je finis par acquiescer. Je n'étais pas certaine d'y parvenir, mais en partant dès le départ avec de bonnes intentions, j'avais peut-être plus de chances de m'y tenir.

Notre avion décollant en fin d'après-midi, Damon passa le reste de la journée avec nous avant de nous emmener à l'aéroport. En attendant notre passage en salle d'embarquement, Sophia alla s'acheter des magazines, tandis que notre « chauffeur » restait assis à mes côtés.

-- Tu n'étais pas obligé de rester, tu sais ?

-- Je constate que ma présence te fait plaisir, ironisa-t-il sans me regarder vraiment.

-- Ce n'est pas ce que je veux dire. Tu as déjà fait beaucoup pour moi, alors que je n'ai pas vraiment été très « sociable ».

-- Ne t'en fait pas, j'en ai connu des plus coriaces, répliqua-t-il en prenant ma main abandonnée sur ma cuisse. Et puis, je veux m'assurer que tu partes dans de bonnes conditions.

-- Je ne suis plus très sûre que ce soit le bon moment pour m'en aller, avouai-je enfin.

-- Que veux-tu qu'il se passe en une semaine ? Qu'il trouve quelqu'un d'autre et t'annonce ses fiançailles à ton retour?

Au regard plein de reproches que je lui lançai, il comprit son erreur et rétorqua :

-- Fais-lui un peu confiance. Tu le connais assez pour savoir qu'il n'est pas comme ça.

-- Pourtant, il aurait le droit... Il m'a demandé de sortir officiellement avec lui, mais je lui ai dit que je n'étais pas prête. Il est libre de sortir avec qui il veut.

-- Et tu crois « vraiment » qu'il le ferait ? Jul, réfléchis un peu. Tu connais Jax ! S'il t'a demandé de sortir avec lui, ce n'est pas pour draguer la première fille venue, parce que tu lui as dit « non ». Avec une fille rencontrée dans un bar, peut-être, mais toi, tu es sa meilleure amie et même plus que cela. Tu es au sommet de ses critères de sélection, sa référence juste à côté de sa mère ; et puis, ces derniers mois, il a beaucoup changé, même si ses dernières relations ne sont pas là pour le prouver, puisqu'elles n'ont pas duré plus de quelques jours à la fois. Il est plus mûr et plus responsable. Il sait ce qu'il veut, et aujourd'hui, il veut se poser. Alors, quand il se sera débarrassé de sa colère en travaillant comme un forcené, il commencera à chercher des solutions à son problème et des moyens de te convaincre. Tu lui fais confiance aveuglément en tant qu'ami, alors tu dois juste apprendre à faire de même en tant que petit-ami... C'est pour cela que tu as besoin de prendre du recul toi aussi. Tu dois te poser les bonnes questions et savoir si tu pourrais passer ta vie sans lui à tes côtés, ou du moins, de la passer à voir une autre femme sortir avec lui, l'épouser, avoir ses enfants...

Je ne répondis pas, mais ses propos posèrent les bases de ma réflexion. J'avais déjà connu cette possibilité _ imaginer Jackson finir ses jours avec une autre femme_ et j'en avais atrocement souffert. Damon n'avait pas tort : à trop attendre ou dire « non », je risquai de voir Jackson se lasser et, finalement, en choisir une autre. Je devais découvrir ce à quoi j'aspirais et quels étaient mes vrais sentiments pour lui, mes ambitions pour « nous ». Je n'avais plus le droit de me contenter du présent: je devais prévoir mon avenir et prendre le risque de faire des projets avec quelqu'un.

-- Alors comme ça... vous sortez « officieusement » ensemble ?, s'enquit Damon d'un ton faussement innocent.

Je lui répondis d'un faible sourire et il se contenta de porter le dessus de ma main à ses lèvres, juste pour signifier sa satisfaction. Damon avait toujours été de notre côté, mais c'était toujours bon de se sentir soutenue.

Au moment des « au revoir », il me serra longuement dans ses bras, comme pour m'encourager, avant de nous lancer:

-- Je vous confie l'une à l'autre. Prenez bien soin de vous et n'oubliez pas de vous amuser... et de me ramener un petit souvenir.

Sur ces paroles positives, ma compagne et moi partîmes bras dessus, bras dessous pour des vacances bien méritées. Je devais sortir Jackson de ma tête, si je ne voulais pas gâcher le séjour de Sophia. En sa présence, je devais me concentrer sur le présent. Le futur devrait attendre mes moments de solitude et mes possibles nuits sans sommeil.

Toutefois, une fois assise dans l'avion, je ne pus m'empêcher de repenser à mon dernier vol en compagnie de Jackson, à la chaleur de ses bras protecteurs autour de moi et à son baiser à l'atterrissage. Alors, mon cœur se serra un peu plus, tandis qu'un sourire nostalgique apparaissait sur mes lèvres : mon « ami » me manquait déjà.

36

En arrivant à Hawaï, il fallut cependant s'adapter rapidement. Jackson n'était pas là et si loin l'un de l'autre, il ne pouvait _évidemment_ rien se passer entre nous. Je devais faire avec et suivre le conseil de Damon : profiter de ce séjour. C'est ce que je fis… en me répétant sans cesse ces quelques mots. Au fil des jours, les moments avec Sophia me changèrent les idées : elle ne me posa aucune question et se révéla être une agréable compagne de voyage, curieuse et érudite.

Au cours de nos visites, nous avions recroisé des personnes de son âge avec qui elle avait sympathisé, et parfois, me sentant de trop, je leur préférais la solitude. Moi aussi, j'aurai pu faire des rencontres, mais comme à mon habitude, je ne fis aucun effort pour cela.

C'était lors de mes promenades en solitaire ou au moment de regagner ma chambre, que l'absence de Jax et son souvenir me revenaient en pleine figure. L'île était vraiment paradisiaque, mais pour une personne seule comme je l'étais, sa beauté ne faisait qu'enfoncer le clou en rappelant que l'autre moitié manquait à l'appel.

« Tout aurait été différent s'il avait été là... », me morfondis-je bien trop souvent. Je n'avais pas eu de ses nouvelles depuis notre départ, cinq jours plus tôt, et cela commençait à m'inquiéter. Evidemment, je n'avais pas non plus essayé de le contacter, ce qui me rendait sans doute aussi fautive que lui. Mais s'il n'essayait pas de me joindre, c'était peut-être parce qu'il n'était pas prêt ou qu'il n'avait pas le temps pour cela. « Après tout, c'est un homme d'affaires très occupé », essayai-je de me rassurer.

Alors, résignée, je comptais les jours avant notre retour à New-York et à la « réalité » de la vie. Je profitai aussi de mes périodes de solitude pour me pencher sur mon avenir, professionnel autant que personnel. Dès mon arrivée, j'allais recontacter mon agent. Une des autres bonnes choses que m'apporta ce voyage, fut de reprendre la photo : retrouver ce cocon, ce monde que j'étais la seule à connaître et faire renaître ma créativité. Je n'avais besoin de personne alors et cela m'aida à oublier un peu les blessures de ma vie sentimentale qui se rappelaient à moi, le soir. Sans lumière, je n'avais plus d'échappatoires face à mes démons.

Le sixième jour, je dînai avec Sophia et ses nouveaux amis, avant de les abandonner au moment du dessert, prétextant une migraine soudaine. Avec quelques conseils pour la soigner, ils me laissèrent partir, mais au lieu de rejoindre directement ma chambre, je sortis et gagnai le bar de la plage.

Fatiguée par toutes mes idées noires, j'avais besoin de me mettre la tête à l'envers pour ne plus penser. Le ventre à moitié vide suite à mon manque d'appétit, il ne me fallut que deux ou trois verres pour être enivrée. Etourdie par le bruit, la chaleur et le monde aux alentours, je manquai d'air et ressentis le besoin de quitter cet endroit pour pouvoir respirer à nouveau. Un peu chancelante, l'esprit embrumé par l'alcool, j'arrivais à peine à réfléchir.

Sur la plage, sous le ciel nocturne parsemé de nuages, ma vue était elle aussi obscurcie. Je ne savais pas trop où j'allais, mais je me sentais juste bien, la tête enfin vide.

Toutefois, alors que je continuais à avancer, je perçus une présence tout près, faisant croître mon inquiétude. « Quelle idée j'ai eu de venir me promener toute seule ici, à moitié saoule, alors qu'on pouvait à peine me voir ? », me reprochai-je en ralentissant. En m'arrêtant, j'entendis les pas derrière moi se rapprocher. Que devais-je faire ? Attendre ? Me retourner pour le voir arriver de loin ? Je n'avais que mes poings pour me battre et j'étais ivre. Quelles chances me restaient-ils, si on m'agressait ? Le temps que je m'interroge, les pas s'étaient encore rapprochés. Quoi qu'il en soit, je devais agir. Les poings serrés, j'attendis encore jusqu'à le sentir juste derrière moi. Alors, la peur au ventre et le cœur battant à toute vitesse, je pris mon courage à deux mains et me retournai brusquement pour lui envoyer un coup de poing à la figure. Mais sans la moindre difficulté, il arrêta mon geste et me tordit le bras derrière le dos avant de m'attirer contre son torse.

Mon visage levé vers le sien, vers cette montagne qui me parut si familière, je ne fis rien lorsqu'il m'embrassa. Alors, je sus. Sous le choc de cette surprise, je ne parvins pas à lui répondre immédiatement. Les yeux fermés, je me laissai doucement aller à cette magie, lorsqu'il mit fin à son baiser :

-- Et maintenant, si je te lâche le bras, dois-je craindre pour ma vie ?

Encore incrédule, je ne parvins pas à répondre en l'étudiant. Son sourire et son regard pleins de douceur me caressaient tandis qu'il libérait mon bras. Je n'arrivais pas à le croire, à concéder qu'il soit là. Mon cerveau faisait barrage. J'avais beau être heureuse, je ne comprenais pas. Doucement, son sourire s'étira alors qu'il caressait ma joue du dessus de ses doigts. Il était encore plus beau que dans mon souvenir : ses yeux et son sourire pétillants faisaient battre mon cœur encore plus vite. J'avais l'impression de rêver. Peut-être était-ce le cas? Peut-être étais-je dans mon lit en train de faire le plus doux des rêves ? Jackson me manquait tellement ... Il semblait tellement réel, mais sans doute l'alcool me jouait-il des tours.

L'illusion baissa les yeux vers mes lèvres et lentement, se pencha vers elles. Je craignis tellement de me réveiller et découvrir son absence que je restai immobile en retenant mon souffle. Le sien effleura ma bouche avant de se refermer sur elle. Très délicatement, comme pour ne pas me brusquer, il prit mon visage dans la coupe de ses mains. Timidement poussée par mon cœur et mon désir effrayés à l'idée de se tromper, je lui répondis en ouvrant un peu plus la bouche. Aussitôt, il s'y insinua et intensifia son baiser. Lorsque sa langue vint caresser la mienne, je fermai les yeux en songeant que ce ne pouvait être un rêve. « Et quand bien même cela en serait un ? Je veux le prendre à bras le corps et agir comme s'il était bel et bien là avec moi », songeai-je, prête à lutter et vivre ce rêve.

Les yeux clos, imaginant son visage, je lui passai les bras autour du cou, glissant les mains dans ses cheveux et sur sa nuque. Ma passion retrouvée sembla le rassurer, si bien qu'il me prit finalement dans ses bras et me serra contre lui avec force. Nous ne bougions plus, mais plaquée ainsi contre lui, je me sentis enfin bien, à ma place et heureuse pour la première fois depuis notre séparation. « Il ne peut pas être une illusion ? Je ne peux pas être en train de rêver ça ?! », me rebellai-je contre mon esprit. La peur me fit resserrer mon étreinte. Je ne voulais pas voir ce baiser s'éteindre, de peur de le voir m'échapper, « lui ».

Pourtant, contre toute attente, ma réaction provoqua le contraire de mes espérances. Lorsque ses bras abandonnèrent mon corps, je m'accrochai encore plus fort à son cou, intensifiant encore davantage notre baiser. Mais cela ne changea rien. Doucement, il prit mes mains, libérant son cou et m'éloignant de lui. Lorsque ses doigts me lâchèrent, ma poitrine se déchira pour mettre mon cœur à nu.

Les yeux mi-clos pour ne pas le voir s'éloigner, je le suppliai :

-- Je t'en prie, ne me quitte pas. Je ne veux pas te perdre.

Dans ma tête, je le vis s'éloigner, s'effacer peu à peu dans l'obscurité, le ressac des vagues dissimulant le faible bruit de ses pas dans le sable. Je ne voulais plus rouvrir les yeux pour me rappeler à quel point j'étais seule et à quel point il me manquait. « Pars le rejoindre ! Rentre et fais-toi pardonner ! Rouvre les yeux pour « ça » ! », me souffla mon cœur que je choisis de suivre sans discuter.

Brusquement, je rouvris les yeux avant de me retrouver à nouveau face à Jackson, juste devant moi. Les yeux écarquillés et trempés, je n'arrivais pas à le quitter du regard. S'agissait-il vraiment d'une illusion ? Ou était-il vraiment là ?

Doucement, poussée par l'espoir, mais retenue par la peur, je levai doucement la main vers son visage jusqu'à ce que mes doigts effleurent sa joue, avant que ma paume ne se referme sur elle.

-- Tu es vraiment là ?, demandai-je tout bas, alors que son regard restait rivé au mien.

En silence, il prit ma main posée sur sa joue et sans me lâcher des yeux, il tourna la tête vers elle pour l'embrasser longuement. Je goûtais ces sensations, son contact, mais je n'arrivais toujours pas à me convaincre.

-- Ne pleure pas, Julie, murmura-t-il.

Tout en parlant, ses doigts vinrent écraser les larmes glissant sur mes joues. Alors, je compris ; alors, je sus et quelque chose se rompit en moi, libérant malgré moi, sanglots et larmes incessantes. Tendrement, il sourit et m'attira dans ses bras avant de les refermer autour de moi, tels un cocon protecteur. Patiemment, il resta simplement là à me bercer tout en me caressant les cheveux et le dos, frôlant mon front de baisers qui chassèrent mon mal. Quand les sanglots se furent éteints, il ne me relâcha pas pour autant et pendant encore quelques secondes, minutes, je savourai cette paix qu'il m'offrit.

Mais nous ne pouvions rester indéfiniment comme ça, comme si le temps s'était arrêté à notre convenance. « Comme si nous étions... », songeai-je avant de m'interrompre. En sentant mes joues s'empourprer, je m'écartai brusquement, comme si je m'étais brûlée. « Ca ne doit pas arriver », m'ordonnai-je en silence.

-- Alors, qu'est-ce que tu fais là ?, demandai-je comme si de rien n'était, mais en évitant de croiser son regard.

Contre toute attente, je l'entendis éclater de rire. J'avais essayé de parler avec naturel, mais je ne pus m'empêcher d'être surprise par sa réaction. Je gardais toujours les yeux baissés pour ne pas qu'il devine mes pensées ou mes sentiments, malgré l'obscurité. Son rire s'apaisa et il se racla la gorge avant de répondre:

-- Je suis là pour affaires, répondit-il d'une voix étrange.

-- Ah...?, m'exclamai-je sans pouvoir dissimuler totalement ma déception.

J'eus brusquement l'impression d'avoir chuté d'un étage, m'enfonçant brutalement dans le sable.

Il soupira et la seconde suivante, il me prit par les bras pour attirer mon attention.

-- Regarde-moi, m'ordonna-t-il d'un ton à la fois doux et sévère.

Pourtant, je n'obéis pas. Si je le faisais, il risquait de voir et de comprendre. D'autorité, il prit mon menton et leva mon visage vers lui. Les yeux mi-clos, je parvins encore à ne pas dévoiler tout mon « jeu ». Evidemment, je savais que ma réaction lui démontrait une partie de mon cœur, mais peut-être pas l'essentiel. Je voulais croire que toutes les chances étaient de mon côté.

Mais en sentant son souffle caresser mes lèvres, mon cœur se remit à battre à toute vitesse. Ma bouche s'entrouvrit, déjà prête à accueillir son baiser, mais il s'arrêta juste avant de la frôler.

-- Tu crois vraiment que je suis là pour ça ?, s'enquit-il d'une voix retenue. Julie, ouvre les yeux et regarde-moi. C'est pour toi que je suis venu.

Cet aveu me surprit et me soulagea tant qu'il trouva ma confiance et me fit croiser son regard. Aussitôt, ses lèvres vinrent capturer les miennes et dans son regard, je sus qu'il disait vrai. Déjà conquise, je lui répondis sans attendre, lui offrant ma bouche et les caresses de ma langue sur la sienne. Ses mains enveloppèrent à nouveau mon visage et la douceur de ses gestes me laissèrent aussi pantelante que le goût de son baiser qu'il étira jusqu'au bout. Son front contre le mien, nos nez se caressant, je me sentis vivante et désirée.

-- Et si on retournait à ton hôtel ?

Aussitôt, je rouvris les yeux, blessée par une flèche invisible, mais reçue en plein cœur. Les choses étaient donc bien claires: il s'agissait de sexe, de désir, mais pas d'amour. Certes, il était là avec moi, mais pas par amour. Juste pour que nous fassions l'amour. « Il n'est que mon meilleur ami avec lequel je m'envoie en l'air », me souffla ma conscience pour me faire redescendre sur terre. C'était la triste réalité et je devais l'accepter. « Tomber amoureuse de lui, est la dernière chose à faire », m'encourageai-je, résolue.

Sans un mot, mais les yeux baissés, j'acquiesçai. Il me donna un rapide baiser, mais lorsqu'il voulut me prendre la main, je m'écartai, enroulant mes bras autour de moi, bien qu'il ne fasse pas froid.

-- Est-ce que j'ai dit ou fait quelque chose de mal ?, demanda-t-il d'une voix grave.

Je me rendis alors compte qu'il s'était arrêté quelques pas plus tôt. Etonnée, je fis volte-face pour le retrouver. Les mains dans les poches de son pantalon, il m'observait intensément, les sourcils froncés, attendant une réponse inévitable. « Soit convaincante », m'encouragea ma fierté.

Obligeant mon visage à prendre une expression détendue, je revins vers lui.

-- Non.

-- Vraiment?, s'enquit-il en haussant un sourcil.

De toute évidence, il n'y croyait pas. « Allez, mets-y du tien! Fais un effort ! », me reprochai-je vigoureusement.

-- Oui, répliquai-je en parvenant même à lui sourire.

Il scruta mon visage pendant de longues secondes et je dus me forcer pour le regarder dans les yeux sans faillir. « Ne craque pas ! Ne craque pas ! » Finalement, son visage se radoucit légèrement et un sourire en coin se dessina lentement sur ses lèvres:

-- Dans ce cas, laisse-moi tenir ta main.

Sans me quitter des yeux, à l'affût de toutes mes réactions, il défit les bras qui m'entouraient encore et me prit délicatement la main avant de la porter à ses lèvres. « Je t'en prie, ne fais pas cela ; ne fais pas comme si nous pouvions avoir une vraie relation amoureuse tous les deux », le suppliai-je avec un bleu au cœur.

Une part de moi était heureuse et émue de sentir ses lèvres sur les miennes, d'être la cible de ses yeux, mais elle devait constamment lutter avec ma raison pour me protéger. Evidemment, j'aurai aussi pu tout arrêter, retirer ma main, mais j'étais trop heureuse qu'il soit là. Amoureux ou pas, il était là, avec moi, et c'était là l'essentiel, selon mon cœur conquis. « Après, il ne tenait qu'à moi de ne pas retomber amoureuse de lui », me repris-je, comme si c'était facile.

Alors, le visage empourpré, je lui souris doucement et il parut enfin satisfait. Doucement, d'un pas tranquille, il m'entraîna à travers le parc de l'hôtel, ma main dans la sienne. Le bruit des vagues remplissait le silence, mais plus aucune tension ne régnait entre nous. Je savourais simplement cet instant, sa présence. Nous nous regardions avec des sourires stupides. Plongés dans cette semi-obscurité, cet instant fut paisible. Mais en arrivant dans l'hôtel, la lumière sembla réveiller mon cerveau et je m'exclamai en me tournant vers lui :

-- Tu ne peux pas dormir ici.

-- Quoi ?, s'exclama-t-il, étonné et amusé en souriant.

-- Il ne faut pas que tu restes ici. Si ta mère te voit, elle va comprendre que..., paniquai-je en parlant à toute vitesse.

-- Julie. Jul, m'arrêta-t-il en prenant mon visage dans ses mains, avant de capturer mon regard. Ma mère « sait » déjà, déclara-t-il sans se départir de son sourire.

-- Quoi ?, demandai-je avec l'impression de recevoir un saut d'eau sur la tête.

-- Elle sait déjà que je suis là et elle a déjà compris ce qui se passait entre nous.

-- Quoi ? Non !

-- Jul..., m'arrêta-t-il à nouveau. Tout va bien ! C'est elle qui m'a appelé, parce qu'elle a vu que tu étais malheureuse.

-- Elle ne m'a rien dit..., murmurai-je en baissant les yeux, perdue.

-- Parce que cela ne regarde que nous et qu'elle respecte notre silence. Elle t'aime beaucoup, alors elle s'est juste permis cette petite incursion.

Cette nouvelle me faisait autant peur qu'elle me rassurait. Ma relation avec Jackson n'était pas banale ou conventionnelle. Je n'étais pas sa « petite-amie », mais sa « copine de sexe » ; sa meilleure amie, le jour, et sa maîtresse, la nuit. L'amour n'entrait pas en ligne de compte et nous n'aurions jamais d'enfants ensemble. C'était une relation bancale, qui ne durerait qu'un temps...

La douce pression des lèvres de Jackson sur les miennes stoppa brusquement le cours de mes pensées et je fermai les yeux pour savourer son baiser en soupirant. Lorsqu'il me sentit un peu plus calme, il relâcha ma bouche et posa son front contre le mien.

-- Ça va aller, me chuchota-t-il tendrement.

Les yeux clos, je me laissai bercer par sa proximité, son souffle, sa chaleur pendant encore quelques secondes, avant de ressentir le besoin qui me poursuivait depuis près d'une semaine : le manque face à son absence. Aujourd'hui, il était là et je ne voulus plus perdre une seconde pour l'admirer. Lentement, je rouvris les yeux pour faire glisser mon regard sur son menton, ses lèvres avant d'être hypnotisée. « A-t-il toujours été aussi beau » ?, m'interrogeai-je, alors que mon corps prenait feu et que mon cœur piquait un sprint. A son regard qui s'illumina, je pus deviner son sourire élargi.

-- Si on y allait ?, proposa-t-il tout bas.

La gorge nouée, je pus seulement acquiescer, avant qu'il ne m'embrasse à nouveau rapidement. A mon grand regret, il s'écarta ensuite, mais reprit ma main jusqu'à la conciergerie où il récupéra son sac de voyage. Avec un sourire espiègle, sa main retrouva naturellement la mienne et il m'entraîna vers les ascenseurs, comme s'il logeait déjà là ct que je venais tout juste de débarquer.

A ma grande surprise, il appuya sur le bouton de mon étage sans même que j'aie à le lui indiquer, et mon regard étonné le fit simplement sourire davantage. Lorsque les portes se rouvrirent pour nous, il me guida jusqu'à la porte de ma chambre devant laquelle il s'arrêta avant de se tourner vers moi.

-- Et maintenant, monsieur « je-sais-tout » ?, ironisai-je en prenant ma clé.

Mais avant que j'ai pu résister, il me la vola et ouvrit la porte avant de me laisser passer en premier, non sans m'adresser un sourire élargi. Une fois à l'intérieur, j'allumai et découvris le désastre de ma chambre en désordre, mes affaires jetées ici et là. Aussitôt, je ressentis un profond malaise et le rouge aux joues, je m'exclamai en me tournant vers mon compagnon :

-- Je suis désolée, je ne m'attendais pas à...

Mais à peine eus-je le temps de le voir, avant qu'il n'emprisonne fougueusement mes lèvres, tout en reprenant mon visage dans la coupe de ses mains. Renversée par une vague de désir, je passai les bras autour de son cou et lui répondis. Fébrile, je le sentis remonter ma longue robe sur mes hanches avant de s'écarter pour la retirer par le haut. Avec un sourire et des gestes impatients, je défis les boutons de sa chemise, tandis qu'il m'embrassait à nouveau tout en retirant ses chaussures d'un pied sur l'autre. Une fois son torse libéré, il me serra à nouveau contre lui et je ne pus m'empêcher de gémir, lorsque ma poitrine se pressa contre lui, peau contre peau.

Alors que mes mains s'attaquaient à sa ceinture, il me fit reculer vers le lit et j'eus tout juste le temps de repousser son pantalon sur ses hanches avant de basculer avec lui. Enfin son membre en érection était déjà presque en moi. Lentement, sans que nos lèvres ne se séparent, nous jouâmes un jeu à quatre mains en remontant sur le matelas avant de nous y coucher. Un petit rire m'échappa, avant de s'éteindre lorsqu'il glissa sa main sur ma joue, repoussant mes cheveux pour embraser mon cou de baisers descendant vers mon buste.

-- Tu m'as tellement manqué, Jul, s'exclama-t-il d'une voix rauque qui brûla ma peau. Et moi, est-ce que je t'ai manquée ?, s'enquit-il en arrivant à mes seins.

Je retins mon souffle, tandis qu'il léchait la pointe tendue vers lui et lorsqu'il l'aspira avant de la mordiller, je ne pus retenir un cri de plaisir tout en me cambrant à sa rencontre.

-- Dis-le-moi, m'ordonna-t-il dans un souffle. Je veux t'entendre le dire.

Ses mains, sa bouche, sa langue sur mes seins me coupaient le souffle, m'empêchant presque de parler, tandis que j'ondulais sous lui, les mains balayant ses cheveux. Je n'arrivais déjà plus à réfléchir, je ne pensais qu'à lui et à notre union à venir. Lorsqu'il s'attaqua à mon autre sein, je sentis sa main descendre vers mon ventre avant de plonger sous mon léger slip. Je retins ma respiration jusqu'à ce que ses doigts m'effleurent sous le fin tissu. Il recommença encore et encore, lentement, me faisant gémir et relâcher le peu d'air que je parvenais à collecter.

-- Tu sembles difficile à convaincre : je vais devoir redoubler d'efforts, on dirait ?, plaisanta-t-il d'une voix rauque.

Mais contredisant ses propos, il s'arrêta brusquement et mes hanches levées vers lui cherchèrent aussitôt un nouveau contact, une nouvelle caresse. Presque aussitôt, je sentis ses mains s'attaquer à mon slip, le faisant glisser le long de mes jambes, et mon regard croisa le sien, distingua son sourire, tandis qu'il se tenait à genoux à mes pieds. Après avoir envoyé mon dernier rempart à l'autre bout de la pièce, il se pencha à nouveau vers moi et je me redressai pour venir à sa rencontre et l'accueillir les bras ouverts.

Impérieux, il s'y glissa tout en me dominant encore de sa taille, alors que je lui tendais mes lèvres, abreuvant mon regard des images de son visage, de ses yeux, de ses lèvres. Ses traits étaient graves alors, tandis qu'il gardait ma tête dans ses mains, tout en me caressant les cheveux. Pendant de longues secondes, il se contenta de m'observer intensément, sans un mot, avant de plonger lentement vers mes lèvres qu'il emprisonna avec une infinie douceur. Aussitôt, assoiffée, je lui répondis et nous basculâmes ensemble sur le lit.

Son corps couvrit le mien et je m'y accrochai aussitôt, enroulant mes jambes autour des siennes et mes bras autour de son cou, mes doigts fouillant ses cheveux avec passion. Ses mains caressaient mes flancs, alors que son torse pressait ma poitrine. Son érection me brûlait entre les cuisses, son contact m'inondant déjà. Mes mains glissèrent sur ses reins, puis sur ses fesses pour l'inviter à me pénétrer. Je sentis alors l'une de ses mains venir me taquiner avant d'y entrer un doigt pour me caresser de l'intérieur. Mes gémissements résonnèrent, tandis que mes hanches suivaient son va-et-vient.

-- Tu es déjà brûlante et prête à m'accueillir.

Jackson me connaissait parfaitement et savait comment faire pour m'amener à chaque fois aux sommets du plaisir. Avant même qu'il ne me prenne, j'avais l'impression de lui appartenir. J'étais sienne : c'était pourquoi je revenais toujours à lui, comme s'il s'agissait de mon port d'attache.

-- Jackson..., l'appelai-je encore et encore dans un souffle tout en m'accrochant plus fort à ses bras.

-- Oui, mon cœur. Laisse-moi te faire jouir, répondit-il d'une voix rauque en accélérant.

Je sentais son regard peser tendrement sur moi, comme son corps soudé au mien et lorsque j'atteignis l'extase, j'eus l'impression d'exploser en milliers d'étoiles. Les yeux grands ouverts, le souffle court, je me baignai dans le regard juste au-dessus du mien et mon cœur déjà en plein sprint repoussa ses limites.

« Je l'aime », m'avouai-je sans réfléchir. Ce n'était pas qu'une histoire de sexe à mes yeux. Le plaisir créé par lui, aussi délicieux soit-il, me fit réaliser : nous étions plus que des amants ou des amis ; nous étions un mélange des deux. C'était ce « tout » qui me faisait l'aimer.

Evidemment, je savais déjà comment cela finirait, car tôt ou tard, notre relation prendrait fin. Je ne serais jamais que la seule à aimer l'autre, à pouvoir le lui dire, et ce simple constat m'obligeait à en garder le secret. A quoi bon le révéler ? A plusieurs reprises, par le passé, je lui avais déjà avoué mon amour, mais il avait été incapable d'en faire autant.

C'était une voie sans issue, mais pour l'instant, j'étais bien trop conquise pour pouvoir faire demi-tour et m'éloigner de lui.

Il interrompit ma réflexion en entrant à nouveau ses doigts en moi, tout en me volant un baiser plein de fougue mêlée à une douceur pleine d'attention. J'avais à peine recouvert mon souffle, suite à mon précédent orgasme et il « s'attaquait » à nouveau à ma féminité. Tout en poursuivant ses caresses internes, ses lèvres abandonnèrent les miennes pour descendre sur mon buste, mes seins, mon ventre, disséminant ses baisers ici et là.

Et enfin, sa course s'arrêta là où ses doigts devenaient mes captifs. Tandis qu'il les faisait jouer en moi dans un va-et-vient insoutenable, sa bouche et sa langue dessinèrent des sentiers de laves à l'intérieur de mes cuisses. Je ne savais plus comment respirer, retenant mon souffle et gémissant à chacune de ses caresses, alors que mon corps tout entier devenait moite. Enfin, ses doigts atteignirent le point de non-retour et je jouis à nouveau, me répandant en morceaux.

Mon cœur était si gros que j'arrivais à peine à retrouver mon souffle et la raison. Je ne savais plus où j'étais, totalement éparpillée. Les yeux clos, je savourai cette sensation incomparable, mais je ne pus contenir un cri de plaisir, lorsque les lèvres de Jackson se refermèrent sur mon clitoris humide. Il l'embrassait encore et encore, le taquinant de sa langue et le suçant avec dévotion, alors que mes hanches se prêtaient à ses baisers jusqu'à en redemander encore et encore. Lorsque ses doigts se joignirent à nouveau à sa bouche, je sus aussitôt où tout cela allait finir et je priai le Ciel pour que mon cœur ne lâche pas sous le coup du plaisir. Une fois encore, Jackson me fit exploser, ses doigts et ses lèvres jouant en moi tel un maestro.

Epuisée, je me sentis sombrer lentement dans l'inconscience, avant de me résoudre à lutter contre elle. Je n'avais pas encore obtenu ce que je voulais : « Jackson ». Je le voulais en moi et mon vœu s'exauça quelques instants plus tard. Tout en s'accrochant à mes flancs, il remonta le long de mon corps déposant à nouveau des baisers ici et là jusqu'à mes lèvres que je lui offris en passant les bras autour de son cou. Son baiser fut délicieusement salé et tout en sentant son membre durci contre ma féminité, j'emprisonnai ses hanches entre mes jambes. Il entra en moi et ressortit à plusieurs reprises avant d'entamer son puissant va-et-vient jusqu'au bout de mes capacités. Mes ongles s'enfonçaient sur ses bras, dans son dos, mais rien ne semblait pouvoir l'arrêter. Ses coups de reins de plus en plus violents me faisaient l'accompagner, mais surtout, je voulais me retenir pour lui, pour jouir en même temps que lui. Tout mon corps se crispa dans l'attente.

-- Libère-toi, mon cœur. Jouis pour moi.

Alors, submergée par la douleur et le plaisir grandissant, je lui obéis en dépassant mes limites en même temps qu'il atteignit les siennes. Au même titre que nos lèvres, un cri commun avait soudé notre plaisir conquis à la sueur de nos corps entiers.

Avec délice, je sentis sa semence se rependre en moi, sans que ni lui, ni moi n'ayons cherché à l'esquiver. Nous n'avions pas mis de préservatifs, et même si je prenais la pilule, il y avait toujours un risque que j'avais tenu à prendre. Je voulais une union totale avec Jackson et à aucun moment, il n'avait tenté d'y échapper, visiblement du même avis.

Son corps lourd et en nage reposait sur le mien, alors que nous nous embrassions encore, mais j'adorai ça. Cela voulait simplement dire qu'il était bien là et il m'offrait une sécurité, un cocon où j'aimais me blottir. Toutefois, en gentleman qu'il était, il se retira de moi et nous fit rouler sur le lit pour me laisser la place du dessus et avec un plaisir consolateur, je sentis ses bras enlacer mon corps. Mes jambes libérèrent ses hanches et je glissai à son côté, laissant ma tête reposer au creux de son épaule, une main sur son torse et une jambe se nouant à la sienne pour rester sa captive. J'étais si bien, ainsi, ses mains caressant mes bras, mon dos, mes fesses. Je n'avais qu'une envie alors : savourer tout ce qu'il voudrait bien me donner et le lui rendre autant que possible. Ses lèvres et son souffle reposaient contre mes cheveux au sommet de mon crâne, me berçant doucement de leurs caresses.

-- Alors, est-ce que je t'ai manquée ?, s'enquit-il d'une voix tendre.

Sa persistance me fit doucement sourire. Avait-il vraiment besoin d'être rassuré à ce sujet ? La réponse comptait-elle autant à ses yeux ?

-- J'ai encore besoin d'y réfléchir, le taquinai-je.

Aussitôt, d'une main, il me tira les cheveux en arrière pour m'obliger à lever mon visage vers lui, tandis que de l'autre main, il pétrissait mon sein avec dextérité.

-- Tu ne devrais pas jouer trop longtemps avec moi, Julie. Je pourrais me lasser de ces jeux et m'en aller. Mais peut-être est-ce que tu souhaites, maintenant que tu as pris ton pied ?

Sa voix était grave, dure, rauque, comme s'il était vraiment en colère, et de peur de l'avoir blessé, je vins caresser son visage pour tenter de l'apaiser tout en le suppliant du regard.

-- Tu veux que je m'en aille ?, s'enquit-il, menaçant.

-- Non, murmurai-je dans un souffle sous le coup de l'excitation qu'il faisait naître en moi, malgré sa « brutalité ».

-- Tu veux qu'on arrête là notre relation ?

-- Non.

-- Alors, qu'est-ce que tu veux ?

-- Toi. C'est tout ce que je veux. Tu m'as beaucoup manqué ; trop pour que je veuille l'avouer facilement. Je suis désolée, je ne voulais pas te blesser.

Mes yeux dans les siens, je sentis un nœud se resserrer dans mon ventre, tandis qu'il m'étudiait. Enfin, ses traits se détendirent légèrement et de sa voix rauque, il s'exclama, alors que ses yeux tombaient sur mes lèvres à mesure qu'il s'en approcha :

-- C'est bien... Maintenant, écarte les cuisses.

Docilement confiante, j'obéis tout en accueillant son baiser. En même temps, je sentis sa main dans mon dos glisser par-dessus ma hanche avant que ses doigts ne se referment sur ma féminité. Aussitôt, je l'avançai à sa rencontre en gémissant sous son baiser et en me cambrant vers sa main sur mon sein. La passion reprit ses droits et lorsqu'il me fit face, j'enroulai la jambe autour de ses hanches pour l'attirer à moi. Ma main sur son visage s'aventura beaucoup plus bas, sur son membre déjà en érection que j'entrepris de masser, arrachant à mon amant de délicieux grognements qui m'excitèrent encore plus. Sans plus attendre, je le poussai sur le dos tout en l'accompagnant avant de m'installer à califourchon sur lui.

-- Laisse-moi te montrer à quel point tu m'as manquée, lui promis-je contre ses lèvres avant de descendre le long de son corps.

Je voulais embrasser chaque centimètre de sa peau que je vénérais et que je voulais marquer de mon empreinte, comme s'il s'agissait de mon territoire exclusif. La douce musique de ses gémissements retentissait à mes oreilles, sans que je m'en lasse. Au contraire, je redoublai d'attention et d'audace, faisant jouer chaque parcelle de mon corps sur le sien. En arrivant à son sexe, j'en léchai la verge avant de l'enfermer aussi profondément que possible dans ma bouche, remontant mes lèvres de chaque côté, tout en faisant jouer ma langue avec gourmandise. Levant les yeux vers Jackson, je l'aguichai du regard tout en effleurant sa verge de petits coups de langue, caressant son membre de mes seins alourdis par le désir. Enfin, alors que ma bouche emprisonnait profondément son sexe, son sperme jaillit tandis qu'il exhalait un rugissement sourd. Le regard encore assombri par le désir, il me regarda me caresser les seins, le ventre et le pubis, les mains couvertes du liquide émergeant de lui.

Il se redressa et malgré ma fellation, je découvris son sexe encore dur et tendu. D'une poigne ferme mais douce, Jackson m'attira à lui et je m'empalai avant d'entamer mon va-et-vient. Assis devant moi, il me caressait les seins d'une main, tout en attirant mon visage à lui d'une main sur ma nuque. J'étais tellement excitée que la jouissance ne tarda pas à venir, me secouant de frissons alors qu'il se libérait en moi. Le souffle court, nous retombâmes enlacés sur le lit et, à regret, je m'écartai de lui en m'allongeant sur le côté sans songer à me couvrir.

-- Je crois que nous ne sommes pas près de quitter cette chambre, fis-je remarquer, encore essoufflée.

-- Je ne serais pas contre, si nous n'étions pas à Hawaï.

-- Tu plaisantes ?, ne puis-je m'empêcher de demander, incrédule.

-- Non. L'île est si belle, que je meurs d'envie de partager des tonnes de moments avec toi, hors de cette chambre pendant la journée. Mais pour ce qui est des nuits..., répliqua-t-il en m'enlaçant par la taille pour m'attirer contre lui.

Allongée en le sentant contre mon dos, je me mis à rêver de tous ces lieux où j'avais regretté qu'il ne fut pas là. Doucement, il me ramena à la réalité en m'embrassant derrière l'oreille :

-- Combien de temps restes-tu ?, demandai-je, soucieuse de le voir déjà repartir.

Anxieuse, mes doigts se mêlèrent aux siens posés sur mon ventre, pour mieux pouvoir le retenir.

-- Cinq jours, mais je peux prolonger jusqu'à une semaine, si tu veux rester ici plus longtemps.

-- C'est vrai ?, m'enquis-je, incrédule, en tournant la tête vers lui.

-- Oui, mon ange. Nous avons tout notre temps pour savourer ces vacances ensemble.

Cinq jours au paradis avec lui. J'étais tellement heureuse ! Et je n'avais connu ce sentiment qu'une fois auparavant, lorsque je sortais avec Jordan. Evidemment, les choses étaient différentes alors. Aujourd'hui, malgré mon bonheur, j'avais toujours une retenue : nous n'étions pas un couple officiel et je ne pouvais pas lui dire « je t'aime ». Pourtant, à présent, il était la personne qui comptait le plus dans ma vie. Même sans lui dévoiler mes sentiments, je ne pouvais m'empêcher de profiter de chaque moment passé à ses côtés et de les vivre au maximum.

38

A mon réveil, quelques heures plus tard, la chambre était vide et j'étais seule. Pendant les premières secondes, je crus avoir rêvé, qu'il ne soit pas venu et que nous n'ayons pas passé la nuit ensemble à faire l'amour, ni des projets pour les jours à venir. Heureusement, j'aperçus rapidement une feuille de papier pliée sur l'oreiller à côté du mien et je soupirai, soulagée :

« Jul, je suis allé retrouver ma mère. Tu dormais si bien que je n'ai pas voulu te réveiller. Rejoins-nous pour le petit-déjeuner, si le cœur t'en dit. Jax".

Son écriture lui ressemblait, à la fois élégante et volontaire. Avec un sourire idiot, je frôlai les mots signés de sa main. J'étais ridicule à vénérer tout ce qui venait de lui. Je devais me reprendre en commençant par me préparer avant de le rejoindre. Après un coup d'œil au réveil, je découvris que la matinée était déjà bien avancée. Rapidement, je sautai dans la douche avant d'enfiler une robe d'été jaune à bretelles. Je voulais me faire aussi belle et désirable à ses yeux que possible, tant j'aimais sentir son regard posé sur moi. Jackson était un homme tellement séduisant, élégant et charismatique que je devais faire de mon mieux pour être à sa hauteur.

Des sandales blanches à talons aux pieds, je sortis de la chambre, non sans essayer de ne pas courir dans les couloirs. Pour la première fois depuis mon arrivée à Hawaï, je me sentais enfin complètement heureuse, parce que l'être qui me manquait, était à présent avec moi.

Lorsque je l'aperçus du seuil de la salle du petit-déjeuner, je sentis mon cœur se gonfler et un sourire idiot illumina mon visage avant que je ne le contienne de force en me mordant les lèvres. A son tour, il m'aperçut et me sourit, m'attirant aussitôt vers lui, captivée. Il se leva pour m'accueillir et ce n'est qu'en arrivant près de lui que je me rappelai la présence de sa mère, ce qui m'arrêta juste avant de me jeter à son cou.

-- Bonjour, Sophia, m'exclamai-je en choisissant de me tourner d'abord vers elle, pour la prendre dans mes bras. Vous avez bien dormi ?

-- Très bien, je vous remercie. Vous semblez aller mieux.

-- Oui ! Ma migraine n'est plus qu'un mauvais souvenir.

-- Je suis désolé, mesdames, mais je vais devoir vous abandonner quelques instants, nous interrompit Jackson. Jul, je vais demander qu'on t'apporte un petit-déjeuner.

-- Merci, lui répondis-je simplement en lui adressant un sourire.

Je dus me retenir de toutes mes forces pour ne pas le suivre des yeux et m'obliger à fixer mon attention sur sa mère.

-- Je suis heureuse de vous voir enfin sourire. Cela me fendait le cœur de vous voir malheureuse, même si vous faisiez de votre mieux pour le cacher. J'espère que vous ne m'en voulez pas d'avoir appelé Jackson et de lui avoir demandé de nous rejoindre.

-- Non, je ne vous reproche rien. Au contraire, je suis très heureuse que vous l'ayez fait. C'est une merveilleuse surprise, la rassurai-je avec un sourire sincère et un regard plein de reconnaissance.

Mais à cela se substitua le malaise et une certaine gêne, au moment d'aborder un sujet qui me tenait à cœur. Après m'être raclée légèrement la gorge, je parvins à me lancer :

-- Sophia, je ne veux pas que vous vous fassiez d'idées sur ma relation avec votre fils. Les choses ne sont pas aussi simples qu'elles semblent l'être. Nous sommes avant tout amis...

-- Même si vous entretenez une liaison, renchérit-elle calmement.

-- C'est vrai, mais je ne veux pas que vous imaginiez que cela puisse devenir plus sérieux ou officiel. Ni Jackson, ni moi ne sommes prêts à avoir une relation stable.

-- Alors, vous ne faites que vous amuser tous les deux?, s'enquit-elle tranquillement.

-- Oui. On peut voir ça comme ça, répondis-je en fronçant les sourcils.

J'arrivais de moins en moins à comprendre sa réaction. J'avais l'impression que tout ce que j'aurais pu dire, l'aurait ravi. Et sa réponse éclaira encore plus de choses:

-- Je vais être honnête avec vous, ma chère. Même si, d'après vous, ce n'est que pour « s'amuser », je préfère voir et savoir mon fils en votre compagnie, plutôt qu'avec toutes ses dernières conquêtes. Au moins, avec vous, je sais qu'il est heureux et qu'il ressent quelque chose. Je sais qu'il vous respectera et qu'il fera tout pour ne pas vous blesser. Et qui sait? Peut-être qu'en vous amusant, vous finirez par découvrir que vos sentiments ou votre relation sont plus sérieux qu'ils n'y paraissent ? Mais pour l'instant, tout ce qui m'importe, c'est votre bonheur à tous les deux. Alors, avec toute l'affection que je vous porte, je me permettrais ce conseil: n'ayez pas honte d'être heureux ensemble et vivez chaque instant à cent pourcents, car on ne sait jamais quand cela peut se terminer.

Encore sonnée, je ne réagis pas tout de suite à ses propos. Ce n'est qu'en sentant un tendre baiser sur le haut de mon crâne que je me réveillai et relevai la tête vers elle :

-- Profitez bien de votre séjour.

Sur un dernier sourire, elle s'éclipsa, m'abandonnant à mon incompréhension. Je ne savais pas comment prendre sa déclaration. Evidemment, cela voulait clairement dire qu'elle était heureuse pour nous ; mais elle semblait avoir tellement confiance en nous, en notre relation. Toutefois, son espoir n'était-il pas vain ?

-- Tout va bien ?, me réveilla doucement la voix de Jax avant de le voir s'asseoir à mes côtés sur le petit canapé.

Il passa un bras autour de ma taille comme si nous étions un véritable couple et que notre relation était officielle. Cette situation m'étonnait encore, mais je ne pouvais m'empêcher de l'apprécier.

-- Jul ? Que s'est-il passé ? Tu as l'air perdu, fit-il remarquer en m'étudiant, les sourcils froncés.

-- Non, je... Enfin, peut-être... Je... J'ai eu une discussion avec ta mère.

-- Que t'a-t-elle dit ?

-- Qu'elle avait déjà connaissance de notre relation. Je lui ai expliqué que ce n'était qu'officieux et qu'il n'y avait rien de sérieux, mais elle m'a dit qu'elle préférait te voir avec moi dans une relation sérieuse ou non, plutôt qu'avec tes précédentes conquêtes.

Un sourire soulagé et presque amusé se dessina sur ses traits.

-- C'est une bonne chose, tu ne trouves pas ? Tu vois ? Je ne t'avais pas menti en affirmant qu'elle t'aimait beaucoup.

-- Je sais, mais je ne peux m'empêcher de craindre de la décevoir, quand notre relation prendra fin.

-- Dans ce cas, ne la laissons pas se terminer, répondit-il avec le plus grand sérieux en me fixant intensément.

Son regard sans failles me donnait envie de m'y accrocher, mais j'avais aussi tellement peur de manquer de certaines choses, ou plutôt d'une seule, essentielle.

-- Pourquoi faut-il toujours que tu envisages le pire ? Nous commençons tout juste et tu penses déjà à une fin comme si c'était inévitable.

-- J'ai juste envie de vivre les choses au jour le jour, sans penser au lendemain. Dans notre cas, ce serait mieux que de vouloir se projeter dans un avenir incertain.

Le visage fermé, il m'étudia en me regardant droit dans les yeux. Je craignais de l'avoir blessé, mais j'essayai de voir les choses avec raison. Il voulait officialiser notre relation, la rendre plus sérieuse, envisager un avenir avec moi, mais pour moi, c'était comme de vouloir courir avant de savoir marcher.

-- Ce que je dis, te donne sûrement envie de me quitter...

-- Tu te trompes. Ça me donne envie de me battre. Tout ce que tu pourras dire pour essayer de me faire peur ou me pousser à partir, feront que je me battrais encore plus pour te prouver que notre relation est légitime. Je ferai tout pour te convaincre que ça peut marcher entre nous. Si tu crois que je vais renoncer à toi, à la première épreuve, tu te trompes. C'est déjà arrivé trop souvent par le passé : je t'ai laissée partir et j'ai failli te perdre pour de bon. Cela n'arrivera plus sans que je me batte pour te convaincre et te garder.

Il prit mon visage dans la coupe de ses mains et ses traits se détendirent, tandis qu'il se penchait vers moi:

-- Ne comptes pas sur moi pour te laisser me quitter sans agir.

Les sourcils froncés, je le laissai faire et répondis au doux baiser qu'il me proposa. Je ne voulais pas le quitter. Bien au contraire ; mais je ne pouvais m'empêcher de penser que notre moment n'était pas venu. Le baiser de Jackson s'intensifia et sa main sur mon genou eut le don de me réveiller. Doucement, je sentis sa paume remonter le long de ma cuisse sous ma robe et avec un hoquet, le souffle coupé par le désir grimpant, je m'écartai légèrement pour interrompre notre baiser:

-- Qu'est-ce que tu fais ?, l'accusai-je tout bas, front contre front et les yeux dans les yeux.

-- Désolé, j'ai quelques difficultés à me contrôler quand tu es à côté de moi, aussi ravissante...

Je ne pus m'empêcher de rougir et me sentis aussitôt stupide. Tendrement, il effleura du bout des doigts, mes fossettes empourprées.

-- J'ai quelque chose à te demander et j'aimerais que tu me fasses assez confiance pour ne pas me poser de questions, s'exclama-t-il d'une voix grave, mais douce.

-- De quoi s'agit-il ?

-- Je voudrais que tu remontes faire tes valises et que tu me rejoignes dans le hall dans dix minutes.

J'ouvris la bouche pour rétorquer, avant de marquer une hésitation et de la refermer en songeant à sa requête. Je lui faisais confiance et au bout du compte, je n'avais pas besoin de savoir. Je me contentai d'acquiescer et il me récompensa d'un baiser auquel nous eûmes chacun du mal à mettre un terme.

Front contre front, les yeux clos, je prenais simplement plaisir à respirer son odeur et le même air que lui, lorsqu'il murmura :

-- Tu devrais monter maintenant, parce que je ne suis pas certain de pouvoir me contrôler encore longtemps.

Son aveu me rassura un peu et élargit mon sourire qu'il captura à nouveau entre ses lèvres pendant quelques secondes, avant de me murmurer :

-- Tu es tellement tentante.

Je sentis alors sa main remonter à l'intérieure de mes cuisses jusqu'à ma féminité qu'il effleura du bout des doigts, avant que je ne repousse faiblement son bras en gémissant son prénom. Le souffle court, la bouche légèrement entrouverte, je l'étudiai en sentant ma chaudière interne sur le point d'exploser.

-- Nous devrions monter pour terminer cette conversation.

-- Il ne vaut mieux pas, répondit-il contre toute attente, me versant au passage un seau d'eau froide virtuelle sur la tête. Parce qu'alors, nous resterions enfermés là-bas jusqu'à la fin de notre séjour. Et j'ai beaucoup de projets pour nous pour les jours à venir. Je veux te prouver que le sexe n'est pas la seule chose que nous pouvons partager... Même si j'adore ça, tînt-il bon d'ajouter, m'arrachant un nouveau sourire.

-- D'accord, alors je vais me dépêcher d'entasser toutes mes affaires dans ma valise et je te retrouve dans cinq minutes, annonçai-je en me levant avant de me pencher pour l'embrasser rapidement.

D'une main sur ma nuque, il me retint à chaque fois que je voulus m'écarter, « m'obligeant » à l'embrasser à nouveau.

-- Jax... Si tu continues comme ça, je vais finir par m'asseoir sur tes genoux et tu sais comment ça va finir, le menaçai-je tout bas.

-- Parfaitement... Je te laisse cinq minutes : pas une de plus.

-- Je serai revenue avant ça, lui assurai-je avant de l'embrasser une dernière fois et de partir en courant.

J'avais sans doute l'air bizarre aux yeux du monde extérieur, mais peu m'importait. Jackson était le seul qui comptait. Une fois dans ma chambre, je ramassai ma valise et y jetai littéralement tout ce qui m'appartenait. Après avoir récupéré mes affaires dans la salle de bains, non sans remarquer que celles de mon amant avaient déjà disparu, je bouclai mes bagages et sortis aussi vite que possible pour rejoindre ce dernier.

Après avoir fouillé le hall des yeux pour le retrouver, sans résultats, je gagnai la réception pour rendre ma clé où on m'apprit que ma note avait déjà été réglée. A n'en pas douter, Jackson était déjà passé par là. Un peu mal à l'aise et perdue, je sortis du palace. Peut-être m'attendait-il dehors? Même si je savais qu'il ne pouvait pas être bien loin, je ne pouvais m'empêcher de m'inquiéter. « Une peur idiote de l'abandon. »

Mais alors que je regardais à droite et à gauche, il se matérialisa devant moi. Nonchalamment appuyé contre une luxueuse décapotable bleu nuit, les bras croisés sur son torse, l'image m'aurait habituellement paru « cliché » ; mais là, il s'agissait de Jackson King et je ne pouvais qu'apprécier. Subjuguée, je le vis se redresser avant de marcher vers moi en souriant. Il portait un pantalon en lin blanc et une chemise bleu ciel dont il avait entrouvert le col sur son torse. Il était à tomber et mes jambes étaient d'ailleurs à deux doigts de me lâcher. Heureusement, Jax me rejoignit au moment opportun et me prit par la taille pour me serrer doucement contre lui.

-- J'ai eu peur..., lui avouai-je dans un souffle en baissant les yeux.

-- De quoi ?, chuchota-t-il au creux de mon oreille. Je suis incapable de te laisser toute seule plus de dix minutes, ajouta-t-il avec malice.

Troublée par le son de sa voix, je relevai les yeux et aussitôt, il happa mes lèvres entre les siennes, me coupant le souffle avant de me laisser pantelante. Sa langue jouait sensuellement avec la mienne et je me mis à rêver des différents endroits qu'elle pourrait explorer sur mon corps.

Tout à coup, sur un soupir, il me repoussa lentement avant de murmurer d'une voix rauque :

-- On devrait y aller, parce que je ne suis pas certain de pouvoir me contrôler encore longtemps.

Son aveu me ravit et me fit éclater de rire. Mon cœur, léger comme une plume, battait à toute vitesse. Sur un rapide baiser, il libéra ma taille mais me prit la main, tandis qu'on chargeait ma valise dans la voiture contre laquelle il était installé, quelques instants plus tôt. Avec galanterie, il vint m'ouvrir la portière et m'aida à m'installer avant de trottiner pour gagner sa place.

Une fois derrière le volant, il m'adressa un large sourire et démarra, mais ne prononça pas un mot. Je n'avais pas la moindre idée de l'endroit où nous nous rendions, mais cela m'était égal : je n'arrivais pas à le quitter des yeux de toute façon. Des lunettes de soleil masquant légèrement son visage, il gardait les yeux sur la route, mais de toute évidence, il sentait mon regard, car il esquissa lentement un sourire, me rendant automatiquement plus vivante. Cela fut suffisant pour que les battements de mon cœur s'accélèrent encore.

Il fallait que je me calme, je le savais, tout comme le fait que j'aurais dû détourner les yeux pour me changer les idées. Mais il était là, avec moi, et nous étions seul à seule. C'était tout ce qui m'importait : pas le paysage ou notre destination. Nous aurions pu être n'importe où : cela m'était égal. Ma conscience me reprochait mon comportement de midinette, et j'aurais voulu être en mesure de me contenir. Mais j'étais trop heureuse pour réussir à le dissimuler.

Etait-ce juste cet endroit paradisiaque, qui me faisait baisser ma garde ? Comme une aventure de vacances, je savais que cette histoire ne pouvait durer dans la «réalité» où Jax était un homme bien trop occupé pour une femme ou une vie de famille. « Ce n'est qu'une histoire de sexe entre nous et rien d'autre » , tentai-je de me ramener sur Terre, le temps d'une seconde. Cette triste réalité parvint à me faire détourner les yeux. Finalement, était-ce une bonne idée de se laisser aller ainsi ?

Au fil des secondes qui s'écoulaient, mes idées noires prenaient le dessus sur mon enthousiasme. Je ne voulais pas voir la situation s'assombrir ; je ne voulais pas gâcher les moments passés avec Jackson. A notre retour, ils seraient trop peu nombreux, ou peut-être inexistants. Cette pensée me sera le cœur et la blessure marqua mon visage.

Aussitôt, je sentis la main de Jax couvrir la mienne, rappelant mon regard tandis que nos doigts s'entremêlaient. Presque sans me lâcher des yeux, il porta ma main à ses lèvres avant de la maintenir prisonnière tout au long de notre route. Son geste me rassura et me rendit plus forte. Après tout, qu'importait le futur, ce qui allait advenir de nous ou de notre relation: nous étions là, rien que tous les deux, et sur le point de vivre des moments magiques. Mon esprit et tous les doutes qui allaient avec, ne devaient pas entrer en ligne de compte.

Il nous fallut encore une dizaine de minutes à longer la côte avant qu'il ne prenne un chemin détourné et légèrement boueux délimité par un portail en fer grand ouvert. En quelques instants et derrière une barrière de verdure, nous atteignîmes une grande maison sur pilotis, située au bord d'une plage de sable blanc. L'endroit était féérique et somptueux avec un mélange de simplicité et de modernité.

Encore sous le choc, je mis quelques instants avant de réaliser que Jackson était descendu de voiture et qu'il en avait fait le tour pour m'ouvrir ma portière.

-- Tu ne veux pas voir l'intérieur ?

Sa voix me réveilla et je discernai enfin sa main dans mon champ de vision. Doucement, je glissai mes doigts dans sa paume et me laissai entraîner jusqu'à la passerelle, puis à l'intérieur, tandis qu'il souriait comme un enfant fier de son cadeau. De tout mon être, je combattais mon cœur qui répétait sans cesse que ce n'était pas seulement du sexe ou une amitié améliorée. Mais le bonheur de Jackson était tellement évident, qu'il me fit tout oublier et je me perdis dans sa contemplation.

Cependant, je dus m'en arracher, lorsqu'il se tourna vers moi en quête de ma réaction.

-- Ça te plaît ?

Surprise par son regard, je détournai enfin les yeux pour admirer le cadre incroyable dans lequel nous nous trouvions. Tout était ouvert sur l'océan et les pièces étaient gigantesques. Le sol et tous les meubles étaient en bois foncé et verni. Les quelques tissus et coussins bleu et beige disséminés dans les pièces adoucissaient encore l'atmosphère de la maison. Elle ne comptait qu'une chambre, une salle de bains et le salon s'ouvrant sur la cuisine aménagée, mais je me sentis automatiquement au paradis avec lui.

Il me lâcha la main et m'observa, alors que je me déplaçais lentement au fil des pièces, effleurant un meuble par-ci, un objet décoratif par-là. Et puis, il y avait cette vue incroyable à trois cent soixante degrés : en regardant simplement par les baies vitrées, il me semblait plonger directement dans l'océan, comme si la maison était portée par les vagues. Un petit balcon faisait tout le tour de la maison et je ne pus m'empêcher de franchir l'une des grandes fenêtres du salon pour respirer l'oxygène des anges.

Ce genre d'endroit pouvait-il vraiment exister ? J'avais déjà vu des lieux somptueux depuis mon arrivée à Hawaï, mais rien n'était comparable à celui-ci. A n'en pas douter la présence de Jackson intensifiait encore mon impression, et je me sentis totalement comblée, lorsqu'il se glissa dans mon dos et m'enlaça par la taille.

-- Tu es contente ?

-- Et plus encore. Je n'aurais jamais pu imaginer qu'un endroit pareil puisse exister, et encore moins que je pourrais un jour le voir ou y séjourner. C'est juste... magique. Merci, répondis-je, émue, en penchant la tête sur le côté.

Presque aussitôt, je sentis la douce pression de ses lèvres sur ma tempe. Il y avait tellement de non-dits : les miens comme les siens. Bien sûr, j'aurais voulu qu'il en soit autrement, mais j'avais déjà été trop déçue par les hommes_ et par lui_ pour oser faire le premier pas.

-- Si on allait se baigner ?, me chuchota-t-il à l'oreille d'une voix veloutée qui me fit frissonner.

J'étais encore désarçonnée par le sursaut de mes sentiments remontés à la surface, aussi fus-je soulagée de lui cacher en partie mon visage. Je devais livrer un combat pour les faire taire et parvenir à les dissimuler à nouveau, aussi lui répondis-je simplement en acquiesçant.

-- Bien. Je peux te laisser la salle de bains en premier si tu veux.

« La salle de bains ? » M'avait-il sentie me raidir ou vue prendre mes distances ? J'avais l'impression de tout faire de travers, à présent. Mais pour ne pas l'inquiéter, j'acquiesçai à nouveau et me construisis un sourire de façade pour dissimuler mes craintes. Ensuite, je lui fis face et l'embrassai sincèrement avant de parvenir à déclarer en le regardant droit dans les yeux:

-- Merci pour tout ça. C'est plus que tout ce que j'aurais pu espérer.

Il répondit d'abord à mon sourire, avant de reprendre ma bouche, sa main couvrant ma joue comme pour me garder près de lui.

-- Et tu n'as encore rien vu, me promit-il tout contre mes lèvres, avant de les capturer à nouveau.

Nous prenions tout notre temps et notre baiser s'éternisa en douceur. Lorsque ses lèvres quittèrent les miennes, nous restâmes encore front contre front, son nez caressant l'arête du mien. J'étais si bien... Je pensais le voir essayer de m'entraîner vers la chambre ou le canapé, mais au lieu de ça, il m'embrassa une dernière fois et s'écarta avant de se détourner.

-- Prends tout le temps qu'il te faudra.

40

Avant même que j'ai pu réagir, il disparut de la maison et je me précipitai dans la salle de bains pour tenter d'échapper à mes pensées. Je craignais d'avoir tout gâché. Nous venions à peine d'arriver dans ce paradis et à cause de moi et de mes états d'âme, le séjour risquait de tourner au désastre. Je devais me reprendre et mettre les choses au clair dans ma tête, une bonne fois pour toutes : Jackson et moi n'étions que des amis qui couchaient ensemble, et rien de plus. Je ne devais pas attendre de « je t'aime » ou de véritables intentions pour me séduire, et cette escapade n'était en rien une tentative pour me révéler ses sentiments. Jackson n'était pas le genre d'homme à s'engager sérieusement, et encore moins avec moi. Je ne devais rien espérer de lui. Nous n'avions aucun avenir ensemble. Ce n'était que du sexe pour du sexe et je devais reprendre ce jeu que nous avions commencé. « Ni plus, ni moins. »

Pendant les quelques minutes où je m'étais rafraîchie, Jackson avait ramené nos affaires dans la chambre, mais je repoussai tous les maillots contenus dans ma valise. « Après tout, nous sommes là pour ça », me motivai-je en me couvrant juste d'un paréo bleu noué sous mon aisselle. Mon mental de guerrière semblait revenu au galop et mes idées étaient bien définies cette fois.

D'un pas tranquille, je gagnai la plage en cherchant mon adonis des yeux. Déjà parmi les vagues, il repoussait ses cheveux trempés en arrière avant de se tourner vers la plage. Quand il m'aperçut, son regard s'alluma et ses traits se détendirent tandis qu'il me souriait. Soulagée de retrouver la complicité si spéciale qui nous caractérisait, je lui souris à mon tour et défis le nœud du paréo. Aussitôt, la brise marine caressa ma peau, tandis que j'avançais vers l'eau sans le quitter des yeux. Les siens ne me lâchèrent pas non plus, et me firent encore plus rougir que le soleil brûlant au-dessus de nous. Parfois, face à lui et son regard, je me sentais comme une adolescente ou lors de notre rencontre, encore troublée d'être avec un homme aussi séduisant. « Ce n'est que pour le sexe" », me répétai-je au fil de mes pas pour tenter de garder la tête froide, faute de mieux. Enfin, j'arrivai à sa hauteur, cntraînée par les vagues.

-- Ne me dis pas que tu as oublié ton maillot à l'hôtel, toi aussi ?, plaisanta-t-il, parvenant à me faire rire. Viens par-là, ma belle idiote, murmura-t-il en me prenant la main pour m'attirer à lui.

Evidemment, je le laissai faire, bien incapable de réagir autrement. Lorsque nos corps ballotés par les vagues, entrèrent en contact, je ressentis les mêmes frissons que la première fois où nous avions fait l'amour. D'un baiser, il parvint à effacer toutes mes pensées et à me ramener au présent, à cette voluptueuse réalité. Longtemps, nous nous contentâmes de baisers, blottis dans les bras l'un de l'autre, jusqu'à ce que l'appel de la passion ne devienne trop fort.

L'amour physique devint rapidement notre quotidien, presque sans retenue et la plupart du temps, nous restâmes à la villa pour le partager. Mais contrairement à ce que j'aurais pu croire, nos journées ne se cantonnèrent pas à des « tête-à-tête » sur la plage ou au lit. Comme Jackson connaissait déjà l'archipel et ses plus beaux recoins, il tînt à me les faire partager. Mais au lieu de s'en tenir à une relation amicale, il sembla prendre un malin plaisir à se comporter comme un petit-ami en me prenant la main, la taille...

Au départ, surprise, je l'avais taquiné pour tenter de dissimuler mon malaise :

-- Tu cherches à marquer ton territoire ?

-- Non, je veux juste ne pas te perdre. Avec toute cette foule..., avait-il ajouté en me regardant avec malice, alors que nous nous promenions dans une rue quasi-déserte.

Le malaise avait fini par se dissiper, à mesure que le temps s'écoulait et que je me répétais que cela ne signifiait rien. Il se comportait seulement comme l'ami bienveillant ou l'amant protecteur qu'il était. Mais je fis de mon mieux pour ne jamais franchir la limite et ne jamais être la première à avoir ces gestes tendres. Bien sûr, il y en eut d'autres, dans l'intimité, mais je savais qu'en commençant en dehors, je ne parviendrais plus à faire la différence, une fois dans la vie « réelle » et mon cœur souffrirait encore. Je devais me battre plus fort chaque jour, alors que Jax semblait redoubler de tendresse et d'attentions.

Après quatre jours ensemble, je ne savais déjà plus comment agir, ni quoi penser. Les regards, les caresses, les baisers de Jackson et toutes ses intentions me faisaient douter si fort que je n'arrivais plus à profiter du séjour et des moments passés avec lui. Je cherchais à m'isoler autant que possible pour essayer de réfléchir, trouver des solutions, mais tout ce temps perdu ne me conduisait nulle part, car je n'avais alors qu'une certitude : il m'aimait et cherchait à me le démontrer chaque jour que Dieu faisait.

Pourtant, je craignais tellement de me tromper et d'être déçue, que je n'osais pas évoquer le sujet avec lui. En attendant un nouveau répit, chaque geste devint une torture m'amenant au bord des larmes.

Le cinquième soir, après un dîner en « amoureux » au restaurant _dîner au cours duquel il avait eu de multiples attentions_, nous étions finalement rentrés à la villa. Le trajet s'était fait dans le silence, mis à part quelques interrogations inquiètes de mon amant :

-- Est-ce que ça va ? Tu n'as presque pas touché à ton assiette ? Est-ce que tu es malade ? Tu veux qu'on aille voir le médecin maintenant ?

Nous étions presque arrivés, et la tête tournée sur le côté, je ne parvenais plus à retenir mes larmes, tant mon cœur se serrait dans ma poitrine.

-- Arrête la voiture, s'il te plaît, le priai-je d'une voix chevrotante.

Je sentis son regard se poser sur moi, avant qu'il n'obtempère et se gare sur le bas-côté comme je l'avais demandé. Avant même qu'il ait éteint le moteur, je descendis et partis vers la plage pour me cacher de lui. Il fallait que j'arrête de pleurer ; je ne pouvais pas le lui montrer, le lui dire. Mes deux mains écrasaient mes larmes sur mon visage, mais elles ne pouvaient stopper le flot incessant qui inondait mon visage. J'aurais tellement voulu que la brise qui balayait doucement la côte, les efface ou les emporte, mais rien de cela n'arriva.

-- Jul, qu'est-ce que tu as ?, entendis-je dans mon dos.

Nul besoin de lui faire face pour savoir qu'il était inquiet : cela s'entendait au son de sa voix.

-- Tu es enceinte ?, s'enquit-il d'une voix méconnaissable.

-- Quoi ?, demandai-je en lui faisant face, incrédule.

-- Cela fait déjà plusieurs jours que tu picores dans ton assiette. Cela ne date pas de ce soir...

-- Non, je ne suis pas enceinte, Jackson !, aboyai-je en le fusillant du regard. Et quand bien même, je le serais, que ferais-tu ?

-- J'assumerais cet enfant. Ce n'est pas vraiment de cette façon que j'aimerais que ça se passe, mais...

-- Dans ce cas, estime-toi heureux : je ne suis pas enceinte et je ne vais pas te piéger.

-- Quoi ? Mais non ! Tu n'as pas compris !, s'exclama-t-il en me rejoignant.

Il me prit par le bras et m'obligea à lui faire face.

-- Jul, depuis que je te connais, je n'ai jamais imaginé que tu puisses vouloir me piéger. Au contraire, ces jours-ci, c'est plutôt moi qui cherche à te faire tomber dans mes filets, à te faire comprendre...

Tout à coup, j'ouvris les yeux et me rendis compte à quel point il semblait nerveux. Il cherchait ses mots, se passait la main dans les cheveux, fuyait mon regard, jusqu'à ce qu'il stoppe tout et sourit comme s'il se rendait à l'évidence. Avec une nouvelle assurance, il releva la tête et croisa mon regard et les mots sortirent enfin de sa bouche avec un naturel saisissant:

-- Julie, je galère depuis des jours à essayer de te séduire pour te démontrer ce que je ressens, ce que je veux. Je veux être avec toi, mais pas juste en tant qu'ami ou amant : je veux plus. Je veux être l'homme de ta vie, dans ta vie. Je veux me réveiller tous les matins et m'endormir tous les soirs avec toi, et que ce soit normal, sans qu'on se pose des questions. Je veux pouvoir te tenir la main quand j'en ai envie et sentir la tienne se glisser dans la mienne parfois peut-être. Je veux avancer dans la vie avec toi à mes côtés tout au long du chemin. Je veux vivre avec toi, tous les jours, te présenter comme ma petite-amie, ma compagne, même si j'espère qu'un jour prochain, je pourrai t'appeler « ma femme » et être ton mari. Notre relation a toujours été unique et je n'ai jamais ressenti pour aucune femme auparavant, ce que je ressens pour toi. C'est pourquoi aujourd'hui, je suis enfin capable de dire, de « te » dire...

Il s'arrêta et je retins mon souffle, tandis qu'il expirait un soupir apaisé :

-- Je t'aime, Julie Dubois.

A cet instant, mon cœur qui s'était arrêté de battre, explosa en mille morceaux et m'empêcha de respirer, le temps que mon sanglot se brise. Une fois encore, je couvris mon visage de mes mains. Sa déclaration, « ces quatre mots » en particulier, étaient un bonheur immense, une libération, mais surtout un choc violent. L'instant suivant, il me prit dans ses bras et couvrit mes cheveux de baisers pour tenter de m'apaiser. J'étais bouleversée et mes jambes menaçaient de me lâcher. Jackson dut d'ailleurs le sentir, car, doucement, il nous fit asseoir sur le sable, me gardant entre ses jambes et me caressa doucement le dos en attendant que je me calme.

-- Je suis désolée, ne puis-je m'empêcher de m'excuser en reniflant.

Il éclata d'un doux et léger rire, avant de répondre :

-- Pourquoi ? Tu n'as pas à t'excuser.

-- Si ! Tu fais ta première...

Le simple fait de prononcer le mot « déclaration » me ramena quelques minutes en arrière et m'émut aux larmes. Je me sentis stupide, mais je tins à lui répondre malgré mes sanglots.

-- Et je fonds en larmes... comme maintenant.

Cette fois, il rit de plus belle et me serra plus fort, tandis que je me blottis contre son torse, autant pour savourer son contact que pour me cacher. Son rire s'éteignit alors dans mes cheveux qu'il embrassa tendrement avant de chuchoter :

-- Ce n'est pas grave : ça me montre juste que ma déclaration t'a touchée et que tu es heureuse. Car tu l'es, n'est-ce-pas ? C'est bien de la joie ?, s'enquit-il.

Et cette fois, je sentis une véritable inquiétude poindre dans sa voix. Après tout, je n'avais pas été capable de répondre à ses mots délicieux. Pour l'instant, je n'étais pas certaine de pouvoir prononcer les mêmes mots que lui, même si je les ressentais. La peur était encore trop présente, comme un fantôme. Evidemment, je savais que si Jackson les avait prononcé, c'était qu'il les ressentait jusqu'au plus profond de son être et que je pouvais lui faire confiance, mais la souffrance passée avait laissé une empreinte, un traumatisme.

Toutefois, il y avait encore des mots que je pouvais prononcer :

-- Bien sûr que je suis heureuse ! Si tu savais depuis combien de temps j'attends de t'entendre dire ces mots-là et d'être celle à qui tu les dirais ! Je dois avouer que... j'ai bien cru que cela n'arriverait jamais.

-- Pourquoi ?

-- Je ne sais pas trop. Tu semblais être devenu un homme tellement contrôlé et professionnel, tourné vers ton travail et ta famille. Mais pour ce qui est de l'amour, tu semblais encore tellement loin de te poser. Tu semblais juste vouloir t'amuser.

-- Parce que j'avais perdu la « bonne personne ». J'ai mis beaucoup de temps à le réaliser. Ce n'est que ces derniers mois, depuis qu'on s'est revus pour la première fois à New-York, que les choses ont changé. A cette époque, tu étais encore avec Jordan et tu semblais tellement heureuse... J'ai ressenti quelque chose en te voyant, mais bien qu'un peu jaloux, quand je t'ai vu aussi heureuse et amoureuse de lui, je n'ai souhaité que ton bonheur. Et quand il t'a trahie, j'ai eu envie de le tuer, mais j'ai surtout eu envie de prendre soin de toi. C'est à partir de là que j'ai compris que c'était plus qu'avec les autres : je voulais d'abord te revoir sourire, t'alimenter... Et puis, j'ai voulu être « celui » qui te ferait sourire, qui te nourrirait, être l'homme qui te rendrait heureuse. Mais je savais aussi que tu avais besoin de temps pour te reconstruire après sa trahison, alors j'ai pris sur moi. Ça n'a pas toujours été facile, loin de là, mais cela m'a fait comprendre que j'avais envie de prononcer ces mots-là. Tu as été la première femme à me faire ressentir ça, cette envie ; et l'envie est devenue de plus en plus forte... Jusqu'à aujourd'hui.

Une fois encore, j'éclatai en sanglots et il éclata de rire.

-- Jul..., s'exclama-t-il tendrement.

-- Pardon, m'excusai-je encore, ce qui le fit rire de plus belle.

-- Est-ce que je vais pouvoir te le redire un jour ou l'autre ?, se moqua-t-il gentiment.

Je reniflai et marquai une pause avant de répondre :

-- Je ne sais pas... Il va sans doute falloir que tu me le répètes plusieurs fois pour que je m'entraîne à ne plus pleurer.

-- Même si je n'aime pas te voir pleurer, j'espère que tu le feras encore un peu.

-- Sadique !, l'accusai-je en lui pinçant la cuisse, ce qu'il sembla à peine sentir.

-- Je veux dire que tes larmes prouvent à quel point tu es sensible à ma déclaration et à ces mots sortant de ma bouche.

-- C'est vrai... Je voudrais pouvoir te les dire moi aussi, parce que mes sentiments sont bien présents, mais je n'y arrive pas. J'ai encore besoin de temps.

-- Je comprends et je ne t'en veux pas. J'attendrai le temps qu'il faudra. Tu m'as bien attendu, toi.

Malgré ses propos, je me sentis un peu coupable, aussi relevai-je la tête pour capturer ses lèvres. Si je ne pouvais lui parler, je pouvais au moins lui démontrer ce que j'éprouvais. Il était plus que temps que je lui rende toutes les attentions auxquelles j'avais eu droit et n'avais pas osé répondre.

Mais contre toute attente, il me repoussa légèrement, au bout de quelques minutes pour suggérer :

-- Si on rentrait ?

-- Quoi ?, demandai-je encore sur mon nuage.

-- La nuit s'annonce merveilleuse, mais je n'ai pas très envie de la passer sur la plage. Je préférerais le confort d'un lit pour te faire l'amour comme je le souhaite depuis si longtemps. Tu veux bien ?

-- Tu es sûr ? Parce qu'actuellement je suis quasiment sûre d'être plus attirante dans le noir qu'à la lumière.

A nouveau, il éclata de rire et me vola un baiser avant de se lever et de m'aider à faire de même. Sans me lâcher la main, il me ramena à la voiture et une fois assis à sa place, je dus me retenir pour ne pas le toucher. Heureusement, la maison n'était plus qu'à quelques centaines de mètres.

Avec vivacité, nous sortîmes tous les deux de la voiture pour revenir l'un vers l'autre comme des aimants. Bras dessus, bras dessous, nous rejoignîmes la maison plongée dans l'obscurité, mais je l'arrêtai sur le seuil, avant qu'il n'allume :

-- Attends ! Ferme les yeux.

-- Quoi ?

-- S'il te plaît !

-- Jul...

-- Je t'en prie.

Il me « regarda » et soupira avec un sourire en coin avant d'obtempérer. L'instant suivant, j'allumai dans la maison et le guidai par la main jusqu'au canapé où je l'aidai à s'asseoir.

-- Ok, ne bouge pas : j'en ai pour deux minutes, lui assurai-je d'une voix stressée.

-- C'est ce qu'elles disent toutes, rétorqua-t-il avec un sourire en coin.

Mais ce qui me toucha davantage, ce fut la confiance qu'il me portait et sa beauté. Les yeux clos devant moi, il attendait simplement, sans poser de questions. Profondément touchée par son geste, je ne pus alors m'empêcher de prendre son menton dans une main et de lui voler un fougueux baiser que j'interrompis, non sans difficultés.

-- Que me vaut ce baiser ?, murmura-t-il, mes lèvres encore tout près des siennes et mes yeux rivés sur son visage.

-- C'est juste... pour te remercier, répondis-je, la gorge nouée par l'émotion. Je reviens.

Et sans plus attendre, avant que mes résolutions ne m'abandonnent, je sortis précipitamment de la pièce pour rejoindre la salle de bains. Comme je l'avais craint, mon visage était dévasté par mon maquillage qui avait coulé sous ce tsunami émotionnel. Pourtant, malgré cela, mon visage rayonnait comme jamais auparavant, sans doute parce que mes sentiments dépassaient tous ceux que j'avais pu ressentir, même pour Jordan.

Malgré notre relation étrange, Jackson avait toujours été celui qui avait le plus compté et les mots qu'il avait prononcés ce soir, ressemblaient encore à un rêve. D'ailleurs, n'en était-ce pas un ? N'avais-je pas imaginé sa déclaration à la place de quelque chose d'autre qu'il m'aurait dit ? A force de vouloir l'entendre et d'être perturbée par ses attentions des derniers jours, j'avais peut-être fabulé ? Après tout, Jackson était quelqu'un de tellement discret sur ses émotions, ses sentiments...

Le regard plongé dans le vide de mon miroir, j'effaçai peu à peu les traces de maquillage pour faire « peau neuve ». Mais si mon apparence s'améliorait, mon cerveau devenait un champ de bataille.

Tout cela me paraissait tellement irréel. Comment savoir ? Attendre qu'il me répète peut-être les mots dont je rêvais ? J'avais déjà l'impression d'être folle, alors que je l'avais seulement quitté quelques minutes plus tôt. Et s'il ne me les avait pas dit, parviendrai-je à dépasser ce rêve et à refaire comme si de rien n'était ? Cela me paraissait insurmontable, comme de sortir de cette pièce pour affronter une réalité peut-être trop cruelle.

Tout à coup, je sentis des bras enlacer mes épaules et un souffle caresser mes cheveux, alors qu'un torse solide se moulait parfaitement contre mon dos. Je remarquai alors le reflet de Jackson dans le miroir, là où nos regards se croisèrent. Son visage était soucieux, presque autant que le mien.

-- Je suis désolé, je n'ai pas pu m'empêcher de venir te rejoindre. Tu as beau avoir l'excuse d'être une femme, je commençais à m'inquiéter.

Il avait essayé de plaisanter pour me redonner le sourire, mais sa tentative n'avait eu aucun effet. Aussi reprit-il d'une voix douce :

-- Qu'y a-t-il, mon cœur ?

-- Je..., commençai-je sans savoir quels mots ajouter.

Comment lui expliquer la situation, si je m'étais trompée ? Il allait me prendre pour la folle que j'étais et je craignais de lui faire peur, de le perdre. Nous étions au paradis et tout se passait trop bien. Tout cela était trop beau pour être vrai...

Contrarié, mais surtout inquiet, Jackson m'obligea doucement à me retourner pour lui faire face et me releva la tête pour capturer mon regard.

-- Julie, je t'aime et te voir ainsi me rend fou d'inquiétude.

-- Quoi ?, murmurai-je d'une voix éteinte, les yeux écarquillés.

Je le vis alors retrouver le sourire. Dès qu'il m'avait vu changer d'attitude, il avait compris. Son étreinte se resserra autour de moi, comme pour me protéger encore plus, et il répéta :

-- Je t'aime, Julie. Je t'aime. Je t'aime. Je t'aime.

Je ne pus m'empêcher de soupirer et de poser ma tête contre son torse en fermant les yeux. Alors, les mots sortirent d'eux-mêmes :

-- J'ai eu tellement peur... d'avoir rêvé, d'être devenue plus folle que je ne le suis déjà. Et le simple fait de m'être trompée, d'avoir fabulé, me désespérait.

-- Tu n'as pas rêvé et tu n'es pas folle.

-- Si. De toi, répondis-je en relevant la tête pour lui sourire malicieusement.

Son regard grave et intense me retourna comme une crêpe et tout en me caressant légèrement la joue, il déclara dans un souffle :

-- Je vous aime, Mademoiselle Julie Dubois.

42

Et comme si cela représentait l'unique vaccin contre un mal inconnu, il emprisonna mes lèvres tendues vers lui. Presque dans un même élan, nous resserrâmes chacun l'étreinte de nos bras. Je voulais me fondre en lui, ne faire plus qu'un et ne plus jamais le quitter. Il avait le don de me rendre heureuse et éperdument amoureuse... Parfois jusqu'à la folie.

Brusquement, il me souleva contre lui et j'enroulai aussitôt mes jambes autour de ses hanches, tandis qu'il me ramenait dans notre chambre. Le plancher craquait légèrement sous ses pieds nus, tandis que le bruit des vagues couvrait notre retraite. Doucement, sans interrompre notre baiser, il me coucha sur le lit et me fit prisonnière de son corps pour mon plus grand plaisir. Nous avions le temps, toute la nuit et même tous les jours de notre vie pour faire l'amour, mais nous voulions rendre celle-ci particulière comme les mots qu'il avait prononcés pour la première fois. « La première ».

Longtemps, nos bouches restèrent soudées l'une à l'autre, tandis que nos mains prodiguaient des caresses pour cultiver notre désir commun et fusionnel. Lassées de devoir se cacher sous l'emprise de nos vêtements, elles nous déshabillèrent peu à peu et nous prîmes un plaisir intense à les regarder faire avant de savourer la douceur de nos corps dénudés l'un contre l'autre.

Les lèvres de Jackson abandonnèrent finalement les miennes pour explorer les terres nacrées de mon cou, de ma poitrine, et de mon ventre, réchauffées par les caresses de son souffle et de ses mains toujours présentes. Il me sembla alors qu'avec chaque baiser, il marquait son territoire déjà conquis, le bénissant d'offrandes langoureuses. Aucune parcelle ne fut oubliée, et même lorsqu'il se tînt loin de moi, embrassant mes pieds et mes chevilles, il ne me quitta pas des yeux. Son regard intense brillait dans la nuit claire jusqu'à moi, jusqu'à m'atteindre en plein cœur. Son visage, sa beauté et tout ce qui transparaissait enfin sur lui, me coupaient le souffle et me serraient le cœur d'émotions et d'amour encore non dévoilés. Il était le plus beau cadeau que la vie m'ait offert jusqu'à présent et je comptais bien en être digne chaque jour.

Finalement, sans me quitter des yeux, sans un mot, il plongea vers moi et se coucha au-dessus de moi, ses bras le retenant pour ne pas m'écraser. Pendant quelques secondes intemporelles, il resta à m'admirer et mes mains prirent plaisir à explorer à nouveau les muscles de son corps, aussi loin qu'elles le purent. Sans ciller, il me laissa faire. Mes paumes, mes doigts gravitaient sur ses fesses, ses hanches, remontant sur son dos et glissant le long de ses bras. Et enfin, comme pour m'assurer que je ne rêvais pas, je levai doucement les mains pour prendre son visage, le caresser avant de l'attirer à moi sans résistance de sa part.

Alors, avec délice et douceur, son corps recouvrit à nouveau le mien et tandis que j'emprisonnais sa bouche, mes jambes retrouvèrent ses hanches pour l'inviter à entrer en moi. Mais bien que prisonnier, il continua à prendre son temps, malgré son sexe dressé contre mon intimité. Il voulait rendre cette nuit spéciale, autant que les mots précieux qu'il m'avait dédiée. Longuement, il m'embrassa en douceur, avec délicatesse, mais je devinai la passion qu'il retint pour faire durer ce moment. L'un comme l'autre, nous prîmes plaisir à caresser la peau de l'autre, l'embrasser, la sentir brûler et frissonner, quand nos regards ne s'accrochaient pas l'un à l'autre pour se figer dans le temps. Ce n'était pas seulement un acte d'amour, mais aussi la reconnaissance de nos âmes sœurs. Et lorsque nous atteignîmes enfin les sommets de l'extase, un sentiment de liberté me saisit. Il me suffit alors d'échanger un nouveau regard pour savoir qu'il le partageait.

A présent, nous reposions l'un contre l'autre sur le matelas encore brûlant de nos ébats. Allongé sur le dos, Jackson me gardait contre lui, mon oreille sur son épaule et ses bras me ramenant doucement à lui. Nous ne parlions pas, mais à la caresse de sa main dans mon dos et à sa respiration, je le sentais aussi apaisé et heureux que moi. Je ne voulais pas fermer les yeux : le moment était trop merveilleux. Comme s'il partageait mon impression, ses doigts se mêlèrent aux miens sur son torse.

-- Ça va ?, s'enquit mon amant, visiblement un peu anxieux.

-- Oui... Je n'en reviens toujours pas.

Sans même le voir, je devinai son sourire.

-- Que je puisse finalement ressentir quelque chose ?, me taquina-t-il avec malice.

Pour le punir, je le pinçai et il se redressa avec un léger cri, vite remplacé par un rire détendu.

-- Arrête, tu sais bien ce que je veux dire. Bon, il est vrai que je doutais que tu puisses avoir un cœur, mais...

A son tour, il me pinça les fesses et je me redressai en le regardant :

-- Aïe ! Tu m'as fait mal !, l'accusai-je faussement.

-- Oh, je suis désolé, répondit-il d'une voix faible et rauque. Laisse-moi me faire pardonner.

D'un même mouvement, nos lèvres se joignirent dans un baiser plein de douceur et de sincérité. Lorsqu'il prit fin, je me redressai pour croiser aussitôt son regard sans failles :

-- Je t'aime.

Une fois encore, je ne pus m'empêcher de rester bouche-bée, le souffle coupé par un tel aveu.

-- Quoi ?, s'enquit-il avec un léger sourire en coin, ses yeux pétillant dans la nuit.

-- Je... Je n'en reviens tellement pas...

-- Je vais finir par mal le prendre, rétorqua-t-il sans perdre son amusement. Je sais que c'est un changement énorme, vu que je ne l'ai jamais dit à une femme...

La pression coupa un peu plus l'arrivée d'air dans mes poumons et je ne pus m'empêcher de détourner les yeux en m'asseyant dans le lit et en lui tournant le dos :

-- Jul, qu'est-ce que tu as ?, s'inquiéta-t-il véritablement en s'asseyant à son tour avant de poser les mains sur mes bras. Je... je pensais que cela te ferait plaisir...

Voyant qu'il risquait de se méprendre face à ma réaction, je lui fis face et couvris sa joue avec ma paume :

-- Oh oui ! Mon Dieu, oui ! Je suis la plus heureuse des femmes, aujourd'hui.

-- Alors, je ne comprends pas..., avoua-t-il en m'observant, les sourcils froncés.

-- J'ai peur, Jackson.

-- De quoi ?

-- De ne pas être à la hauteur, répondis-je, la gorge nouée.

-- Jul...

-- Je n'arrive toujours pas à croire que tu m'aies dit « je t'aime ». J'en ai tellement rêvé que je ne l'espérais même plus... Mais en plus, je suis la première à qui tu le dis et... j'ai peur de te décevoir, de ne pas être celle que tu crois, que tu espères. J'ai peur que tu le regrettes et que tu le retires...

-- Ça, ça n'arrivera pas, m'interrompit-il avant de me prendre les mains.

Au fil de ma brève explication, son visage s'était détendu et un sourire plein de tendresse était venu se poser sur ses traits pour mieux souligner son regard assorti.

-- Tu ne peux pas savoir..., ne puis-je m'empêcher de le contredire, la peur au ventre.

Mais son visage se peignit encore plus d'amour, avant qu'il ne me coupe encore :

-- Si je le peux. Julie, j'ai mis du temps à trouver la force de le dire, parce que j'avais besoin d'avoir une confiance aveugle en la personne à qui ces mots étaient destinés. Pour cela, je devais connaître parfaitement cette femme et c'est le cas aujourd'hui, avec toi. Je ne l'ai pas dit à la sauvette, mais en mon âme et conscience, parce que je te connais sur le bout des doigts, avec tes qualités et tes défauts. Et quand je l'ai compris, cela m'a tellement bouleversé, tout cet amour que je ressentais pour toi... Je suis devenu pudique et intimidé comme un adolescent. J'avais peur de mal faire les choses et de te décevoir à mon tour, mais c'est devenu trop difficile de le garder pour moi, de faire comme si je ne t'aimais pas. C'était une évidence ! Cela ne pouvait être que toi !

« Dès notre première rencontre, tu m'as fait un effet incroyable, parce que tu étais différente des autres. J'ai préféré me voiler la face, parce que tu n'étais censée rester que quelques jours et je me suis dit que cela me passerait. Mais chaque fois qu'on se voyait, renforçait cette attirance, et quand tu as appris qui j'étais vraiment, j'ai reçu un coup brutal au cœur et au ventre. Je savais que tu allais devoir partir, mais aussi que tu n'allais pas être qu'une simple amourette dans ma vie. Malheureusement, celle-ci était déjà toute tracée entre mon « mariage » avec Emily et la société de mon père. Alors, j'ai juste voulu vivre au maximum ces derniers jours avec toi pour en faire un moment mémorable de mon existence. »

Il fit une pause et sans me quitter des yeux, reprit une profonde inspiration, pour emmagasiner de l'air avant de reprendre, avec un regard et un sourire baignés d'amour :

-- Et puis, finalement, tu es revenue, alors que cela me paraissait impossible. J'espérais et, en même temps, je n'osais croire que ce puisse être pour moi. A première vue, c'était évident, mais je ne parvenais pas à l'accepter, parce que cela serait devenu un nouveau problème dont je n'avais pas besoin… Pourtant, je ne pouvais pas m'empêcher d'être aux anges, parce que tu étais là et que j'avais envie de revivre quelque chose avec toi, de t'avoir absolument dans ma vie ;

mais la situation était bien plus compliquée et, malgré mes vœux les plus profonds, je ne pouvais te donner le rôle que je te destinais. C'était un combat de tous les jours, car même si j'étais ravi de te compter dans mon entourage, puis parmi mes amis les plus proches, je voulais déjà tellement plus. Tous les jours, je me levais en pensant à toi et en souriant, avant de me dire que je n'en avais pas le droit. »

Son aveu me serra douloureusement le cœur, parce que j'avais moi aussi ressenti cette déception, cette frustration.

-- Alors que la santé de mon père se dégradait, la pression exercée sur mes épaules devenait de plus en plus forte et je sentais que je perdais le contrôle de ma vie. Je n'étais plus maître de ma propre existence ; et même si cela me rendait fou, j'avais l'impression de ne pouvoir rien y faire. Et toi, tu restais là, à mes côtés. Tu représentais ma lumière, la vie et l'homme que je voulais être, et en t'ayant encore dans ma vie, j'avais l'impression que ce rêve restait à portée de main. Mais quand tu as décidé de repartir, j'ai compris que je risquais de perdre cet espoir, que je devais me battre pour lui, que je devais reprendre le contrôle de ma vie. Je n'ai pas su te retenir et les semaines que tu as passés en France, ont été un véritable calvaire. Tous les jours, je mourais d'envie de prendre un avion pour te rejoindre, mais les responsabilités me rappelaient à l'ordre et m'attachaient à ce « trône ». »

« Aujourd'hui, je ne le regrette pas, car ces moments à distance m'ont fait mûrir en tant qu'homme, même si mon cœur était déjà en ta possession. Tu es finalement revenue, comme un rêve dont je n'ai pas su profiter, et je t'ai perdue encore une fois. Je pense que là encore, je n'étais pas prêt: j'étais trop impliqué dans l'entreprise et mon travail. Je ne savais pas encore faire la part des choses. Quand tu m'as quitté, je dois avouer que j'ai eu beaucoup de mal à m'en relever. D'abord, je me suis investi dans le travail pour essayer de t'oublier, de perdre en route la souffrance causée par ton absence. Et comme je n'y parvenais pas, j'ai fait de ma vie sentimentale, un immense débarras, sortant avec n'importe qui, juste pour m'amuser sans véritablement y parvenir. Tu restais toujours gravée en moi. Tu avais pris mon cœur avec toi, en fait. »

L'écouter lui fit monter les larmes aux yeux, tandis que l'émotion lui serrait la gorge. Sous le charme, je gardai le silence pour le laisser poursuivre :

-- Quand je l'ai réalisé, j'ai compris que je n'étais pas prêt à m'attacher à quelqu'un d'autre, j'ai repris les commandes de ma vie. J'ai appris à faire confiance à mon entourage proche, ma famille, en te gardant dans un coin de ma tête. A ton retour à New-York, lorsque je t'ai entendue dans la chambre d'hôtel, j'ai cru me tromper, rêver ; et quand tu es apparue nue, mon cœur s'est remis à battre et je me suis senti à nouveau vivant et amoureux, parce que tu étais là. Malheureusement, tu étais avec Jordan depuis plusieurs mois. Je le savais déjà, car Damon m'en avait parlé en premier. Je dois avouer que lorsque j'ai croisé Jordan dans le hall de l'hôtel, j'ai pensé me rapprocher de lui pour pouvoir te revoir; et quand il m'a invité dans sa suite pour te rencontrer et prendre un verre, je n'ai pas pu résister. Je n'en attendais pas tant, mais plus que ton corps, c'est ton visage, ton regard, ta bouche et ta réaction qui m'ont séduit à nouveau. Tu n'avais pas changé, si ce n'est que tu étais éperdument amoureuse d'un autre et que tu te battais pour défendre ton couple. Je dois avouer qu'à cette époque, je voulais déjà te récupérer, mais c'était avant de constater que tu étais heureuse avec lui et, au final, seul ton bonheur importait, même si c'était avec un autre. Tu l'avais bien fait pour moi, lorsque j'étais fiancé, même si ce n'était pas avec la bonne personne.

« Alors, je me suis rapidement décidé à devenir uniquement ton ami. Pourtant, les choses n'étaient pas aisées, car chaque fois que nous passions du temps ensemble, je me prêtais à rêver que nous formions un vrai couple et que je pouvais te tenir la main, t'embrasser en public... »

Plongé dans ses souvenirs, il marqua une pause avant de reprendre :

-- Le soir du bal a sans doute été le plus difficile : tu étais fabuleuse, magique et tu éclipsais toutes les femmes de l'assistance. J'avais du mal à détacher mes yeux de toi et j'ai sans doute envié Damon comme jamais auparavant. Quand nous avons dansé, je me suis senti maladroit, gauche, timide... J'aurais voulu t'impressionner, mais je ne savais pas comment faire. Cette danse que j'aurais voulu faire durer toute la nuit, m'a déconcerté et j'ai ressenti le besoin de m'aérer pour réfléchir au calme sur la marche à suivre. Quand tu m'as rejoint malgré toi, j'en étais arrivé à me dire que je devais devenir comme Damon, même si notre relation aurait été inévitablement différente de la vôtre. Avec notre discussion, j'ai compris que tu étais aussi mal à l'aise que moi et que si je voulais te « garder », je devais me résoudre à te laisser partir. Mais les vieilles habitudes du passé sont parfois tenaces et quand on s'est embrassés, une brève lueur d'espoir s'est enflammée en moi, bien vite éteinte par ta fuite.

« Mais pour moi, il était trop tard: la flamme avait été rallumée et par « toi ». Ton message sur mon répondeur m'a descendu au trente-sixième dessous et je me suis demandé comment je pourrais encore supporter de vivre à tes côtés et être heureux. Je devais apprendre à tourner la page et comprendre que mon bonheur n'était pas avec toi, malgré tous mes rêves et mes espoirs. »

Comme possédé, il poursuivit sa confession avec passion :

-- Mais je n'arrivais pas à te sortir de ma tête. Lorsque ton agent m'a appelé pour me demander si j'avais eu de tes nouvelles, j'ai tout de suite senti que quelque chose n'allait pas et j'ai immédiatement eu envie de tuer Jordan. Oui, c'était assez extrême, convint-il avec un sourire en coin, face à mon regard surpris. Mais j'avais accepté de te laisser partir avec lui et ce n'était pas pour qu'il te fasse souffrir. Heureusement pour lui, Damon m'a accompagné. Jordan nous a seulement dit que vous vous étiez disputés et que tu étais partie précipitamment. Il a du voir que je risquais de lui rendre la monnaie de sa pièce, s'il en disait davantage.

« En tout cas, j'ai cru devenir fou jusqu'à ce qu'on te retrouve. Je ne pensais qu'à toi, à chaque instant, et quand je t'ai retrouvée dans ce motel, je n'ai plus voulu te laisser. Plus jamais. Je ne voulais plus laisser quiconque t'approcher pour t'empêcher de souffrir. Je crois que je voulais surtout ne plus prendre le risque de te perdre. Je voulais être le seul dans ta vie, comme tu l'avais été dans la mienne pendant toutes ces années. Car ça a toujours été ainsi : à partir du moment où tu as fait irruption dans mon existence, je n'ai plus vu les autres femmes. Je ne pouvais m'empêcher de les comparer à toi, de t'imaginer dans telle ou telle tenue, de voir ton sourire, ton regard, ton corps à la place du leur… »

A nouveau, je haussai les sourcils, ce qui fit réapparaître un sourire amusé sur les lèvres de mon amant :

-- Vu comme ça, c'est vrai que cela peut paraître inquiétant, mais c'était presque devenu un automatisme. J'avais beau fréquenter des femmes totalement différentes de toi, pour tenter de t'oublier plus facilement, tu les remplaçais toujours. Alors, ça ne pouvait être que toi. Je t'aimais depuis bien trop longtemps pour pouvoir le cacher davantage, ajouta-t-il toujours avec son petit sourire, sa main couvrant ma joue. Et tu n'as pas à avoir peur ou à te mettre la pression, car je t'aime telle que tu es, et pour rien au monde, je ne voudrais que tu fasses des efforts pour « te montrer à la hauteur ».

Cette nouvelle déclaration d'amour fit naître en même temps, mon sourire et mes larmes. J'étais émerveillée et comblée. Tendrement, ses deux mains cueillirent mon visage avant qu'il n'efface mes larmes sous ses baisers, qui le menèrent à mes lèvres. Délicatement, mais avec sensualité, sa langue séduisit la mienne, me faisant tout oublier ou presque.

Sans m'en rendre compte, je basculai à nouveau sur le lit, tandis qu'il me couvrait partiellement de son corps. Cependant, il se redressa légèrement pour me murmurer :

-- Je ne veux pas te faire pleurer, mon amour.

-- Je pleure de joie, Jackson, parce que tu me rends heureuse.

-- Et tu n’as encore rien vu, me promit-il avant de fondre à nouveau sur ma bouche.

43

Cette nuit fut construite par notre amour partagé, chacun chérissant la peau et le corps de l'autre de ses caresses tendres et audacieuses pour faire exploser un plaisir commun. Ce fut un tournant salvateur et à partir de cet instant, ni Jax, ni moi ne cherchâmes à retenir la moindre preuve d'amour.

-- Je suis à toi, m'avait-il répété à maintes reprises, cette nuit-là.

Ces mots m'avaient donné encore plus confiance et bien que je ne fusse pas encore capable de lui avouer les mots « sacrés », je lui avais juré moi aussi fidélité aussi souvent que j'en avais ressenti le besoin. Tour à tour, nous échangions le rôle du « dominant », lors de nos ébats torrides et nocturnes. Mais le jour, nous jouissions d'une complicité d'amoureux, prenant simplement plaisir à nous enlacer, nous prendre la main ou nous embrasser tout simplement.

Si, à première vue, nous ressemblions aux autres couples, je savais qu'au fond de nous, il n'en était rien. Jackson et moi avions tous deux un énorme appétit sexuel, décuplé lorsque nous étions ensemble. Cependant, depuis la déclaration de mon amant quelques jours plus tôt, les choses sur ce plan me parurent différentes. Certes, les nuits avec Jax se révélaient brûlantes et épuisantes, mais à la lumière du jour, nous faisions preuve d'une retenue, jouant des rôles qui n'étaient pas « nous ». Evidemment, auparavant, notre relation était censée se résumer par le sexe, mais aujourd'hui, alors que nous étions un vrai couple, cette partie me semblait être « clôturée » et je craignais malgré moi de voir les choses évoluer encore, une fois de retour à la vie « quotidienne » programmée trois jours plus tard.

Ces inquiétudes s'imposaient de plus en plus dans mon esprit à mesure que la date fatidique approchait, et malgré mes efforts pour les lui cacher, Jackson finit par deviner que quelque chose clochait. Main dans la main, nous nous promenions en silence dans la petite forêt jouxtant « notre plage », lorsque je me perdis dans mes pensées. D'un geste, mon compagnon m'en sortit en me retenant par la main et m'obligea à me tourner vers lui :

-- Qu'est-ce qui t'arrive ? Je sens bien que quelque chose te préoccupe.

Malgré moi, je haussai les sourcils, surprise, avant de rougir. Je n'aurais pas dû être étonnée qu'il lise en moi aussi bien : n'était-il pas la personne qui me connaissait le mieux au monde ? Tendrement, il m'enlaça par la taille et m'attira à lui.

-- Parfois, je te vois sombrer dans tes pensées et t'éloigner de moi, et la plupart du temps, ce n'est pas forcément une bonne chose. Alors, dis-moi de quoi il s'agit.

J'ouvris la bouche, prête à trouver une excuse, un mensonge, avant de la refermer finalement en soupirant tout en me rendant à l'évidence : il finirait par savoir, alors autant gagner du temps.

-- Je suis un peu inquiète concernant notre couple, notre retour, les répercussions que cela pourrait avoir...

-- Tu crains encore que notre couple ne tienne pas la route ?, s'enquit-il en s'écartant légèrement pour mieux m'étudier, les sourcils froncés.

De toute évidence, cette possibilité lui déplaisait énormément, aussi m'empressai-je de le rassurer :

-- Non, non ! Ce n'est pas du tout cela ! Ça n'a rien à voir.

-- Très bien, alors dis-moi ce qu'il en est exactement. Si je dois te rassurer, je dois savoir.

-- Je sais, mais... c'est embarrassant, avouai-je tout bas en rougissant de plus belle, tout en détournant les yeux.

Aussitôt, il glissa un doigt sous mon menton et m'obligea à l'affronter. Son visage était à nouveau détendu et son regard pétillait d'une malice soulignée par son sourire :

-- Mon cœur, c'est « moi ». Si tu ne peux pas me le dire, à qui le pourrais-tu ?

-- Je sais, mais je... j'ai peur de ce que tu pourrais penser, avouai-je intimidée.

-- Jul, je te connais par cœur et je t'aime comme un fou. Il n'y a rien de ce que tu pourrais me dire, qui puisse me choquer, me dégoûter ou me faire t'aimer moins. Allez, lance-toi : je ne vais pas te manger, m'encouragea-t-il avec un sourire dans la voix.

Tout en me mordant l'intérieur de la bouche, je levai les yeux vers lui et me rendis à l'évidence : il avait raison. Il était le mieux placé pour me répondre et me connaissait par cœur. « Allez, courage ! Il t'aime comme tu es. Ça ne peut pas être pire. »

Prenant alors mon courage à deux mains, je m'exclamai de but en blanc :

-- J'ai peur qu'on se ramollisse.

-- Je te demande pardon ?, manqua-t-il s'étouffer, complètement pris au dépourvu, les yeux exorbités.

-- Je... Laisse tomber, paniquai-je en me détournant.

-- Sûrement pas, me retint-il par le poignet avant de me ramener à lui. J'ai bien trop hâte que tu t'expliques.

En relevant les yeux vers lui, je surpris son amusement à peine voilé et pris la mouche :

-- Tu te moques de moi !

-- Non ! Jul, si quelque chose te pose vraiment problème, je tiens à le savoir dès maintenant pour le résoudre au plus vite. Alors, que voulais-tu dire ?... S'il te plaît, insista-t-il doucement comme j'hésitais encore.

Il me fallut encore quelques secondes avant de baisser les bras et de répondre :

-- Les nuits qu'on passe ensemble sont formidables et magiques... Les journées aussi !, insistai-je, de peur de le blesser. Seulement, du jour au lendemain, nous sommes rentrés dans le rang comme un gentil petit couple, alors que... ce n'est pas « nous » !

-- On n'est pas un gentil petit couple ?, me taquina-t-il.

-- Tu sais ce que je veux dire : Jax, nous sommes seul à seule dans un lieu paradisiaque et on s'en tient déjà aux convenances. Je ne dis pas que c'est mal, mais...

-- Ça manque de sexe ?, suggéra-t-il d'un air faussement innocent.

-- Je... Si on rentre dès maintenant dans une routine, j'ai peur de ce que ce sera, après notre retour à New-York, quand nous aurons tous les deux repris une activité professionnelle et qu'on se verra moins. Entre nous, il y a toujours eu un énorme appétit sexuel et débridé et j'ai peur qu'avec le plan « couple »...

-- Rassure-moi, tu veux toujours officialiser notre relation ?

-- Bien sûr ! Seulement... j'ai juste peur...

Anxieuse, je l'étudiai jusqu'au plus profond des yeux comme il le fit pendant de longues secondes avant de détourner les siens. Son visage s'était légèrement refermé, ce qui m'inquiéta encore plus.

-- Je suis désolée. Je ne voulais pas te blesser. Maintenant, tu vas me prendre pour une nymphomane, déclarai-je en m'écartant.

-- Mais non, ne dis pas de bêtises, rétorqua-t-il en resserrant son étreinte. Juste comme une grosse cochonne, me taquina-t-il finalement avec un sourire en coin.

-- Jackson !, lui reprochai-je aussitôt, ce qui le fit rire.

-- Je plaisante. Jul, j'adore te faire l'amour et je dois avouer qu'à vouloir te prouver mes sentiments, j'ai mis de côté les jeux de séductions. Car c'est bien de cela qu'il s'agit, n'est-ce-pas ?, s'enquit-il en me concertant du regard.

Avec soulagement, j'acquiesçai. Contrairement à moi, il était parvenu à trouver les mots justes pour qualifier le manque qui m'obsédait, ces derniers jours.

-- Je me rends compte que… j'ai voulu me prouver que nous n'étions pas ensemble que pour le sexe, mais c'est un fait : c'est une des nombreuses raisons qui nous attirent l'un chez l'autre. Je crois que j'ai voulu me voiler la face de peur de faire un faux-pas, à notre retour.

-- Quoi ? Tu as peur qu'on se fasse surprendre, pendant que tu me ferais l'amour sur ton bureau ?, le provoquai-je avec plaisir.

Aussitôt, je vis la flamme se rallumer dans ses yeux et son sourire se fit plus séducteur:

-- Quelque chose comme ça..., répondit-il d'une voix traînante et pleine de promesses.

-- Jax, nous sommes assez intelligents pour savoir nous contrôler quand nous le devons. Je veux juste que nous ne nous enfermions pas dans des rôles ou des personnalités que nous ne sommes pas et qui finiraient par nous éloigner. Je ne dis pas non plus que nous devons nous envoyer en l'air tout le temps et partout...

-- Dommage. Ça ne me déplairait pas, rétorqua-t-il en plaquant ses hanches contre les miennes.

Je sentais déjà son sexe se dresser contre moi et avec un certain plaisir, je passai les bras autour de son cou tout en ondulant mon bassin contre lui.

-- Vous jouez avec le feu, jeune fille, me prévint-il, sa bouche jouant déjà avec la mienne.

-- Mais j'ai peut-être envie de me brûler justement.

-- Intéressant...

J'étais déjà prête à me donner entièrement à lui, déboutonnant sa chemise, tout en sentant ses mains remonter derrière mes cuisses et sous ma robe. Mais quelque chose, un bruit, une voix me parvint et me réveilla. Aussitôt, j'interrompis notre baiser en m'exclamant :

-- Jackson, attends...

-- Impossible : j'ai trop envie de toi. Maintenant, chuchota-t-il d'une voix ensorcelante en m'embrassant dans le cou.

-- S'il te plaît. J'ai entendu quelqu'un.

A son tour, il s'arrêta et releva la tête, prêtant l'oreille avant de me regarder. Sans un mot, il me relâcha et me prit finalement par la main pour m'entraîner vers les « bruits » en question, qui se révélèrent être des gémissements de plaisir. Au couvert de la forêt, nous pûmes apercevoir un couple nu en train de faire l'amour sur les rochers. Si, au départ, la situation me fit rougir, à présent, je ne pouvais plus les lâcher du regard, sans doute rassurée par le fait de voir sans être vus. « C'est ni plus ni moins comme regarder un film érotique », rassurai-je ma conscience.

Hypnotisée par la scène, je ne remarquai pas Jackson qui repassa derrière moi.

-- Ainsi, je peux ajouter le voyeurisme à ton cahier des charges, me chuchota-t-il au creux de l'oreille avec une extrême sensualité.

Doucement, il enlaça ma taille. Une de ses mains glissa sous ma robe et glissa sur mon ventre, puis vers mon intimité qu'il caressa langoureusement. Aussitôt, mon bassin vint à sa rencontre, alors que je levais les bras pour les enrouler autour de son cou. Sans plus attendre, son autre main abaissa mon bustier et dévoila ma poitrine nue et tendue vers ses caresses.

-- Seriez-vous choqué, monsieur King ?, demandai-je, sans quitter des yeux, le couple nu un peu plus loin.

-- Dites plutôt « séduit ». Ton audace et ton appétit ne cesseront jamais de m'étonner.

Mais j'étais ainsi, parce que j'étais avec lui, en totale confiance. Il me donnait tellement d'assurance et chassait presque entièrement ma pudeur, tant je voulais le séduire et le conquérir.

Ses doigts expérimentés pétrissaient mes seins avec une fougue, augmentant ma température interne. J'avais fini par oublier les ébats du couple plus loin, pour ne plus penser qu'à nous, à notre étreinte. J'ondulai contre lui et son membre tendu, l'excitant tout en lui laissant cependant le champ totalement libre. Sa main sur ma féminité allait et venait, jouant avec mon clitoris avant d'y introduire un doigt.

-- Tu mouilles tellement vite : c'est trop dur de te résister, chuchota-t-il contre mon oreille.

L'instant suivant, je sentis l'un après l'autre, les liens de mon slip se défaire avant que le vêtement ne tombe à mes pieds. Sans savoir comment, je me retrouvai plaquée contre un arbre, mes seins caressés par l'écorce rugueuse, tandis que Jackson m'emplissait par les mouvements puissants de ses hanches claquant contre mes fesses. Tout en me conquérant à revers, sa main jouait encore en moi, je ne pus m'empêcher de crier de plaisir à chacun de ses coups de reins, avant d'exploser quelques instants plus tard, à ma grande surprise.

Je n'avais jamais été très « fan » de cette position, mais au cours de ma relation avec Jordan, je l'avais expérimenté à plusieurs reprises pour pimenter un peu notre vie sexuelle et gourmande. Il avait parfois réussi à me donner du plaisir, mais jamais avec autant d'intensité. « Sans doute, parce que je n'étais pas avec « la bonne personne » », songeai-je avec un voile de romantisme en essayant de calmer les battements fous de mon cœur.

Le souffle chaud de Jackson balayait mon cou, me réchauffant de sa présence, alors que son corps relâché me plaquait encore contre l'arbre.

-- Ça va ?, s'enquit-il doucement avant de s'écarter légèrement.

Alanguie et tenant à peine sur mes jambes, je parvins à lui faire face. Aussitôt, il fut contre moi et me plaqua doucement contre le tronc pour me voler un délicieux baiser auquel je répondis langoureusement. Mes bras autour de son cou m'aidaient à me maintenir debout, tandis que je sentais les siennes se glisser sous ma jupe et me caresser les cuisses et les fesses.

-- Vous ai-je satisfaite, mademoiselle ?

-- Pleinement, répondis-je tout bas avant de recevoir un nouveau baiser. Et vous, monsieur ?

-- J'ai encore un peu faim : ça t'ennuie si je grignote un peu ?, s'enquit-il en glissant ses lèvres dans mon cou.

-- Sers-toi, je t'en prie : fais comme chez toi, l'invitai-je dans un souffle, avec un sourire en coin.

Les yeux clos, mes mains se perdraient dans ses cheveux, alors que sa langue, ses lèvres et même ses dents jouaient sur ma peau, dans mon cou. Finalement, l'une après l'autre, ses mains revinrent provoquer ma poitrine, rapidement remplacées par sa bouche qui mordit, suça et taquina les pointes. Les bras levés au-dessus ma tête, je m'accrochai au tronc, me cambrant pour mieux rencontrer ses baisers et ses caresses L'une de ses mains revint alors s'occuper de ma féminité déjà très humide et tout en entrant un premier doigt, puis rapidement un deuxième en moi, il revint en quête de baisers.

-- Comment fais-tu pour que j'ai continuellement envie de te posséder ?

-- Peut-être parce que je suis toujours prête à m'offrir à toi et à te satisfaire, répondis-je dans un gémissement. Prends-moi, Jackson. J'ai tellement envie de te sentir en moi.

Il esquissa un sourire satisfait et chuchota contre mon oreille :

-- Patience, mon amour. Pour l'instant, j'ai très envie de te voir jouir.

A nouveau, sa bouche revint taquiner mes lèvres et ma poitrine, le faisant mener une attaque similaire et aphrodisiaque sur deux fronts déjà en perdition. Ses doigts magiques allaient et venaient en moi, me faisant escalader les marches du plaisir, de plus en plus haut et vite, à l'image de mes gémissements de plus en plus forts et incontrôlés jusqu'à l'explosion finale. Les yeux clos, je renversai la tête en arrière. Mais alors que je redescendais à peine, il retira ses doigts et me plaqua contre l'arbre pour me pénétrer de son membre tendu, m'arrachant un léger cri de surprise au passage.

-- Deuxième round, mon amour, répondit-il avec un sourire à mon regard interloqué.

Je le sentais si bien en moi, grandir et aller de plus en plus loin que ma féminité, gourmande, se tendait vers lui. Jackson était un amant merveilleux, connaissant aussi bien mon corps que mon esprit. C'était le seul homme auquel je pouvais appartenir. Le seul que je pouvais aimer à ce point. Nous étions complémentaires.

Enfin, rapidement, nous explosâmes ensemble et je le retins de toutes mes forces, sans crainte de sentir sa semence en moi. Avec lui, je n'avais plus peur de l'avenir.

-- Tu es incroyable, déclarai-je contre ses lèvres, alors que nous échangions un nouveau baiser.

-- Je te retourne le compliment, répondit-il avec un sourire encore plein de sensualité.

Nous nous apprêtions à échanger un nouveau baiser, lorsque des raclements de gorge nous parvinrent. Aussitôt, Jackson se plaqua contre moi pour cacher ma nudité et se rajuster, avant de se tourner vers les nouveaux venus. Le temps de remonter mon bustier et rabaisser ma jupe, je me tins à ses côtés pour faire face au couple que nous avions observé quelques instants plus tôt :

-- Nous sommes désolés de vous déranger, mais on vous a vu nous regarder pendant qu'on s'envoyait en l'air sur la plage, s'exclama l'homme âgé d'une trentaine d'années.

Sa compagne et lui, à présent rhabillés, avaient un look plutôt baba-cool, mais ils ne ressemblaient pas du tout à des pervers lubriques ce qui, personnellement, eut le don de me rassurer.

-- De toute évidence, ça vous a donné envie d'en faire autant, renchérit la femme.

-- Que voulez-vous ?, s'impatienta Jackson, visiblement nerveux.

-- Nous présenter. Je suis Bob, et voici ma femme, Cheryl. En fait, nous nous sommes permis de vous rejoindre pour vous proposer une petite expérience. N'ayez pas peur, il ne s'agit pas d'un plan à quatre, s'empressa-t-il d'ajouter en riant. En fait, nous sommes les directeurs d'une compagnie de spectacle vivant. Nous pensions que vous seriez peut-être intéressés d'y participer.

-- De quoi s'agit-il ?, ne puis-je m'empêcher de demander, curieuse, même si je sentais mon compagnon sur la défensive.

-- En fait, cela se passe au milieu de la nuit dans un endroit secret, autour d'un feu de camp. Tout le monde porte un masque et peut y participer, s'il le souhaite, ou se contenter de regarder.

-- Et je suppose que les participants doivent faire l'amour ?, répliqua Jackson d'une voix menaçante.

-- Exactement. Chacun vient avec son ou sa partenaire ou en groupe, et fait ce qu'il lui plaît, sous les regards des autres ou du public présent, expliqua Bob.

-- Et quel est le sens de cet œuvre ?, demandai-je naïvement.

-- Le plaisir, bien sûr ! Le plaisir de la chaire, des sens, des yeux. Chacun peut s'exposer comme il le souhaite ou laisser libre cours à son voyeurisme. C'est quelque chose qu'on ne voit pas tous les jours et c'est gratuit.

-- Et la police est d'accord, bien sûr...

-- C'est assez exceptionnel et discret pour qu'elle ferme les yeux. Il n'y a rien à craindre, car trop de gros bonnets viennent participer ou se rincer l'œil. Ils ne veulent pas d'ennuis. C'est pareil que dans les clubs échangistes ou ce genre de lieux.

-- Vous me permettrez d'en douter, répondit Jackson d'une voix dure.

-- Mais comme Bob vous l'a dit, vous n'êtes pas obligés de participer : vous pouvez vous contenter de regarder. Tenez : voici l'heure et l'adresse du rendez-vous avec le plan pour vous y rendre, renchérit Cheryl en nous tendant une feuille que j'acceptai.

-- Bien. Merci de nous avoir écouté et peut-être « à ce soir ». Sinon, bon séjour à Hawaï.

Sans plus d'explications, ils poursuivirent leur chemin main dans la main, alors que nous les suivions des yeux.

-- Quels curieux personnages, ne puis-je m'empêcher de penser à voix haute.

-- J'espère juste qu'ils ne m'auront pas reconnu, rétorqua Jackson en s'écartant de moi pour récupérer mon bas de maillot.

-- Mais vous n'êtes pas si célèbre que cela, Mister Sexy, le taquinai-je en le rejoignant.

Cependant, son expression restait des plus sérieuses : il semblait vraiment soucieux.

-- Et quand bien même, qu'est-ce que cela peut bien faire s'ils t'avaient reconnu : Jax, tu n'étais pas avec une prostituée ou une mineure. Tu étais avec ta petite-amie et tu t'offrais un peu de plaisir avec moi. Est-ce si répréhensible ?

-- Julie, je suis le PDG d'une multinationale, s'exclama-t-il en me faisant face, visiblement en colère. Je ne peux pas me permettre ce genre de sortie de route en public, que ce soit avec toi ou quelqu'un d'autre. Je dois avoir l'air irréprochable.

-- Mais personne ne l'est ! Personne n'est parfait : ni toi, ni les gens avec qui tu travailles. Toi non plus, tu ne sais pas tout sur eux. Et puis, à force de cumuler les conquêtes plus connues les unes que les autres, crois-tu vraiment qu'on te prenne pour un saint ?

-- Non, mais je ne tiens pas à être discrédité pour autant, ni à entacher l'image de ce que mon père a créé. Je n'ai aucune envie de faire honte à ma famille en m'exposant aussi intimement.

Il essayait d'échapper à mon regard, aussi revins-je me placer juste devant lui pour lui prendre les mains et me trouver sous le feu de ses yeux :

-- C'est pour cela que tu voulais nous faire rentrer dans le rang, n'est-ce-pas ? Pour ne pas salir ta famille, ta société et ton nom ?

-- Et toi. Je ne veux pas qu'on nous colle une étiquette.

-- On ne fait que l'amour, Jackson.

-- Je sais, mais en affaires, pour garder ses investisseurs et la cote, il faut être sans faille et irréprochable. Je suis désolé, Jul, mais je n'ai pas le choix.

Pendant quelques heures, j'avais eu l'impression de retrouver « Jake », mais à présent, c'était bel et bien « Jackson » et ses responsabilités, que j'avais face à moi. Il était retenu par des chaînes, des convenances et c'était plutôt normal, puisque Jake n'existait pas. J'aimais Jackson, avec ou sans ses chaînes, et j'étais prête à le suivre n'importe où, à me plier à toutes ses exigences, offerte dans la vie comme « au lit ».

-- Très bien, répondis-je simplement avant de m'écarter.

Aussitôt, il attrapa mes poignets et me retint, cherchant mon regard :

-- Ne m'en veut pas, s'il te plaît.

-- Ce n'est pas le cas. Je comprends, répondis-je sincèrement avant de me hausser sur la pointe des pieds pour lui voler un rapide baiser.

Je sentais qu'il voulait intensifier son étreinte, mais je réussis à m'écarter avant qu'il n'ait pu le faire. Je me contentai de lui prendre la main pour ne pas briser le lien entre nous, mais je savais qu'il n'était pas dupe. Nous savions tous les deux que « la réalité de New-York » avait déjà repris ses droits et que les choses ne pourraient pas être comme nous l'aurions voulu. « Mais il nous restera toujours les nuits, chez nous », tentai-je de me rassurer. Et quand bien même, j'étais avec l'homme que j'aimais et rien d'autre ne comptait.

Le reste de la journée se déroula sans encombres, mais sans surprises non plus. Jackson et moi étions rentrés à la villa pour nous changer avant d'aller dîner, mais là encore, l'ambiance se fit pesante et presque en silence. Inutile de le nier: Jax savait pourquoi et aussi, pourquoi il valait mieux ne pas en parler. C'était une fatalité : quelque chose que nous ne pouvions pas changer. En restant avec Jackson, j'allais devoir rentrer dans un rôle, un moule qui n'était pas forcément adapté. Je devrais changer, mais il en valait la peine.

45

Histoire de bien commencer, je mis un soin tout particulier à composer ma tenue pour sortir : un chignon élégant et strict, des perles à mes oreilles et une robe de cocktail bordeaux « sage », sans décolleté, qui arrivait jusqu'à mes genoux, ainsi qu'une étole crème pour couvrir mes épaules.

Jackson m'attendait sur la passerelle entre la maison et la plage, et malgré la faible lumière, je pus discerner sa surprise, lorsque je le rejoignis. En m'entendant, il se redressa et se tourna vers moi en souriant. Cependant, son sourire s'effaça et je le vis froncer les sourcils, perplexe.

-- Quelle élégance, s'exclama-t-il en me prenant la main avant de la porter à ses lèvres.

-- Je voulais te faire honneur, répondis-je, un peu nerveuse, mais surtout troublée.

Croire qu'il ne se rendrait pas compte de mon changement, aurait été « le sous-estimer ». Aussi fis-je comme si de rien n'était, restant aussi naturelle que possible, malgré ma tenue qui ne me ressemblait pas. « Ça ne veut pas dire que c'est un mal », m'encourageai-je nerveusement.

-- On y va ?, demandai-je en voulant l'entraîner par la main. Allez ! Je meurs de faim !, insistai-je, comme il m'étudiait toujours, sans bouger, hésitant.

Finalement, sans un mot, il sembla se laisser convaincre et me suivit jusqu'à la voiture. Toujours avec galanterie, il m'aida à m'installer avant d'aller prendre sa place. Malgré mes efforts, Jackson ne fit rien pour se dérider. Il resta là à m'observer, concédant parfois un sourire, mais ce soir-là, il ne fut pas très bavard. N'y tenant plus, je finis par demander :

-- Quelque chose ne va pas ? Tu as l'air bizarre depuis tout à l'heure.

-- Je vais bien.

-- Jax, quelque chose te soucie, alors dis-moi ce que c'est. S'il te plaît.

-- Je ne te reconnais pas.

-- Comment ça ?

-- A quoi joues-tu, Jul ? Pourquoi t'es-tu déguisée en « première dame » ?

-- « En première dame » ? J'ai vraiment la classe alors, ironisai-je à moitié.

-- Je ne plaisante pas. Pourquoi...?

-- J'essaye juste de me trouver un nouveau style... « politiquement correct ».

-- Jul, tu es déjà parfaite telle que tu es. Je ne veux pas que tu changes.

-- Et moi, je pense ne pas avoir le choix. Si je veux être à l'aise dans ton monde, je dois apprendre à faire des efforts. Je ne veux pas te mettre mal à l'aise ou en difficulté. Je respecte trop les raisons qui te poussent à être irréprochable et je veux me sentir à la hauteur de ton amour.

-- Tu l'es déjà ! Je te l'ai dit : je t'aime au naturel, telle que tu es déjà.

-- Je sais... Mais moi, j'ai besoin de changer certaines choses.

Un silence froid comme un mur s'installa entre nous, alors que nous campions chacun sur nos positions. Tout au long de ce débat muet, je sentis son regard m'étudier, s'interroger, mais il n'en dit pas un mot.

Notre discussion repartit sur des banalités, comme si de rien n'était et j'en déduisis qu'il respectait ma décision. Ses gestes, ses réactions plus attentionnées et tendres me confortèrent dans cette idée. Ses doigts jouaient avec les miens ou il replaçait une mèche de cheveux derrière mon oreille, effleurant ma joue au passage.

-- Essayeriez-vous de me séduire, monsieur King ?

-- Exactement, mademoiselle Dubois.

-- Je ne suis pas si facile.

-- J'en conviens... Mais je suis prêt à œuvrer toute la nuit et plus encore, s'il le faut, ajouta-t-il tout bas en se penchant vers moi.

Sa douce promesse me fit rire, avant que je ne lui lance un regard pétillant :

-- Eh bien, quel programme !, me moquai-je gentiment.

-- Et tu n'as encore rien vu.

Comme un vrai couple d'amoureux, nous restâmes dîner à la lumière des chandelles, les yeux dans les yeux, main dans la main, goûtant aux plats proposés par l'autre. Finalement, lorsque l'établissement dut fermer, nous nous résolûmes à plier bagages. Avec une bonne humeur retrouvée, nous rejoignîmes tranquillement notre voiture :

-- Ton pourboire était plus que généreux, lui fis-je remarquer, le cœur léger de sentir sa main dans la mienne.

-- J'aurais donné encore plus, si cela nous avait permis de prolonger notre soirée là-bas.

-- Il est déjà bien assez tard. Tu n'as pas envie de rentrer ?, l'interrogeai-je d'un air faussement innocent qui le fit rire.

-- Je ne voulais pas précipiter les choses.

-- C'est très honorable de ta part... Mais je suis fatiguée et j'ai envie d'être seule avec toi.

-- Et moi donc, répliqua-t-il en se penchant pour m'embrasser.

Notre accord scellé, nous reprîmes la route vers la villa que j'eus plaisir à retrouver comme s'il s'agissait de notre maison. Même après notre départ, elle resterait un endroit à part, tout comme Hawaï ; l'endroit où Jackson m'aura avoué son amour ; le plus bel endroit au monde.

Une fois descendue de voiture, je me laissai conduire sur la passerelle où je retirai mes chaussures en me tenant à lui. Mais au moment où je voulus repartir, Jackson me retint d'un bras autour de la taille.

-- Qu'est-ce que...?

-- Tu n'as plus de rôle à jouer. Même si je t'ai trouvée magnifique, ce soir, je te préfère au naturel et les cheveux détachés, répliqua-t-il en s'attaquant aux pinces retenant mon chignon.

Consentante, je le laissai faire, les yeux mi-clos en sentant ses doigts dans mes cheveux. Il repoussa ensuite l'étole de mes épaules pour mieux les effleurer de ses lèvres et de son souffle.

-- Je vous trouve bien entreprenant, monsieur King.

Il se redressa et pendant quelques instants, il garda le silence. Je me laissai envahir par la beauté du moment, son côté romantique : être dans les bras de l'être aimé dans un cadre paradisiaque, sous une pleine lune magique. Apaisée, je me laissai aller contre lui, gardant le silence pour profiter de cet instant. Le temps me parut s'arrêter, alors que nous nous balancions doucement comme le ressac des vagues. Les yeux à présent clos, mon visage tourné vers lui, je sentis la douce pression de ses lèvres sur mon front, l'arête, puis le bout de mon nez, à mesure que je renversai la tête pour lui tendre ma bouche. Avec un amour si profond qu'il accéléra les battements de mon cœur, il m'embrassa avec une patience et une passion à peine voilée par la tendresse dont il faisait preuve.

Pendant encore de longues minutes, notre étreinte resta chaste, mais notre nature sauvage ne tarda pas à se manifester. Sans plus attendre, Jackson me souleva dans ses bras et m'entraina dans la chambre. Encore une fois, nous construisîmes notre bulle, notre monde, à force de baisers, de caresses, de promesses et de gémissements de plaisir.

46

L'explosion passée, nous conservions un paisible silence. Allongé contre moi, Jackson avait posé la tête sur mon sein et caressait doucement mon ventre et mes hanches, alors que mes doigts jouaient tendrement dans ses cheveux. C'était la première fois que les rôles étaient « inversés » de la sorte, et d'une manière étrange et différente, je me sentie véritablement chérie et aimée :

-- Tu aurais voulu y aller, n'est-ce-pas ?

Il me fallut quelques secondes pour revenir sur terre et comprendre à quoi il faisait allusion.

-- Tu aurais voulu qu'on s'envoie en l'air au milieu de tous ces couples, n'est-ce-pas ?

-- Jax...

-- S'il te plaît, réponds honnêtement.

J'étais déçue qu'il remette cela sur le plateau et brise le romantisme du présent, mais je le connaissais assez pour savoir qu'il n'arrêterait pas tant qu'il n'aurait pas de réponse :

-- Jackson, je veux juste être avec toi. Rien d'autre n'a d'importance.

-- Tu ne réponds pas à la question, me fit-il remarquer sans cesser ses douces caresses.

« Ce qu'il peut être têtu », songeai-je en soupirant avant de me résoudre à avouer :

-- Oui, j'aurais aimé.

-- Pourquoi ?

-- Pourquoi insistes-tu ?

-- Réponds, s'il te plaît.

-- Qu'est-ce que cela peut faire ?

-- Ça m'intéresse. J'ai envie de connaître tes limites, déclara-t-il calmement alors que sa main remontait jusqu'à mon sein qu'il emprisonna.

Aussitôt, je me raidis en me cambrant légèrement vers sa paume.

-- Alors ? Pourquoi aurais-tu aimé y aller ? Est-ce que tu aurais voulu juste regarder ou bien participer ?

-- Je... je ne sais pas. Les deux sans doute, comme cet après-midi.

-- Mademoiselle serait donc exhibitionniste, fit-il remarquer d'une voix un peu plus rauque qui me fit presque autant rougir que l'adjectif qu'il avait utilisé pour me qualifier.

-- Je ne sais pas. C'est nouveau pour moi. Je n'ai jamais été aussi loin auparavant, avouai-je alors qu'il continuait à taquiner mon sein.

-- Alors, pourquoi maintenant ? , s'enquit-il avant que sa langue ne vienne enflammer mon autre sein.

-- Parce que c'est toi. Je me sens sexy et audacieuse avec toi, et assez à l'aise pour repousser mes limites. Mes fantasmes sont débridés et j'envisage de nouvelles expériences.

-- Comme quoi, dis-moi ?

Sa bouche se referma sur la pointe tendue de mon sein qu'il suça et mordilla, m'arrachant des gémissements de plaisir, alors que le feu entre mes jambes grandissait et embrasait peu à peu mon corps.

-- Alors... J'attends, me taquina-t-il avant de reprendre sa « torture ».

-- Comment veux-tu que je réfléchisse alors que tu me fais tout ça ?, parvins-je à répondre à toute vitesse avant de gémir à nouveau, ce qui le fit rire contre ma peau.

-- C'est pour te mettre en condition, mais je peux arrêter si tu le souhaites ?, proposa-t-il en levant son regard vers moi.

Il ne bougeait plus, « attendant » mon consentement, mais son souffle chaud, ainsi que sa paume et ses lèvres reposant encore sur moi ne m'aidaient pas à clarifier mes idées, bien au contraire.

-- Non, soufflai-je finalement, mon désir déjà trop exacerbé.

Je le vis sourire avant que sa bouche ne se referme à nouveau sur mon sein.

-- Très bon choix. Alors, où en étions-nous ? Ah oui... Tes fantasmes... Je peux en énumérer quelques-uns, si ça peut t'aider ? Réponds juste par « oui » ou par « non ».

-- Tu parles trop, Jackson, l'accusai-je.

Aussitôt, pour me punir, il goba la pointe de mon sein avant de la mordiller légèrement, m'arrachant alors une exclamation de plaisir.

-- Mauvaise réponse. Alors, tu aimes regarder les gens faire l'amour... J'attends, insista-t-il en mordant mon sein.

-- Oui..., soufflai-je, comme envoûtée.

-- Et tu aimerais faire l'amour devant un public...

Lentement, je sentis sa main descendre vers mon ventre, puis ma féminité...

-- Jul... me rappela-t-il à l'ordre. Si tu ne réponds pas plus vite, je me soulagerai tout seul et je te laisserai te débrouiller, me menaça-t-il en relevant la tête pour affronter mon regard.

-- Tu ne ferais pas ça !, m'écriai-je en écarquillant les yeux.

-- Tu ne m'en laisserais pas le choix. Alors...

-- Oui, je voudrais faire l'amour devant un public, répondis-je du tac-au-tac, ce qui lui arracha un nouveau sourire.

-- Bonne réponse, rétorqua-t-il, laissant enfin sa main aller et venir sur ma féminité. Dis-moi ce qui t'exciterait.

-- Regarder un porno, répondis-je en me laissant aller, esclave de ses caresses.

-- Bien... Et si je nous filmais en train de faire l'amour?

-- Oui..., soupirai-je.

-- Mais encore ?

-- Faire l'amour dans un cinéma qui projette des films X.

Il rit contre ma peau avant de l'embrasser.

-- Bonne idée. Quoi d'autre ? Les clubs libertins ?

-- Je ne veux que toi, Jackson.

-- Ça peut aussi se faire...

-- Tu parles d'expérience ?, le provoquai-je, le faisant rire à nouveau.

Tout à coup, je sentis un de ses doigts entrer en moi et me caresser de l'intérieur. Ses lèvres abandonnèrent alors mon sein pour descendre lentement vers mon ventre.

-- J'ai en effet essayé quelques petites choses, lors de nos séparations.

-- Pervers, l'accusai-je avec le sourire.

-- Tu n'as pas idée, répondit-il en me pénétrant d'un deuxième doigt, alors que ses lèvres atteignaient presque ma féminité. Que dirais-tu si une femme te déshabillait et te caressait devant moi, avant que je ne vienne te prendre ?

-- Oui..., répondis-je, les yeux clos.

Je ne pus réprimer un cri de plaisir, lorsqu'il retira ses doigts pour sucer mon clitoris.

-- Raconte-moi, Julie. Dis-moi tes fantasmes.

Le plaisir qui grondait en moi, défonçaient des portes que je n'avais jamais osé ouvrir auparavant. Débridée, je ne cherchais plus à réfléchir, révélant juste au grand jour, les images que les caresses et les baisers de Jackson faisaient germer dans mon esprit :

-- Faire un strip-tease et que tu me prennes devant tout le monde... Te sucer devant tout le monde et que tu jouisses sur moi... Que je me caresse avec et que tu me prennes... Etre ta chose, ton esclave... Que tu m'attaches et me prenne n'importe où, quand tu le souhaiterais... Faire tout ce que tu veux pour t'exciter et te faire plaisir..., déballai-je, alors que les coups de langue de Jackson s'accéléraient.

Finalement, alors que j'étais sur le point de jouir, il se redressa et me pénétra d'un coup brutal avant de s'allonger sur moi. Aussitôt, j'enroulai mes jambes autour de ses hanches et mes bras autour de son cou, dévorant ses lèvres avec une passion hystérique. Ses mouvements de hanches violents me faisaient jouir et m'excitaient de plus en plus, repoussant mes limites jusqu'à l'explosion où j'enfonçai mes ongles dans sa chair en criant.

47

Epuisés, je gardai Jackson contre moi, alors que nous cherchions à retrouver notre souffle. Finalement, il se retira et roula à mes côtés. Mon corps alangui, mais sans forces, ne pouvait plus bouger.

Pendant de longues minutes, nous restâmes silencieux avant que mon amant ne s'exclame :

-- Wow... Tu es incroyable...

-- J'en ai autant à ton service, répondis-je en rougissant cependant de son compliment.

-- Tu m'as rendu dingue avec tous tes fantasmes. Je me suis imaginé en train de faire tout ça avec toi.

-- Et moi donc, soupirai-je en fermant les yeux pour tenter de retrouver mon souffle.

Mais aux aguets, j'entendis Jackson bouger à côté de moi, se rapprocher et me caresser à nouveau le cou, puis les seins déjà tendus vers lui. « Mon corps réagit au quart de tour », reconnus-je en me raidissant déjà de désir. Je sentis son ombre me couvrir avant même que ses lèvres n'effleurent les miennes. Lorsqu'il se redressa, je rouvris les yeux pour l'admirer alors qu'il faisait de même, sa main revenue dans mon cou.

-- Tu voudrais vraiment que je te domine ? Que ce qui vient de se passer, se produise à nouveau ?

-- Oui..., soufflai-je en rougissant, mais sans baisser les yeux. J'ai beaucoup aimé ça.

-- Tu sais que ça peut aller plus loin, n'est-ce-pas ?

-- Oui... Je ne dis pas que je ne voudrais pas avoir le contrôle parfois, mais je crois que j'adorerais que tu me domines sur le plan sexuel. Je veux garder ma liberté dans le « monde réel », mais quand il s'agit de sexe, j'accepte de me soumettre... plus ou moins.

Un sourire illumina ses traits et il m'embrassa encore et encore, avant de descendre dans mon cou.

-- Vous êtes insatiable, monsieur King, l'accusai-je avec un sourire tout en lui offrant le champ-libre.

Il se redressa à nouveau et nos regards se rencontrèrent à nouveau.

-- Je suis désolé pour ce soir.

Ne comprenant pas, je l'étudiai en fronçant les sourcils tout en lui caressant doucement la nuque.

-- Moi aussi, j'aurais adoré te faire l'amour en public, révéla-t-il avec un sourire en coin et un regard pétillant.

-- Vraiment ? Et comment aurais-tu fait ?, l'interrogeai-je en l'emprisonnant à nouveau entre mes jambes.

-- Est-ce que ça t'exciterait, si je te racontais ?, s'enquit-il d'un air faussement innocent.

-- Tu le sais bien, répondis-je en soulevant mes hanches à la rencontre des siennes.

-- Je vois... Ferme les yeux, m'ordonna-t-il doucement avant que je n'obtempère. Eh bien, nous serions d'abord restés parmi le public, à regarder les autres et comme cet après-midi, j'aurais commencé à te caresser les seins... Caresse-toi pour moi, Jul. Montre-moi comme tu aurais voulu que je te caresse.

Sans attendre, juste guidée par sa chaleur et le son de sa voix, je pris mes seins dans mes mains et les pétris lentement, pinçant les pointes entre mes doigts. Ma féminité s'humidifiait déjà, clouée contre les hanches de Jackson.

-- Pendant que je t'aurais caressée, j'aurais demandé à un autre homme de te déshabiller lentement et pour le récompenser, je l'aurais autorisé à embrasser tes seins, à les mordiller. Est-ce que cela t'exciterait, si quelqu'un d'autre t'embrassait les seins en ma présence ?

-- Oui..., gémis-je. Si tu es là et si c'est toi qui le veux. Je veux tout faire pour t'exciter.

-- Bien, souffla-t-il tout bas.

A cet instant, je le sentis descendre le long de mon corps avant que sa bouche n'emprisonne la pointe de mes seins, lentement, l'une après l'autre, sa langue jouant avec elles pour les durcir.

-- Pendant ce temps, en sentant l'excitation monter en toi, j'aurais caressé ta chatte. Caresse-toi, Jul. Caresse-toi pour moi.

Mes mains obtempérèrent, frôlant mon clitoris jusqu'à ce qu'il devienne dur et douloureux.

-- Alors, lorsque je t'aurais sentie prête à jouir, je t'aurais dit de t'allonger sur le dos et d'ouvrir les cuisses pour moi et je t'aurais prise.

-- Fais-le.

-- Tu n'es pas...

-- Fais-le.

Sans plus attendre, d'un violent coup de rein, il me pénétra et commença à bouger lentement. J'étais étroite pour son sexe déjà tendu, mais peu importait. Je voulais l'avoir en moi, le sentir. Il se faisait hésitant, aussi bougeai-je avec lui, mes hanches provoquant les siennes, faisant naître son excitation, si bien qu'il augmenta la cadence. Avant de s'arrêter brusquement et de se retirer.

-- Qu'est-ce...?, m'écriai-je, incrédule.

Mais il me sourit d'un air machiavélique et rétorqua:

-- Qui domine qui, à présent ? Reste tranquille ou je t'attache. Désolé, mon cœur, ce sera pour une autre fois, répliqua-t-il comme je levais un sourcil intéressé. J'ai trop envie de toi maintenant.

Pour preuve, il me pénétra à nouveau et bougea encore, et encore, lentement, avant de se retirer.

-- Tu veux ma mort ?, ne puis-je m'empêcher de l'accuser.

-- Patience..., chuchota-t-il en souriant avant de m'embrasser. Caresse tes seins. Excite-toi pour moi.

Sans attendre, mais cette fois sans le quitter des yeux, j'obtempérai, tout en passant lentement ma langue sur mes lèvres, de façon à le provoquer. De plus en plus vite, il me pénétra, guidant finalement mes hanches à sa rencontre en quête d'un plaisir explosif qui arriva brusquement. Ses gémissements mêlés aux miens me réduisirent finalement au silence et nous roulâmes enlacés sur le côté.

-- Je pense que notre vie ne sera pas aussi ennuyeuse que nous le pensions, s'exclama Jackson, une fois le calme revenu.

-- Que veux-tu dire?, demandai-je en levant les yeux vers lui.

-- La passion, le côté charnel, primaire, c'est dans notre nature ; et même si on essayait de l'éteindre, on n'y parviendrait pas. Cela ne ferait que nous frustrer davantage et amplifier les choses.

-- Je croyais que tu voulais être irréprochable.

-- Oh, mais je le serai... en apparence. Et toi aussi. Mais il serait fou d'essayer de nous changer : ce serait peine perdue. Et mise à part nos tendances voyeuristes et exhibitionnistes, il ne s'agira que de notre vie privée.

-- Tu veux dire...?

-- Je veux dire que je compte bien réaliser tous nos fantasmes, ma belle, et nous en imaginer de nouveaux, répondit-il avec un sourire malicieux. Ça ne te fait pas peur ?

Sa question me fit sourire et tendrement, je caressai son visage :

-- Non. Je n'ai peur que d'une chose : c'est de te perdre. Alors je suis prête à tout faire pour que cela n'arrive pas, même si cela signifie « te suivre dans tes fantasmes lubriques ».

-- Et c'est toi qui dis ça !, se moqua-t-il, avant que je n'éclate de rire. Prépare-toi à en subir les conséquences, mon amour.

Tendrement enlacés, nous finîmes par nous endormir. Pour ma part, nos multiples étreintes, bien que toujours alimentées par un désir inépuisable, avaient finalement eu raison de moi.

Et en me réveillant quelques heures plus tard, je me rendis compte que je n'étais pas la seule. Allongé sur le ventre, l'unique drap remonté jusqu'à ses reins, Jackson dormait profondément. Mon cœur bondit joyeusement dans ma poitrine, rien qu'à le regarder. Il était tellement merveilleux et il m'aimait. Je n'en revenais toujours pas. Allongée à ses côtés, je ne pouvais le quitter des yeux, comme le plus beau des rêves. Il était mien et j'étais sienne. Mon amour était là, bel et bien confiant, si gros qu'il était prêt à déborder de mes lèvres. J'étais prête à le lui avouer. « J'en meurs d'envie, en fait », reconnus-je avec un sourire bienheureux. Pouvais-je le réveiller pour le lui dire ? « Non ! Il a besoin de se reposer ! Il l'a bien mérité », pensai-je avant de revoir défiler dans ma tête, les images de nos derniers ébats. « Et ce sera toujours ainsi ». Même quand nous serions revenus à New-York, nous resterions les mêmes. « Oui, alors il mérite de prendre des forces... Et moi, il me faut un seau d'eau froide », me moquai-je avant de me résoudre à me lever et à l'abandonner.

Avec multiples précautions, je parvins à quitter le lit, puis la chambre sans un nouveau regard tentateur qui risquait de me faire faire demi-tour. Par les baies vitrées du salon, le soleil brillait déjà, rafraîchit par une douce brise marine, et la musique des vagues m'appela comme un chant de sirènes. Pendant que Jackson dormait, je pouvais bien en profiter pour aller surfer un peu. Après tout, nous étions à Hawaï et notre départ, le lendemain, ne me laisserait pas vraiment l'occasion de réitérer l'expérience.

Après avoir enfilé un bikini dans la salle de bains, je sortis sur la pointe des pieds et allai récupérer une planche à ma taille dans le petit local mis à notre disposition. Les vagues me paraissaient parfaites pour mon niveau et je me réjouis de ma décision. Tranquillement, après avoir préparée ma planche, je marchai jusqu'à l'océan en la tenant sous le bras et en entrant dans l'eau, mon esprit se vida aussitôt.

J'avais déjà surfé une première vague et j'attendais la seconde, assise à califourchon sur ma planche, lorsque mon regard remarqua quelqu'un sur la passerelle de notre maison. Non, pas « quelqu'un » : Jackson. Je lui souris et lui fis signe pour lui montrer que je l'avais vu. Malgré la distance, je parvins à discerner son sourire et surtout son regard, plein d'intensité. Il portait un bermuda blanc qui lui tombait sur les hanches et dévoilait son torse parfait, malgré la chemise bleu ciel ouverte qu'il gardait sur les épaules. Il me fit signe en retour et je n'eus alors qu'une envie : le retrouver.

Après un regard en arrière pour voir arriver la vague suivante, je décidai de la prendre et commençai à ramer avant de me lever au moment opportun. Je me laissai porter par la force de l'eau, rêvant déjà de l'étreinte des bras et des baisers de mon amant, et de l'aveu que je pourrais enfin lui faire.

Mais alors que j'approchais de la plage, un bruit plus fort derrière moi me sortit de ma rêverie et une vague un peu plus forte me surprit au moment où je tournai la tête. Prise de cours, je perdis l'équilibre et tombai à l'eau avant de ressentir un choc à la tête. Sous l'eau, je me sentis sombrer, alors que mes yeux se fermaient. Je savais que je ne le devais pas, que je devais réagir, mais j'en étais simplement incapable. Mon corps ne me répondait déjà plus.

Alors, tout devint noir et ma tête se vida. J'oubliai tout, sombrant dans l'inconscience. Loin de Jackson.

***

Retrouvez la fin des aventures de Julie et Jackson dans le quatrième et dernier tome de « Tombée ».

REMERCIEMENTS

Tout d'abord, j'aimerais remercier toutes les personnes qui m'ont soutenue au fil des derniers mois. J'ai encore du mal à croire qu'il s'agit de mon troisième livre à paraître. Tout s'est passé tellement vite !

Pendant des années, je suis restée dans mon coin pour écrire ces histoires, de manière presque anonyme. J'avais peur de me lancer, car je craignais le regard des autres, leurs avis sur moi, sur mes histoires.

Mais ce que vous m'avez donné ces six derniers mois, représentent bien plus que tout ce que j'aurais pu espérer. Les encouragements et votre soutien constant… Je n'aurais jamais imaginé publier un nouveau livre et encore moins voir mes lecteurs continuer à me suivre. Oui, je sais, c'est un peu le but quand on publie un livre, mais cela ne cesse de m'étonner.

Alors, merci à ma famille entière pour avoir été derrière moi. J'espère vous avoir rendu aussi fiers que vous m'avez rendu heureuse.

A tous mes amis, merci d'être toujours présent pour moi, pour lire mes histoires, pour me conseiller, pour m'inspirer. Sans vous à mes côtés depuis toutes ces années, je ne serais jamais parvenue à réaliser ce rêve.

Merci à toutes les personnes qui croient en moi, bien plus que je ne le fais moi-même. Vous êtes ma force et je le réalise un peu plus chaque jour.

Merci à toutes les personnes que je ne connais pas, qui lisent et aiment mes histoires. Cet échange est totalement surréaliste et j'espère que mes prochains romans resteront à la hauteur de vos attentes.

Merci à la « Team Daniels » pour tout le travail que vous entreprenez pour me promouvoir. Je ne suis pas vraiment douée pour « me vendre », alors je suis rassurée de pouvoir compter sur des professionnelles tels que vous. Vous êtes les meilleures.

Enfin, je souhaite dédicacer ce tome à toutes les personnes manquant de confiance en elles. Je suis comme ça moi aussi, même maintenant, mais cela ne m'a pas empêchée de franchir le pas et de réaliser certains de mes rêves. Alors, à toutes les personnes qui se reconnaîtront plus ou moins dans le personnage de Julie, je vous souhaite le meilleur. Le bonheur ne dépend que de vous et j'espère que, comme moi, vous vous déciderez à réaliser vos rêves, même les plus fous. Vous aurez toujours quelque chose à y gagner : de l'amour, de la force, de la confiance en vous… Sautez le cap et laissez-vous surprendre : la leçon que vous en tirerez en vaut toujours la peine.